〖中华诗词存稿·地域专辑〗

中华诗词学会 编

山西诗词选

（一）

李旦初 编

中国书籍出版社
China Book Press

图书在版编目（CIP）数据

山西诗词选 . 一 / 李旦初编 . —— 北京 : 中国书籍
出版社 , 2020.8
（中华诗词存稿）
ISBN 978-7-5068-7887-6

Ⅰ . ①山… Ⅱ . ①李… Ⅲ . ①诗词—作品集—中国
Ⅳ . ① I22

中国版本图书馆 CIP 数据核字 (2020) 第 107979 号

山西诗词选 · 一

李旦初 编

责任编辑	李国永	
责任印制	孙马飞　马　芝	
封面设计	采薇阁	
出版发行	中国书籍出版社	
地　　址	北京市丰台区三路居路 97 号（邮编：100073）	
电　　话	（010）52257143（总编室）（010）52257140（发行部）	
电子邮箱	eo@chinabp.com.cn	
经　　销	全国新华书店	
印　　刷	北京虎彩文化传播有限公司	
开　　本	710 毫米 × 1000 毫米 1/16	
字　　数	22 千字	
印　　张	20.5	
版　　次	2020 年 8 月第 1 版　2020 年 8 月第 1 次印刷	
书　　号	ISBN 978-7-5068-7887-6	
定　　价	698.00 元（全 3 册）	

《中华诗词存稿》
编委会名单

顾　　问：郑欣淼　郑伯农　刘　征　沈　鹏
　　　　　葉嘉莹

编 委 会：（按姓氏笔画排序）
　　　　　丁国成　王　强　王改正　王德虎
　　　　　刘庆霖　吕梁松　李一信　李文朝
　　　　　李树喜　陈文玲　张桂兴　范诗银
　　　　　欧阳鹤　杨金亭　林　峰　罗　辉
　　　　　周兴俊　周笃文　宣奉华　赵永生
　　　　　赵京战　钱志熙　晨　崧　梁　东
　　　　　雍文华

主　　任：范诗银

副 主 任：林　峰　刘庆霖

执行主编：吕梁松　王　强　李伟成

秘　　书：李葆国

《中华诗词存稿》
〈山西诗词选〉编委会名单

主　　任：武正国

副 主 任：李旦初　时　新　阎凤梧　柏扶疏
　　　　　殷　宪　杨山虎　郑福太

委　　员：张梅琴　郭述鲁　张四喜　常玉生
　　　　　牛玉山　陈　瑞　孙国祥　刘振华
　　　　　李树恩　翟耀文　庄　满　马玉隆
　　　　　廉宗颇　张六金

编辑委员会

主　　编：李旦初

副 主 编：张梅琴　郭述鲁　张四喜

总　序

　　我们这个诗歌大国有一个很好的传统,历来注重"采诗"、搜集整理诗歌材料。作为唯一的全国性诗词组织的中华诗词学会,自1987年5月成立以来,就十分重视这项工作。学会每年的学术研讨会和历届"华夏诗词奖",都出版论文集和获奖作品集。纪念学会成立二十年、三十年时,还专门编辑出版了《大事记》《论文选集》《诗词选集》。《中华诗词》创刊以来,每年都制作年度合订本。2007年5月,在北京天识东方文化艺术传播有限公司的资助下,以近代以来诗词创作、诗词理论、诗词运动重要文献汇编,当代名家个人作品专集等为主要内容,出版了《中华诗词文库》。经过十来年的编辑整理,已经出了近百卷。这些诗集、文集的出版,记录了近百年来尤其是改革开放四十多年来,中华诗词从起步、复苏走向复兴的砥砺前行的历程,为近、当代诗歌史的撰写准备了丰富的资料。

　　党的十八大以来,中华民族优秀传统文化重新受到应有的重视。习近平总书记《念奴娇·追思焦裕禄》词和《军民情》七律的相继发表,引领中华大地诗潮滚滚而来。《中共中央关于繁荣发展社会主义文艺的意见》和中办、国办《关于实施中华优秀传统文化传承发展工程的意见》,都明确提出"加强对中华诗词、音乐舞蹈、书法绘画、曲艺杂技和历史文化纪录片、动画片、出版物等的扶持。"国家教育部组织制定由中华诗词学会起草的新中国语言体系中的新韵书《中华通韵》已经通过国家语言文字工作委员会语言文字规范标准审定委员会审定，即将颁布全国试行。这些都使我们真切地感受到，中华诗词的春天真的到来了。诗人们乘着骀荡春风，正以高昂的激情，书写着中华民族伟大复兴的新时代、新史诗，国家富强、民族振兴、人民幸福的中国梦；正以与人民同呼吸、共命运的诗人之心，对人民的欢乐、人民的忧患、人民的情怀给以诗意的表达；正以"美"或"刺"的诗人之笔，对市场经济大潮中人民对幸福生活的期待，对美好未来的希望，对假丑恶的深恶痛绝，或给以方向，或给以赞美，或给以鞭挞。正如习近平总书记所指出的："好的文艺作品就应该像蓝天上的阳光、春季里的清风一样，能够启迪思想、温润心灵、陶冶人生，能够扫除颓废萎靡之风。"

当前，传统诗词创作者和诗词爱好者队伍发展迅速，已超过三百万。每天创作的诗词作品超过唐诗、宋词、元曲的总和。诗词评论研究队伍也成长很快，诗词评论、诗词学、诗词创作理论研究成果丰硕。如何从浩如烟海的诗词作品中"淘"出优秀作品，并使之存下来、传下去，如何使诗词研究理论成果"面世"并发挥应有的指导作用，确实是摆在我们面前的无可回避的一个重要课题。中华诗词学会是一个没有国家编制，没有国家拨款的社会团体，事业的运转主要靠社会赞助和会员费支撑。俊识（北京）文化传媒有限公司总经理吕梁松、北京采薇阁总经理王强，两位一直是对中华传统文化情有独钟的热心人，慷慨解囊，愿意同中华诗词学会一起，搜集整理编辑推出《中华诗词存稿》这套书，共同为中华诗词文化的继承和发展，做成这件十分有意义的事情。

　　《中华诗词存稿》主要搜集整理出版三部分内容的资料：一是当代诗词名家的个人作品集；二是当代诗词评论家、诗词学者的学术著作集；三是当代诗词作品、诗词理论学术成果阶段性、专题性、地域性的集成类作品集。诗词作品强调精品意识，沙里淘金，把"有筋骨、有道德、有温度"的优秀诗词作品搜集起来。诗词评论、研究类资料强调理论性和创新性，应具有鲜明的个性特点，具有创建性的见解。集成类的资料应有一定的史料保存价值。总之，做成一套具有当代价值和历史意义的好书。在此，我们编委会人员，向提供资料、筛选编辑、版面设计、校对勘误，包括所有为这套资料付出辛勤劳动的同志们，表示真诚的谢意！

郑欣淼

二〇一九年七月于北京

序

　　山西诗词从《诗经》的《魏风》和《唐风》算起，至今已有三千年的辉煌历史。这条历史长河，源远流长，波澜壮阔。

　　在中国文学史上，继《诗经》、《楚辞》之后，耸立着三座诗歌高峰：唐诗、宋词、元曲。在这三座高峰上的山西诗坛，名家辈出，灿若繁星。唐代晋军崛起，流派纷呈，王勃居"初唐四杰"之首，王维列盛唐山水田园诗派之冠，王之涣是边塞诗派高手，白居易为中唐新乐府运动领袖，温庭筠乃晚唐五代"花间词派"鼻祖，名列"唐宋八大家"的散文巨擘柳宗元，诗亦不同凡响。两宋文运南移，北方则有异军突起，以元好问为盟主的金源文坛形成了一个队伍庞大的"河汾诗派"，诗词兼擅，并开元曲先河。至元曲登坛树帜，山西再占鳌头，涌现出名列"元曲四大家"的关汉卿、白朴、郑光祖和散曲大家乔吉，把散曲园林妆点得花团锦簇，五彩缤纷。

　　博大精深的三晋古代诗词文化，为山西诗词的发展提供了丰富的养料，哺育着世世代代诗人的创作。"宋诗派"领袖人物之一祁寯藻，以其取法苏、黄而博采众长的"学人之诗"，揭开了山西近代诗词的第一页。接着，徐继畬、刘翼亭、张友桐、张瑞玑、王用宾等近代诗人，或学白居易，反映民生疾苦，或学王维，寄情山水田园，时有佳作问世。至跨现当代的姚奠中、罗元贞、宋剑秋、胡蘋秋、郝树侯诸家的创作，则承前启后，继往开来，奏响了新时期山西诗词的序曲。

　　进入改革开放新时期以来，社会生活的日新月异，推动着中华诗词由复苏走向复兴。1984年山西诗词学会成立，第二年创办《难老泉声》。各地市诗词学会和城乡诗社如雨后春笋，破土而出，创作队伍迅速壮大。2004年又成立了黄河散曲社，并创办《当代散曲》，成为"中华散曲第一刊"。学会组织的诗词讲座、专题论坛、结队采风、同题创作、诗词大赛、诗词吟唱、诗书展览、诗企联姻、创建诗词之市和诗词之乡等各项活动，持之以恒蓬勃开展，仅全国性新田园诗词大赛就先后举办过五次。诗词创作始终坚持"二为"方向、"双百"方针和"三贴近"原则，表现新时代，反映新生活，唱响主旋律，作品质量逐年提高。2002年中华诗词学会选编的《当代中华诗词集》入选了山西何林天、赵鼎新、戴云蒸、胡晓琴、陈婴、马斗全、杨山虎、段惠民、张茂森、张希田、潘慎、薛青萍、韩海莲、李慧英等27人的作品。2006至2010年中华诗词学会设立的权威性奖项"华夏诗词奖"第一、二、三届评奖，山西先后有14人次获奖，其中温祥的自由曲和李旦初的套曲均获一等奖，寓真、武正国、时新、张四喜、张梅琴、史文山、柏扶疏、杨山虎、郭述鲁等榜上有名。2011年中华诗词研究院编、中华书局出版的《中国诗词年鉴》，武正国、寓真、李旦初、时新、张梅琴等5人的作品被列入"当代诗坛百家"。同时，《武正国诗词选》被列入"中华诗词文库"出版。这都显示了山西诗词发展的良好态势和新的实绩。

本世纪初期，山西诗词学会先后组织编辑出版了《民族魂——抗非典之歌》、《从洛杉矶到北京——中国奥运冠军风采录》、《当代咏晋诗词选》、《山西当代诗词选》、《新田园诗词三百首》、《新田园律诗三百首》、《论新田园诗》、《论新田园诗词三百首》、《论诗千首》、《山西古今散曲选》、《诗咏五台山》等反映创作成果的诗词选集十余种，个人出版的诗词专集不计其数。这为我们选编《中华诗词存稿·山西诗词选》奠定了坚实的基础。

《中华诗词存稿·山西诗词选》是中华诗词学会统筹部署，由山西诗词学会组织选编的。全书分上、中、下三编，共选545人的诗、词、曲1691首。其中上编选古代60人、95首，都是名家名作或在文学史上有着特殊地位和影响的作品；中编选近现代54人、173首，其中部分作者创作年代跨现当代；下编选当代431人、1423首。

山西诗词既以表现时代精神、反映人民意愿的主旋律汇入全国诗词大合唱，又以其独特的地方色彩而别有风味。文学的地方色彩至关重要。鲁迅说过："现在的文学也一样，有地方色彩的，倒容易成为世界的，即为别国所注意。"山西诗词的地方特色主要表现在下述三个方面：

一、山西是中华民族古老文明的发祥地之一，名胜古迹星罗棋布，因此，咏怀古迹便成为山西诗词常见的题旨。尧都平阳，舜都蒲坂，禹都安邑，均令诗人发千古之幽思。名列世界文化遗产的平遥古城、云冈石窟、五台山佛教圣地，以及晋祠、永乐宫、鹳雀楼、普救寺、丁村遗址、应县木塔、洪洞大槐树、解州关帝庙等等，这些极富历史文化内涵的文物古迹，时时激发着诗人的灵感，常咏常新。

二、山西表里山河，自然风光雄奇壮美。太行山、吕梁山、北岳恒山、中条山，黄河、汾河，壶口瀑布、庞泉沟胜境、北武当奇松、五老峰奇观等等，这些名山胜水和景区景点，都在诗人笔下释放出无穷魅力、灵气和美感。

三、山西是革命老区。抗战时期的八路军总部、晋绥边区、晋察冀边区都在山西，平型关战役、百团大战也都发生在山西境内。描写中国人民抗日战争的壮丽画卷，表现军民同仇敌忾、浴血奋战的伟大民族精神，便成为山西诗词的一大亮点。

《中华诗词存稿·山西诗词选》的编选，是对山西古今诗词发展脉络的一次粗线条梳理，也是对新时期以来山西诗词创作阵容和创作成果的一次集中展示。当代入选作品是在各地市诗词学会和诗社推荐的基础上，经主编、副主编多次筛选最后审定的，力求精选思想内容与艺术形式完美结合的优秀作品，力求题材、体式、风格、流派多样化，力求能显示山西诗词创作的实力和水准。由于涉及范围广，工作量大，加之编者水平有限，疏漏之处和遗珠之憾在所难免，希望读者批评指正。

武正国
二〇一二年秋于太原

（作者为中华诗词学会顾问，山西省人大原副主任，山西诗词学会会长）

目　　录

上编

《诗经·魏风》

魏，西周诸侯国之一，在今山西芮城北，辖今山西南部一带地区。

伐　檀

坎坎伐檀兮，置之河之干兮。河水清且涟猗。不稼不穑，胡取禾三百廛兮？不狩不猎，胡瞻尔庭有悬貆兮？彼君子兮，不素餐兮！　坎坎伐辐兮，置之河之侧兮。河水清且直猗。不稼不穑，胡取禾三百亿兮？不狩不猎，胡瞻尔庭有悬特兮？彼君子兮，不素食兮！　坎坎伐轮兮，置之河之漘兮。河水清且沦猗。不稼不穑，胡取禾三百囷兮？不狩不猎，胡瞻尔庭有悬鹑兮？彼君子兮，不素飧兮！

《诗经·唐风》

唐，古国名，相传为尧的后裔，在今山西翼城县，辖今山西中部太原一带地区。

绸　缪

绸缪束薪，三星在天。今夕何夕？见此良人。子兮子兮！如此良人何？　　绸缪束刍，三星在隅。今夕何夕？见此邂逅。子兮子兮！如此邂逅何？　　绸缪束楚，三星在户。今夕何夕？见此粲者。子兮子兮！如此粲者何？

班婕妤

西汉女文学家。今山西宁武附近人。班固祖姑。成帝时被选入宫，立为婕妤。

怨 歌 行

新裂齐纨素，鲜洁如霜雪。
裁为合欢扇，团团似明月。
出入君怀袖，动摇微风发。
常恐秋节至，冷飙夺炎热。
弃捐箧笥中，恩情中道绝。

郭　璞

（276－324）东晋文学家、训诂学家。字景纯，今山西闻喜县人。晋元帝时任尚书郎。

游仙诗 (之一)

翡翠戏兰苕，容色更相鲜。

绿萝结高林，蒙笼盖一山。

中有冥寂士，静啸抚清弦。

放情凌霄外，嚼蕊挹飞泉。

赤松临上游，驾鸿乘紫烟。

左挹浮丘袖，右拍洪崖肩。

借问蜉蝣辈，宁知龟鹤年？

孙　绰

（314－371）东晋文学家。字兴公，今山西平遥县人。家于会稽。官至廷尉卿，领著作。为玄言诗代表作家。

秋 日 诗

萧瑟仲秋月，飂戾风云高。
山居感时变，远客兴长谣。
疏林积凉风，虚岫结凝霄。
湛露洒庭林，密叶辞荣条。
抚菌悲先落，攀松羡后凋。
垂纶在林野，交情远市朝。
淡然古怀心，濠上岂伊遥。

慧　远

（334－416）东晋高僧、学者。本姓贾，今山西宁武县人。师从释道安于恒山，后入庐山居东林寺三十余年，为净土宗初祖。

庐山东林杂诗

崇岩吐清气，幽岫栖神迹。
希声奏群籁，响出山溜滴。
有客独冥游，径然忘所适。
挥手抚云门，灵关安足辟。
流心叩玄扃，感至理弗隔。
孰是腾九霄，不奋冲天翮？
妙同趋自均，一悟超三益。

裴子野

（460 — 530）南朝梁史学家、文学家。字几原，今属山西闻喜县人。官至鸿胪卿，领步兵校尉。

答张贞成皋

匈奴时未灭，连年被甲兵。
明君思将帅，方听鼓鼙声。
吾生恣逸翮，抚剑起徂征。
非徒慕辛季，聊欲逞良平。
出车既方轨，绝幕且横行。
岂伊长缨系，行见黄河清。
虽令懦夫勇，念别犹有情。
感子盈编赠，握玩以为荣。
跂子振旅凯，含毫备勒铭。

柳　恽

（465－517）南朝梁诗人。字文畅，今山西运城解州镇人。在齐官相国右司马，入梁官秘书监、吴兴太守。

长门怨

玉壶夜愔愔，应门重且深。

秋风动桂树，流月摇轻阴。

绮檐清露溆，网户思虫吟。

叹息下兰阁，含愁奏雅琴。

何由鸣晓佩，复得抱宵衾。

无复金屋念，岂照长门心。

裴让之

北齐诗人。字士礼，今山西闻喜县人。

送 北 征

沙漠胡尘起，关山烽燧惊。
皇威奋武略，上将总神兵。
高台朔风驶，绝野寒云生。
匈奴定远近，壮士欲横行。

斛律金

（488－567）字阿六敦，今山西朔州匈奴族裔敕勒部人。北齐时封咸阳郡王。

敕勒歌

敕勒川，阴山下。天似穹庐，笼盖四野。天苍苍，野茫茫，风吹草低见牛羊。

薛道衡

（540—609）隋诗人。字玄卿，今山西万荣县人。隋炀帝时任司隶大夫。

人日思归

入春才七日，离家已二年。
人归落雁后，思发在花前。

王　衡

隋太原晋阳（今山西太原市）人。仕于后梁，官至中书黄门侍郎。后入隋。

宿郊外晓作

残星落檐外，余月罢窗东。
水白先分色，霞暗未成红。

薛德音

（？－621）隋唐之际河东汾阴（今山西万荣县人）。薛道衡从子。隋时官著作佐郎。

悼 亡

凤楼箫曲断，桂帐瑟弦空。
画梁才照日，银烛已随风。
苔生履迹处，花没镜尘中。
唯余长簟月，永夜向朦胧。

王 绩

（约 589 － 644）唐诗人。字无功，号东皋子，今山西河津市人。

野 望

东皋薄暮望，徙倚欲何依。
树树皆秋色，山山唯落晖。
牧人驱犊返，猎马带禽归。
相顾无相识，长歌怀采薇。

王 勃

（649 — 676）唐文学家。字子安，今山西河津市人。唐高宗时任虢州参军。为"初唐四杰"之一。

送杜少府之任蜀州

城阙辅三秦，风烟望五津。
与君离别意，同是宦游人。
海内存知己，天涯若比邻。
无为在歧路，儿女共沾巾。

宋之问

（约 656－712）唐诗人。一名少连，字延清，今山西汾阳市人。唐中宗时任越州长史。

度大庾岭

度岭方辞国，停轺一望家。
魂随南翥鸟，泪尽北枝花。
山雨初含霁，江云欲变霞。
但令归有日，不敢恨长沙。

渡 汉 江

岭外音书断，经冬复历春。
近乡情更怯，不敢问来人。

王 翰

（687－726）唐诗人。字子羽，今山西太原市人。唐玄宗时任道州司马。

凉 州 词

葡萄美酒夜光杯，欲饮琵琶马上催。
醉卧沙场君莫笑，古来征战几人回？

王之涣

（688－742）唐诗人。字季凌，今山西太原市人。唐玄宗时任文安县尉。

登鹳雀楼

白日依山尽，黄河入海流。
欲穷千里目，更上一层楼。

凉 州 词

黄河远上白云间，一片孤城万仞山。
羌笛何须怨杨柳，春风不度玉门关。

王 维

（700－761）唐诗人、画家。字摩诘，今山西祁县人。唐肃宗时任尚书右丞。为山水田园诗派代表作家。

渭川田家

斜阳照墟落，穷巷牛羊归。
野老念牧童，倚杖候荆扉。
雉雊麦苗秀，蚕眠桑叶稀。
田夫荷锄立，相见语依依。
即此羡闲逸，怅然吟式微。

使至塞上

单车欲问边，属国过居延。
征蓬出汉塞，归雁入胡天。
大漠孤烟直，长河落日圆。
萧关逢候骑，都护在燕然。

山居秋暝

空山新雨后，天气晚来秋。

明月松间照，清泉石上流。

竹喧归浣女，莲动下渔舟。

随意春芳歇，王孙自可留。

竹 里 馆

独坐幽篁里，弹琴复长啸。

深林人不知，明月来相照。

送元二使安西

渭城朝雨浥轻尘，客舍青青柳色新。

劝君更尽一杯酒，西出阳关无故人。

卢　纶

（739 — 约 799）唐诗人。字允言，今山西永济市人。官至检校户部郎中。为"大历十才子"之一。

塞下曲六首（选二）

（其二）

林暗草惊风，将军夜引弓。
平明寻白羽，没在石棱中。

（其三）

月黑雁飞高，单于夜遁逃。
欲将轻骑逐，大雪满弓刀。

柳中庸

唐诗人。名淡，字中庸。今山西永济市人。

听 筝

抽弦促柱听秦筝，无限秦人悲怨声。
似逐春风知柳态，如随啼鸟识花情。
谁家独夜愁灯影？何处空楼思月明？
更入几重离别恨，江南歧路洛阳城。

杨巨源

（755 —？）唐诗人。字景山，今山西永济市人。

城中早春

诗家清景在新春，绿柳才黄半未匀。
若待上林花似锦，出门俱是看花人。

畅 当

唐诗人。今山西永济市人。

登鹳雀楼

迥临飞鸟上，高出世尘间。
天势围平野，河流入断山。

王 涯

（764－835）唐大臣、诗人。字广津，今山西太原市人。历仕德宗等六朝，官至宰相。

秋思赠远（二首）

（一）

当年只自守空帷，梦里关山觉别离。
不见乡书传雁足，唯看新月吐蛾眉。

（二）

厌攀杨柳临清阁，闲采芙蕖傍碧潭。
走马台边人不见，拂云堆畔战初酣。

吕　温

（772－811）唐诗人。字和叔，一字化光，今山西永济市人。累官左拾遗。

贞元十四年旱甚见权门移芍药花

绿原青垄渐成尘，汲井开园日日新。
四月带花移芍药，不知忧国是何人？

柳宗元

（773－819）唐文学家、诗人。字子厚，今山西永济市人。唐宪宗时任柳州刺史。为"唐宋八大家"之一。

江 雪

千山鸟飞绝，万径人踪灭。
孤舟蓑笠翁，独钓寒江雪。

登柳州城楼寄漳汀封连四州刺史

城上高楼接大荒，海天愁思正茫茫。
惊风乱飐芙蓉水，密雨斜侵薜荔墙。
岭树重遮千里目，江流曲似九回肠。
共来百越文身地，犹自音书滞一乡。

与浩初上人同看山寄京华亲故

海畔尖山似剑铓，秋来处处割愁肠。
若为化得身千亿，散上峰头望故乡。

白居易

（772－846）唐诗人。字乐天，晚年号香山居士。祖籍太原，后迁居下邽（今陕西渭南北）。唐元和年间任左拾遗，后贬为江州司马。长庆间任杭州刺史，后官至刑部尚书。为新乐府运动领袖。

长 恨 歌

汉皇重色思倾国，御宇多年求不得。
杨家有女初长成，养在深闺人未识。
天生丽质难自弃，一朝选在君王侧。
回眸一笑百媚生，六宫粉黛无颜色。
春寒赐浴华清池，温泉水滑洗凝脂。
侍儿扶起娇无力，始是新承恩泽时。
云鬓花颜金步摇，芙蓉帐暖度春宵；
春宵苦短日高起，从此君王不早朝。
承欢侍宴无闲暇，春从春游夜专夜。
后宫佳丽三千人，三千宠爱在一身。
金屋妆成娇侍夜，玉楼宴罢醉和春。
姊妹弟兄皆列土，可怜光彩生门户。
遂令天下父母心，不重生男重生女。
骊宫高处入青云，仙乐风飘处处闻。
缓歌慢舞凝丝竹，尽日君王看不足。
渔阳鼙鼓动地来，惊破霓裳羽衣曲。

九重城阙烟尘生，千乘万骑西南行。
翠华摇摇行复止，西出都门百余里。
六军不发无奈何，宛转蛾眉马前死。
花钿委地无人收，翠翘金雀玉搔头。
君王掩面救不得，回看血泪相和流。
黄埃散漫风萧索，云栈萦纡登剑阁。
峨嵋山下少人行，旌旗无光日色薄。
蜀江水碧蜀山青，圣主朝朝暮暮情；
行宫见月伤心色，夜雨闻铃肠断声。
天旋地转回龙驭，到此踌躇不能去，
马嵬坡下泥土中，不见玉颜空死处。
君臣相顾尽沾衣，东望都门信马归。
归来池苑皆依旧，太液芙蓉未央柳。
芙蓉如面柳如眉，对此如何不泪垂。
春风桃李花开日，秋雨梧桐叶落时。
西宫南内多秋草，落叶满阶红不扫。
梨园弟子白发新，椒房阿监青娥老。
夕殿萤飞思悄然，孤灯挑尽未成眠。
迟迟钟鼓初长夜，耿耿星河欲曙天。
鸳鸯瓦冷霜华重，翡翠衾寒谁与共。
悠悠生死别经年，魂魄不曾来入梦。
临邛道士鸿都客，能以精诚致魂魄；
为感君王辗转思，遂教方士殷勤觅。
排空驭气奔如电，升天入地求之遍。
上穷碧落下黄泉，两处茫茫皆不见。
忽闻海上有仙山，山在虚无缥缈间。

　　楼阁玲珑五云起，其中绰约多仙子。
　　中有一人字太真，雪肤花貌参差是。
　　金阙西厢叩玉扃，转教小玉报双成。
　　闻道汉家天子使，九华帐里梦魂惊。
　　揽衣推枕起徘徊，珠箔银屏迤逦开。
　　云鬓半偏新睡觉，花冠不整下堂来。
　　风吹仙袂飘飘举，犹似霓裳羽衣舞。
　　玉容寂寞泪阑干，梨花一枝春带雨。
　　含情凝睇谢君王，一别音容两渺茫，
　　昭阳殿里恩爱绝，蓬莱宫中日月长。
　　回头下望人寰处，不见长安见尘雾。
　　惟将旧物表深情，钿合金钗寄将去。
　　钗留一股合一扇，钗擘黄金合分钿；
　　但教心似金钿坚，天上人间会相见。
　　临别殷勤重寄词，词中有誓两心知，
　　七月七日长生殿，夜半无人私语时。
　　在天愿作比翼鸟，在地愿为连理枝。
　　天长地久有时尽，此恨绵绵无绝期。

卖炭翁

卖炭翁，伐薪烧炭南山中。

　　满面尘灰烟火色，两鬓苍苍十指黑。
　　卖炭得钱何所营？身上衣裳口中食。
　　可怜身上衣正单，心忧炭贱愿天寒。

夜来城外一尺雪，晓驾炭车辗冰辙。

牛困人饥日已高，市南门外泥中歇。

翩翩两骑来是谁？黄衣使者白衫儿。

手把文书口称敕，回车叱牛牵向北。

一车炭，千余斤，宫使驱将惜不得。

半匹红绡一丈绫，系向牛头充炭直。

暮江吟

一道残阳铺水中，半江瑟瑟半江红。

可怜九月初三夜，露似真珠月似弓。

钱塘湖春行

孤山寺北贾亭西，水面初平云脚低。

几处早莺争暖树，谁家新燕啄春泥。

乱花渐欲迷人眼，浅草才能没马蹄。

最爱湖东行不足，绿杨阴里白沙堤。

忆江南

江南好，风景旧曾谙。日出江花红胜火，春来江水绿如蓝。能不忆江南？

温庭筠

（约 812 － 866）唐诗人、词人。原名岐，字飞卿，今
山西祁县人。唐懿宗时任国子助教。为"花间词派"鼻祖。

菩萨蛮

小山重叠金明灭，鬓云欲度香腮雪。懒起画
蛾眉，弄妆梳洗迟。　　照花前后镜，花面交相映。
新帖绣罗襦，双双金鹧鸪。

更漏子

玉炉香，红蜡泪。偏照画堂秋思。眉翠薄，
鬓云残。夜长衾枕寒。　　梧桐树，三更雨。不
道离情正苦。一叶叶，一声声。空阶滴到明。

商山早行

晨起动征铎，客行悲故乡。
鸡声茅店月，人迹板桥霜。
槲叶落山路，枳花明驿墙。
因思杜陵梦，凫雁满回塘。

薛　逢

唐诗人。字陶臣，今山西永济市人。官至秘书监。

宫　词

十二楼中尽晓妆，望仙楼上望君王。
锁衔金兽连环冷，水滴铜龙昼漏长。
云髻罢梳还对镜，罗衣欲换更添香。
遥窥正殿帘开处，袍袴宫人扫御床。

司空图

（837－908）唐诗人、诗论家。字表圣，今山西永济市人。官至知制诰、中书舍人。后隐居中条山王官谷，自号知非子、耐辱居士。

退居漫题七首（选二）

（其一）

花缺伤难缀，莺喧奈细听。
惜春春已晚，珍重草青青。

（其三）

燕语曾来客，花催欲别人。
莫愁春已过，看着又新春。

聂夷中

（837－884）唐诗人。字坦之，今山西永济市人。曾任华阴县尉。

伤田家

二月卖新丝，五月粜新谷。
医得眼前疮，剜却心头肉。
我愿君王心，化作光明烛。
不照绮罗筵，只照逃亡屋。

唐彦谦

（？—约893）唐诗人。字茂业，今山西太原市人。隐居汉南鹿门山，自号鹿门先生。其诗初学温、李，后师杜甫。

采桑女

春风吹蚕细如蚁，桑芽才努青鸦嘴。
侵晨采桑谁家女，手挽长条泪如雨。
去岁初眠当此时，今岁春寒叶放迟。
愁听门外催里胥，官家二月收新丝。

司马池

（980－1041）北宋诗人。字和中，今山西夏县人。司马光之父。官至天章阁待制。

行　色

冷于陂水淡于秋，远陌初穷见渡头。
犹赖丹青无处画，画成应遣一生愁。

文彦博

（1006－1097）北宋大臣。字宽夫，今山西介休市人。
官至宰相。

雪中枢密蔡谏仪借示范宽雪景图

梁园深雪里，更看范宽山。
迥出关荆外，如游嵩少间。
云愁万木老，渔罢一蓑还。
此景堪延客，拥炉倾小蛮。

司马光

（1019－1086）北宋政治家、史学家、文学家。字君实，今山西夏县涑水乡人，世称涑水先生。官至宰相。撰有《资治通鉴》。

和君贶题潞公东庄

嵩峰远叠千重雪，伊浦低临一片天。
百顷平皋连别馆，两行疏柳拂清泉。
国须柱石扶丕构，人待楼航济巨川。
萧相方如左右手，且于穷僻置闲田。

米　芾

（1051－1107）北宋书画家。初名黻，字元章，号襄阳漫、海岳外史，人称米南宫、米颠。世居太原，迁襄阳，后定居润州。为宋代四大书法家之一。

望 海 楼

云间铁瓮近青天，缥缈飞楼百尺连。
三峡江声流笔底，六朝帆影落樽前。
几番画角催红日，无事沧洲起白烟。
忽忆赏心何处是？春风秋月两茫然。

王　诜

北宋词人。字晋卿，今山西太原市人。英宗女蜀国长公主婿，拜左卫将军、驸马都尉。

忆故人

烛影摇红，向夜阑，乍酒醒、心情懒。尊前谁为唱阳关，离恨天涯远。　　无奈云沉雨散，凭阑干、东风泪眼。海棠开后，燕子来时，黄昏庭院。

司马槱

北宋词人。字才仲，今山西夏县人。元祐六年（1091）任河中府司理参军。

黄金缕

妾在钱塘江上住，花落花开，不管流年度。燕子衔将春色去，纱窗几阵黄梅雨。　　斜插犀梳云半吐，檀板轻敲，唱彻黄金缕。望断行云无觅处，梦回明月生南浦。

王安中

（1075－1134）北宋词人。字履道，今山西阳曲县人。官至大名府尹。词师苏轼。

破子清平乐

烟云千里。一抹西山翠。碧瓦红楼山对起，楼下飞花流水。　　锦堂风月依然，后池莲叶田田。缥缈贯珠歌里，从容倒玉尊前。

赵 鼎

（1085－1147）南宋政治家、词人。字元镇，今山西
闻喜县人。南渡后曾两度拜相，荐用岳飞。后被秦桧胁迫，
谪居海南三亚崖城，绝食而卒。

蝶恋花·河中作

尽日东风吹绿树。向晚轻寒，数点催花雨。
年少凄凉天付与，更堪春思萦离绪。　　临水高
楼携酒处。曾倚哀弦，歌断黄金缕。楼下水流何
处去，凭栏目送苍烟暮。

满江红·丁未九月南渡泊舟仪真江口作

惨结秋阴，西风送、霏霏雨湿。凄望眼，征
鸿几字，暮投沙碛。试问乡关何处是，水云浩荡
迷南北。但一抹寒青有无中，遥山色。　　天涯路，
江上客。肠欲断，头应白。空搔首兴叹，暮年离拆。
须信道消忧除是酒，奈酒行有尽情无极。便挽取
长江入樽罍，浇胸臆。

赵 可

金词人。字献之，今山西高平市人。仕至翰林直学士。

雨中花慢·代州南楼

云朔南陲，全赵幕府，河山襟带名藩。有朱楼缥缈，千雉回旋。云度飞狐绝险，天围紫塞高寒。吊兴亡遗迹，咫尺西陵，烟树苍然。　时移事改，极目伤心，不堪独倚危栏。唯是年年飞雁，霜雪知还。楼上四时长好，人生一世谁闲。故人有酒，一尊高兴，不减东山。

李　汾

（1192－1232）金诗人，属河汾诗派。字长源，今山西太原市人。元好问"三知己"之一。

雪中过虎牢

萧萧行李戛弓刀，踏雪行人过虎牢。
广武山川哀阮籍，黄河襟带控成皋。
身经戎马心愈壮，天入风霜气更豪。
横槊赋诗男子事，征西谁为谢诸曹？

赵 元

（约 1173 — 约 1236）金诗人，属河汾诗派。字宣之，号愚轩居士，山西定襄县人。

渡洛口

一脉寒流两岸冰，断桥无力强支撑。
忘机羡杀沙鸥好，不省人间有战争。

李俊民

（1176－1260）金诗人，属河汾诗派。字用章，号鹤鸣老人，今山西晋城市人。弃官教授乡里，后隐嵩山。

闻蔡州破

不周力摧天柱折，阴山怨彻青冢骨。方将一掷赌乾坤，谁谓四面无日月？　石马汗滴昭陵血，铜人泪泣秋风客。君不见，周家美化八百年，遗恨黍离诗一篇。

感皇恩·出京门有感

忍泪出门来，杨花如雪。惆怅天涯又离别。碧云西畔，举目乱山重叠。据鞍归去也，情凄切。　一日三秋，寸肠千结。敢向青天问明月。算应无恨，安用暂圆还缺？愿人长似，月圆时节。

元好问

（1190 — 1257）金文学家。字裕之，号遗山，今山西忻州市人。金哀宗时任左司都事。为河汾诗派领袖、元曲开山鼻祖。

雁门道中书所见

金城留旬浃，兀兀醉歌舞。出门览民风，惨惨愁肺腑。去年夏秋旱，七月黍穗吐。一昔营幕来，天明但平土。调度急星火，逋负迫捶楚。网罗方高悬，乐国果何所？　食禾有百螣，择肉非一虎。呼天天不闻，感讽复何补！单衣者谁子，贩籴就南府。倾身营一饱，岂乐远服贾。盘盘雁门道，雪涧深以阻。半岭逢驱车，人牛一何苦！

摸鱼儿·雁丘词

乙丑岁赴试并州。道逢捕雁者云："今日获一雁，杀之矣。其脱网者悲鸣不能去，竟自投于地而死。"予因买得之，葬之汾水之上，累石为识，号曰"雁丘"。同行者多为赋诗，予亦有《雁丘词》。旧所作无宫商，今改定之。

问人间，情是何物，直教生死相许。天南地北双飞客，老翅几回寒暑。欢乐趣，离别苦，是中更有痴儿女。君应有语。渺万里层云，千山暮雪，只影为谁去？　横汾路，寂寞当年箫鼓。荒烟依旧平楚。招魂楚些何嗟及，山鬼自啼风雨。天也妒，未信与、莺儿燕子俱黄土。千秋万古，为留待骚人，狂歌痛饮，来访雁丘处。

【双调】骤雨打新荷

绿叶阴浓，遍池塘水阁，偏趁凉多。梅榴初绽，妖艳喷香罗。老燕携雏弄语，有高柳鸣蝉相和。骤雨过，珍珠乱糁，打遍新荷。　人生有几？念良辰美景，一梦初过。穷通前定，何用苦张罗。命友邀宾玩赏，对芳樽浅酌低歌。且酩酊，任他两轮日月，来往如梭。

段克己

（1196 － 1254）金诗人，属河汾诗派。字复之，今山西稷山县人。入元不仕，与弟成己避地龙门山，人称遯庵先生。

满江红

遯庵主人植菊阶下，秋雨既盛，草莱芜没，殆不可见。江空岁晚，霜余草腐，而吾菊始发数花，生意凄然，似诉余以不遇，感而赋之。因李生湛然归，寄菊轩弟。

雨后荒园，群卉尽、律残无射。疏篱下，此花能保，英英鲜质。盈把足娱陶令意，夕餐谁似三闾洁？到而今、狼藉委苍苔，无人惜。　　堂上客，须空白。都无语，怀畴昔。恨因循过了，重阳佳节。飒飒凉风吹汝急，汝身孤特应难立。谩临风，三嗅绕芳丛，歌还泣。

段成己

（1199－1279）金诗人，属河汾诗派。字诚之，号菊轩，今山西稷山县人。克己弟。

和答木庵英粹中

四海疲攻战，余生寄寂寥。

花残从雨打，蓬转任风飘。

有兴歌长野，无言立短桥。

敝庐犹在眼，殊觉路途遥。

郝 经

（1223－1275）元诗人。今山西陵川县人。由金入元，曾使宋被扣留于真州十六年而志不改。

落 花

彩云红雨暗长门，翡翠枝余萼绿痕。
桃李东风蝴蝶梦，关山明月杜鹃魂。
玉阑烟冷空千树，金谷香销谩一尊。
狼藉满庭君莫扫，且留春色到黄昏。

关汉卿

（1210－1300）元戏曲家。号已斋，今山西运城市人，一说大都（今北京市）人。元曲四大家之一。

【南吕·一枝花】不伏老

攀出墙朵朵花，折临路枝枝柳。花攀红蕊嫩，柳折翠条柔，浪子风流。凭着我折柳攀花手，直煞得花残柳败休。半生来折柳攀花，一世里眠花卧柳。

【梁州】

我是个普天下郎君领袖，盖世界浪子班头。愿朱颜不改常依旧，花中消遣，酒内忘忧。分茶，攧竹；打马，藏阄。通五音六律滑熟，甚闲愁到我心头！伴的是银铮女银台前理银筝笑倚银屏，伴的是玉天仙携玉手并玉肩同登玉楼，伴的是金钗客歌金缕捧金樽满泛金瓯。你道我老也，暂休。占排场风月功名首，更玲珑又剔透。我是个锦阵花营都帅头，曾玩府游州。

【隔尾】

子弟每是个茅草岗、沙土窝初生的兔羔儿乍向围场上走，我是个经笼照、受索网苍翎毛老野鸡蹚蹚的阵马儿熟。经了些窝弓冷箭蜡枪头，不曾落人后。恰不道人到中年万事休，我怎肯虚度了春秋。

【尾】

我是个蒸不烂、煮不熟、捶不匾、炒不爆响珰珰一粒铜豌豆。恁子弟每谁教你钻入他锄不断、斫不下、解不开、顿不脱、慢腾腾千层锦套头。我玩的是梁园月，饮的是东京酒，赏的是洛阳花，攀的是章台柳。我也会围棋，会蹴踘，会打围，会插科，会歌舞，会吹弹，会咽作，会吟诗，会双陆。你便是落了我牙、歪了我嘴、瘸了我腿、折了我手，天赐兴我这几般儿歹症候，尚兀自不肯休。则除是阎王亲自唤，神鬼自来勾，三魂归地府，七魄丧冥幽，天那，那其间才不向烟花路儿上走！

白　朴

（1226－1306）元戏曲家。字仁甫，号兰谷，今山西河曲县人。元曲四大家之一。

【双调·沉醉东风】渔夫

黄芦岸白蘋渡口，绿杨堤红蓼滩头。虽无刎颈交，却有忘机友，点秋江白鹭沙鸥。傲杀人间万户侯，不识字烟波钓叟。

【越调·天净沙】

春

春山暖日和风，阑干楼阁帘栊，杨柳秋千院中。啼莺舞燕，小桥流水飞虹。

夏

云收雨过波添，楼高水冷瓜甜，绿树阴垂画檐。纱厨藤簟，玉人罗扇轻缣。

秋

孤村落日残霞，轻烟老树寒鸦，一点飞鸿影下。青山绿水，白草红叶黄花。

冬

一声画角谯门，半庭新月黄昏，雪里山前水滨。竹篱茅舍，淡烟衰草孤村。

郑光祖

（1264 —？）元戏曲家。字德辉，今山西襄汾县人。元曲四大家之一。

【双调·蟾宫曲】梦中作

飘飘泊泊船缆定沙汀，悄悄冥冥。江树碧荧荧，半明不灭一盏渔灯。冷冷清清潇湘景晚风生，淅留淅零暮雨初晴。　　皎皎洁洁照橹篷剔留团圞月明，正潇潇飒飒和银筝失留疏刺秋声。见希颩胡都茶客微醒，细寻寻思思双生双生，你可闪下苏卿！

乔　吉

（1280 － 1345）元散曲家。字孟符，号笙鹤，今山西太原市人。与张可久并称元散曲两大家。

【正宫·绿么遍】自述

不占龙头选，不入名贤传。时时酒圣，处处诗禅。烟霞状元，江湖醉仙，笑谈便是编修院。留连，披风抹月四十年。

【中吕·满庭芳】渔父词（二首）

（一）

活鱼旋打，沽些村酒，问那人家。江山万里天然画，落日烟霞。　　垂袖舞风声鬓发，扣舷歌声撼渔槎。初更罢，波明浅沙，明月浸芦花。

（二）

秋江暮景，胭脂林障，翡翠山屏。几年罢却青云兴，直泛沧溟。　　卧御榻弯的腿疼，坐羊皮惯得身轻。风初定，丝纶慢整，牵动一天星。

【双调·折挂令】荆溪即事

问荆溪溪上人家：为甚人家，不种梅花？老树支门，荒蒲绕岸，苦竹圈笆。寺无僧狐狸样瓦，官无事乌鼠当衙。白水黄沙，倚遍阑干，数尽啼鸦。

【双调·水仙子】重观瀑布

天机织罢月梭闲，石壁高垂雪练寒，冰丝带雨悬霄汉。几千年晒未干，露华凉人怯衣单。似白虹饮涧，玉龙下山，晴雪飞滩。

刘　致

（？—约 1324 年后）元散曲家。字时中，号逋斋，今山西中阳县人（依《辞海》和《中国大百科全书·中国文学》说）。

【仙侣·醉中天】西湖春感

花木相思树，禽鸟折枝图。水底双双比目鱼，岸上鸳鸯户。　　一步步金镶翠铺。世间好处，休没寻思，典卖了西湖。

【双调·雁儿落带得胜令】送别

和风闹燕莺，丽日明桃杏。长江一线平，暮雨千山静。载酒送君行，折柳系离情。梦里思梁苑，花时别渭城。长亭，咫尺人孤零。愁听，阳关第四声。

张鸣善

元散曲家。名择，号顽老子。原籍今山西临汾市人，家在湖南，流寓扬州。

【中吕·普天乐】咏世

洛阳花，梁园月。好花须买，皓月须赊。花倚阑干看烂熳开，月曾把酒问团圆夜。　　月有盈亏花有开谢，想人生最苦离别。花谢了三春近也，月缺了中秋到也，人去了何日来也？

萨都剌

（1305－1355）元诗人。字天锡，号直斋，回族人，生于今山西代县。元时任几任小官，晚年不知所终。

念奴娇·登石头城次东坡韵

石头城上，望天低吴楚，眼空无物。指点六朝胜地，唯有青山如壁。蔽日旌旗，连云樯橹，白骨粉如雪。一江南北，消磨多少豪杰。　　寂寞避暑离宫，东风辇路，芳草年年发。落日无人松径里，鬼火高低明灭。歌舞尊前，繁华镜里，暗换青青发。伤心千古，秦淮一片明月。

薛　瑄

（1389－1464）明代学者、诗人。字德温，号敬轩，今山西河津市人。官至礼部右侍郎。

登中条山

魏国中条此尽头，登临暇日兴悠悠。

两崖势转黄流静，万壑声寒碧树秋。

官舍飞甍临远谷，琳宫细路绕层丘。

风光满目皆吾土，逸气飘然总胜游。

尹　耕

明诗人。字子莘，今山西代县人。

紫荆关

汉家锁钥惟玄塞，隘地旌旗见紫荆。
斥堠直通沙碛外，戍楼高并朔云平。
峰峦百转真无路，草木千盘尽作兵。
谁识庙堂柔远意，戟门烟雨试春耕。

常　伦

　　（1493 — 1526）明散曲家。字明卿，号楼居子，今山西沁水县人。官大理寺评事。

【北双调·折桂令】

　　望云亭一派笙歌，天地忘怀，日月消磨。未解朝酲，酒倾涓滴。诗漫吟哦。　　轮快乐风流到我，让功名富贵于他，丛竹阴多，小院凉多。试问先生，不醉如何？

傅　山

（1607 — 1684）明清之际思想家。名鼎臣，字青主。今山西阳曲县人。明代遗老，终生不仕。

乙酉岁除八绝句（选四）

（一）

纵说今宵旧岁除，未应除得旧臣荼。

摩云即有回阳雁，寄得南枝芳信无？

（二）

强言物旧不如新，鬓点霜华泣故人。

庾信满天萧瑟眼，霙华历乱为谁春。

（三）

余生久矣一蜉蝣，不死朱衣为白头。

满目山臊驱不尽，何须爆竹震仇犹。

（四）

梅花春信隔天涯，冰霰敲窗响塞笳。

帐底羔觞都有岁，山城乌哺独无家。

青羊庵

艻苍凿翠一庵经，不为瞿昙作客星。

既是为山平不得，我来添尔一峰青。

吴 雯

（1644－1704）清诗人。字元章，今山西永济市人，寄籍辽阳。游食南北，足迹几遍天下。

明 妃

不把黄金买画工，进身羞与自媒同。
始知绝代佳人意，即有千秋国士风。
环佩几曾归夜月？琵琶惟许托宾鸿。
天心特为留青冢，春草年年似汉宫。

游姑射山

姑射山前三日行，秋林落叶乱泉声。
藕花已老谷登市，牛力方新人饷耕。
冰雪远成仙客梦，桑田近见使君清。
徘徊芦荻萧萧夜，汾水东头雁影横。

中编

祁寯藻

　　（1793－1866）近代诗人。字叔颖，一字淳甫，改实甫，号春圃，山西寿阳县人。官至体仁阁大学士、太子太保。为宋诗派领袖人物之一。有《馒馤亭集》。

策马入太行山陉

丁年慕远征，千里独横行。
适野心逾壮，看山气不平。
断沙迷马迹，枯木聚鸦声。
短剑知吾意，腰间时一鸣。

村南晚眺

带雨山光空泼翠，缘溪树色晚浮烟。
回头不辨来时路，万叠垂杨绿到天。

秋感八首用杜陵秋兴韵（选前四首）

（一）

白发并州旧翰林，城南槐巷卧幽森。
报恩自恨无长策，垂老空思惜寸阴。
一卷消磨秋夜梦，百年寥落岁寒心。
似闻铙鼓军中乐，仍杂江天月下碪。

（二）

大火西流北斗斜，苦催霜鬓送年华。

抟风敢望垂天翼，破浪曾浮贯月槎。

江海壮游余画壁，关山清泪落边笳。

自伤迟莫看书眼，犹对萧疏绕径花。

（三）

卿云纠缦托余晖，敢道枢星近紫微。

鸾驾早陪仙杖列，倦禽犹恋上林飞。

军书络绎何时定，农政纷纭与愿违。

羸病此身难自理，尚思天下国家肥。

（四）

对局曾看谢墅棋，烂柯归去亦堪悲。

如何草长莺飞处，即是风声鹤唳时。

海上楼船频报捷，江东羽檄且交驰。

白门丹旐归何日，手把茱萸不忍思。

徐继畬

（1795－1873）近代学者、诗人。字健男，别字牧田，号松龛，山西五台县人。官至总理同文馆事务大臣。

驮炭道 (并序)

石炭似煤而有烟。太原以南煤炭兼产，关北则有炭而无煤。五台南界产炭，山路高险，俗呼驮炭道。民间农隙皆以驮炭为业。余所居之东冶镇，其聚处也。自幼目睹艰辛，杂方言作《驮炭道》。

隔巷相呼犬惊扰，夜半驱驴驮炭道。
驴行黑暗铎丁东，比到窑头天未晓。
驮炭道，十八盘，羊肠蟠绕出云端。
寒风塞口不得语，启明十丈光团圞。
窑盘已见人如蚁，烧得干粮饮滚水。
两囊盛满捆驴鞍，背负一囊高累累。
驮炭道，何难行，归时不似来时轻。
人步伛偻驴步碎，石头路滑时欲倾。
日将亭午望街头，汗和尘土面交流。
忽闻炭价今朝减，不觉内心怀烦忧。
价减一时犹自可，大雪封山愁杀我。

杨深秀

（1849 — 1898）近代诗人。字漪春，山西闻喜县人。
戊戌变法失败后与谭嗣同同时被害，为戊戌六君子之一。

狱 中 诗

久拼生死一毛轻，臣罪偏由积毁成。
自晓龙逢非俊物，何尝虎会敢徒行。
圣人岂有胸中气，下士空思身后名。
缧绁到头真不怨，未知谁复请长缨？

刘翼亭

（1827－1913）原名伸，以字行，又名刘引之，号浮生子，谥唐靖先生，山西晋城市人。曾主讲凤台（今晋城）朋道书院、高平宗程书院、阳城仰山书院、晋城书院，任邑内高等学校堂长。有《若寄书屋诗文存》。

沁堤杂咏（四首）

（一）

沁水绕怀注郡东，莎堤百丈走长虹。
竭来秋潦添新涨，斫伐杨枝下埽工。

（二）

人家多半住堤腰，堤里浪花堤外潮。
河润从来通九里，药畦菜圃不须浇。

（三）

满岸芦蒿满地苔，蒙茸翠色叠成堆。
洲边一点明于雪，飞下青天白鹭来。

（四）

树压芳垣草覆庐，两三篱落钓人居。
阿儿拍手阿翁笑，绿柳条穿半尺鱼。

樊增祥

（1846 — 1931）字嘉父，号云门，别号樊山，湖北恩施市人。近代"晚唐诗派"代表作家。

旧关道中

石壁烟岚返照浓，清秋人在画图中。
片时娘子关头雨，一树斜阳枣样红。

大　同

桑干水绕大同城，日落严关鼓角惊。
地迥北通龙口戍，时危西调雁门兵。
连村赤帻闻风起，万瓦红灯照夜明。
愁煞循良二千石，黑河日夜怒涛生。

入 雁 门

雁门山色入云斜，危磴盘纡一驻车。
蹑足百重皆鸟道，回头千里尽龙沙。
虬松尚是前朝树，莺粟新看内地花。
满目河山似唐季，赤心何处得朱耶。

易顺鼎

（1858－1920）字仲硕，号眉伽，别号哭庵，湖北龙阳人。近代"晚唐诗派"代表作家。

燕赵道中作

虎踞龙盘一太行，千年倦眼阅沧桑。
云连绝塞无边紫，日照浑河分外黄。
不见漆身酬智伯，空闻金骨市昭王。
残衫破帽休相笑，添得幽并气莽苍。

西天门

万山环抱戍楼雄，长剑携来倚断虹。
三晋云山驴背上，九边星月雁声中。
残碑补壁苔犹绿，独树当关叶早红。
莫道书生词赋手，尚能谈笑挽雕弓。

张友桐

（1868 —？）字晓琴，山西雁门人。1912 年任山西省国税厅厅长，1916 年受聘山西大学堂文史教授，执教二十多年。有《西阹草堂文集》。

雁门关题壁

绝塞参天雁不飞，荒烟寒碛动斜晖。
关城夜半秋风疾，犹说草黄胡马肥。

行出雁门关秋

紫塞雄关卧虎貔，废亭残堞尚嵚崎。
霜横秋草蒙恬冢，风冷边鸿李牧祠。
千嶂青岚围故国，半林黄叶枕荒陲。
出关已见平沙远，落日萧萧塞马嘶。

平定道中

小桥垒石野溪横，渐近山村向晚行。
麦垅齐时征旆色，杏花深处马蹄声。
斜阳半岭分岚媚，流水三春及暮清。
借问田夫何处宿，荷犁一笑指归耕。

太原郡楼晓望

欲知霜气晓如何，塞雁惊寒昨夜过。
曙接重楼催画角，秋横双塔耸雕戈。
水村飞鹭烟初冷，山寺啼鸦露正多。
惟有秋风汾上思，白云何处问箫歌。

李　素

（1869 — 1944）字畏斋，山西平定县人。辛亥革命后为南京临时政府代表，参议院议员。南下广州参加护法运动。后定居北京。著有《水帘诗稿》八卷。

黄　屋

辛亥晋军起义反清，扼守娘子关。余时在军，曾请移住东天门。时吴禄贞为晋抚，兵驻石家庄，遣使至娘子关。议未决，吴夜临关，气颇昂。见阎锡山则曰：何谓都督，取消，仍旧职。晋军移石家庄，以便我阻袁北上。我闻之，愈以移军东天门为便，力主之。吴愤甚，阻我言。阎曰：此我参谋，有见可言。余曰：我言为将军，非为晋也，将军所领兵，多钦派，非素练，虑在将军，晋何虑，起义行素志耳，胜败原不计也。吴气乃和。临告别，我以起义后，外情隔绝，请寄我报纸，藉知消息。吴笑诺，后果依约寄来一束。闻吴下车即被难。区区之报寄何速，殊为国家惜此君。嗣我因众举，乃间道南下，参加南京组政府事。抵沪，始闻晋败耗，感也何如！

秋风秋雨洗黄屋，　午门昼闭黑如漆。晋人走马九月天，菊花黄白色色鲜。承天父老罗酒浆，小子酹酒祭道。扬旗一呼三百里，角声吹动桃河水，晋军开关吴军语，语来语去车下死。掉头长啸东天门，滚滚滹沱幂战云。鼓声寂寂雪路屯，恨骨耐冷卧山根。海风刷耳耳为塞，鸿飞冥冥隔南北。

张瑞玑

（1871－1927）字衡玉，山西洪洞县人。曾秘密参加同盟会，后任阎锡山政府财政司长。

冷泉关

垂杨影里路三湾，一面河堤两面山。
野店东风村酿熟，行人醉过冷泉关。

【注】
冷泉关，亦称灵石口，在灵石城北冷泉村。

灵石道中

驿路蝉声咽，新凉入早秋。
乱山随马走，野水逼城流。
清磬烟中寺，红窗树外楼。
故人诗兴健，振策发高讴。

徐沟道中

轻舆小睡稳如舟，树外青山山外楼。
十里河滩软沙路，马铃摇梦过徐沟。

喜景梅九杜仲虑南旋留坎

梦里鹧鸪三两声，故人归马踏青晴。
相逢不信头颅在，脱劫方知性命轻。
囊底黄金心已冷，匣中宝剑气犹生。
天涯到处张罗网，莫向人间道姓名。

吴 庚

字少兰，号空山人，山西乡宁县人。曾任陕西临潼知县，后辞职归里。张瑞玑与之师同邑杨媚秋，并作《空山人墓志铭》。有《空山人遗集》。

灵石道中（三首）

（一）

车声彻昼耳辚辚，短梦将残故隐身。
得句未成诗片段，看山时抖睡精神。
半川汾水初飞雁，二月春风尚冷人。
记得家乡离别日，杏花开遍暖泉津。

（二）

一途天色晓清清，忘却离家第几程。
明日记逢寒食节，春风随过冷泉城。
经年野火迷荒戍，傍路农家趣早耕。
屈指家书还未到，老人北望卜阴晴。

（三）

故乡错认时并州，萍梗年年此倦游。
奇遇伊谁知李靖，好诗多半误韩侯。
几头怪石迎人语，一尺书箱压马愁。
前度云山应识我，浮屠峰起义棠邱。

景耀月

（1881－1944）近代民主革命派、诗人。字瑞星，别署秋陆，山西芮城县人。早年毕业于山西大学堂、留学日本，追随孙中山、黄兴，致力于民主革命。武昌起义后被推为议长及《临时约法》起草委员，主持临时大总统就职典礼。

调寄满江红·共和开国

江表人豪，数不尽、齐陈晋梁。纷纷地、几朝称帝，几代称王。友谅林儿争汉宋，湘军皖帅战洪杨。数十年、只见秣陵高，江水长。　　共和号，平昔张。开国事，出仓皇。问红颜垂白，总道孙黄。一代功成身圣武，千秋评在泪凄凉。举义旗，誓雪耻除凶，跻太康。

王用宾

（1882－1944）字太蕤，号鹤村，山西临猗县人。1905 年在日本加入同盟会。1912 年为国会参议员，1920 年被孙中山任命为北方特派员。1929 年在南京任立法委员会副委员长，1934 年任国民政府司法行政部长。

三月晦日送春遇雨

年青时作于郇阳（今临猗县）书院。

> 怪底东君怅别离，临行遍洒泪如丝。
> 碧桃树嫩枝枝婵，绿竹叶新个个披。
> 白傅题诗搁管日，黄洲志喜上亭时。
> 星言夙驾何人说，拟到桑田一问之。

双 虹 桥

柏溪两水交流，广其石桥，曰双虹，用太白双桥落彩虹句也。

> 引浍入汾绕绛州，柏溪两水又交流。
> 双虹桥畔题名罢，回首云山别是秋。

北　望

春风催换袷衣裳，依旧烟尘裹太行。
兵马不宁人坐废，官衙无事客干忙。
三杯橘酒添愁晕，一棹柳溪绾别肠。
如此河山堪叱咤，忍将衰老负昂藏。

满江红·忆风陵渡

莽莽长河，冲破了鸿沟峭壁。看一抹、雷崩陵岸，浪飞沙石，突兀雄关天半挂，苍茫古道斜阳窄。任胡骑封豕卷长蛇，漩流隔。　　弦拓处，抛霹雳。烟缕里，攒锋镝。尽山头火力，风声清激。众志成城牢可恃，潜师暗渡终无策。况中条十五次交锋，俱摧敌。

于右任

（1879 — 1964）名伯循，号骚心。陕西三原县人。国民党高官，1949 年支持国共和谈，谋求和平统一。长于书法、诗词。著有《于右任诗存》等。

过平陆作

我亦横汾感世波，故国消息近如何？
夕阳西下无来雁，匹马南归竞渡河。
道远车迟虞坂峻，云开雨傍太行过。
山川满目今犹昔，后土寺前袴且歌。

禹 门 渡

禹庙东西并赛神，禹门三日滞行人。
护巢苍隼愁缯缴，扑面黄沙杂战尘。
天地平成终有待，鱼龙寂寞恐非真。
吕梁山上夕阳好，返射凿痕迎眼新。

1918 年

冯玉祥

（1882－1948）字焕章，安徽巢县人。中国国民党爱国将领。

咏晋祠周柏

大树苍苍数千载，虽然倾斜诚大观。
饱经世间冷暖事，能耐风霜不畏寒。

1930 年冬

王成庵

（1892 — 1964）名信之，号市隐，山西寿阳县人。现代儒商，善诗词。有《市隐雕虫集》。

和友人原韵二首 （选一）

古寺曾游四五周，禅房惟见老僧留。
云飞高阁奇峰出，烟锁寒泉曲径幽。
似画云山难入画，未秋天气已如秋。
欲求古迹寻名胜，到处攀登问石头。

1912 年

重游神蝠山

金刚碎玉漱寒流，此日登临忆旧游。
马足踏残三径草，钟声响彻万峰秋。
看松省识名山乐，坐石能忘乱世愁？
小憩神坪频太息，中原烽火几时休？

1931 年

续范亭

（1893－1947）名培模，山西原平市人。抗日爱国将领。曾任山西新军总指挥。

夜宿潼关

华阴一路景凄凉，夜宿潼关更露长。
鸡鸣犬吠豫秦晋，浪击沙翻洛渭黄。
老凤西游悲左计，中条北望忆前场[①]。
十二连城称要害，风云迭次起萧蔷[②]。

【注】

① 老凤指李岐山。李名鸣凤，字岐山。此处写他与阎锡山决裂后，误中奸计入陕，为陕督陈白生所刺杀。中条指1915年与续西峰、李岐山为讨袁作战入晋事未成。

② 十二连城：当指讨袁作战拟进入太原，旧太原府辖阳曲、榆次、太谷、祁、交城、文水、岚、兴、徐沟、清源、岢岚12县。

1921 年

一九三九年抗战过管涔山一宿

山名管涔，寺曰雷鸣。
汾源一顾，抗战过程。

徐特立

（1877 — 1968）原名懋恂，字师陶，湖南长沙市人。无产阶级革命家、教育家。

赴柳店子视续老范亭（二首）

（一）

百年多国难，于今难更深。
谁与共袍泽，硕果忆同盟。
卧榻闻鼙鼓，昂头听捷音。
咸榆凭驿使，寄语告知心。

（二）

布尔塞同盟，先后相继承。
真正中山徒，落落数晨星。
尔我虽年迈，姜桂老愈辛。
仰天射十日，踏海斗长鲸。

1941 年

七十客绥，哀吕梁灾民并自寿

　　蒋阎肆虐政，灾民遍吕梁，败絮不蔽体，充饥惟秕糠。老弱转沟壑，少壮半逃亡。转看警备区，家家有余粮。黄河一水隔，地狱与天堂。法币八万万，购棉又购粮。边区济河东，艰苦与共尝。我今年七十，客绥避兵荒。党政军民学，群议称寿觞。苦乐两相形，不觉倍感伤。却之感不恭，请勿事铺张。瓜果代鸡豚，清茶代酒浆。题字代寿联，词短意更长。诗文写性情，所贵非颂扬。纸笺不拘格，百纳愈琳琅。不落旧窠臼，吾党破天荒。祝寿破常例，推广到婚丧。

1946 年

谢觉哉

（1884－1971）湖南宁乡县人。无产阶级革命家、诗人。曾任最高人民法院院长、政协全国委员会副主席。

访城工部于王家沟

城市立高山，山高城不凡。
枣榆生涧底，鸡犬在云间。
纵话玄黄战，安排霞露餐。
鹿门诸老会，身健鬓初斑。

1947 年 11 月 25 日

【注】

王家沟是晋西某地一个山沟，城市工作部自延安退出时住此。

元宵游临县看打铁花

打铁花，把铁化水，瓢盛着散为火花；有彩灯、锣鼓、花爆等衬着，得句。

元宵村民打铁花，鳌山火树寂无哗。
一瓢红汁熛然上，万颗明珠缴样夸。
人庆靖戎兼得地，年祈粱麦与绵麻。
归来踏得琼瑶碎，皓月当空影未斜。

1948 年 2 月 24 日

出岢岚城地开阔得句

路直四开阔，轮蹄得得轻。

风吹情若醉，雨过野初耕。

左挹层云接，右肩积雪明^①。

广原春日好，宁静不闻声。

1948 年 4 月 16 日

【注】

① 一望无际，山顶积雪未消。

游滹沱河畔

烟抹远山树若无，岸横沙际麦平铺。

夕阳影里扶筇立，一水湾头看钓鱼。

1948 年 6 月 10 日

林伯渠

（1886 — 1960）名祖涵，湖南临澧县人。无产阶级革命家、诗人。曾任全国人大常委会副委员长。

和朱总出太行韵

关心楚尾又吴头，立马太行宿雨收。
泾渭分明缘底事，元戎总未计恩仇。

1940 年

赠续范亭（二首）

病中承范亭、尚昆、若飞、汉宸诸同志枉顾，诗以谢之。

（一）

每怀旧雨倍心惊，西北喜逢续范亭。
豪气当年仍未挫，丹心许国昔犹今。
偶凭杯酒耀珠玉，尽有嘉言贻子孙。
收复河山吾侪事，长留肝胆照园陵。

(二)

却因小病卧农场，联袂枉顾不敢当。
边塞寒威仍凛冽，郊原春意已潜藏。
负暄山脚情尤挚，抵掌梅园语亦香。
踏遍崎岖多少路，相逢峻坂总平常。

1942 年旧历腊月

董必武

（1885 — 1975）名贤琮，号璧伍，又名用威，湖北黄安县人。无产阶级革命家、诗人。曾任中华人民共和国代主席。有《董必武诗选》。

挽续范亭先生（二首）

（一）

代郡多豪杰，先生更出群。
怀才能拨乱，许国已忘身。
血迹陵园在，勋名日月新，
遗书有新意，易箦亦归真。

（二）

同作甘泉寓，油梨分我尝。
吟诗遣怀抱，卧病阅风霜。
彻底夷封建，从头稳立场。
精灵当不没，山水永增光。

1947 年 9 月 21 日晨于阜平之广安

和叶参谋长《过五台山》三绝句用原韵

(一)

厉万劫魔犹有债，食千年粟要还粮。

前人造业后人报，如是我闻佛亦狂。

(二)

无神无佛好栖鸦，绀宇琳宫是幻也。

贝叶忽飞金像散，文殊何处再为家。

(三)

秋雨秋风一叶飞，白云深处五台迷。

抚今感昔多豪宕，好句传来我欲西。

1947 年 12 月

朱　德

（1886 — 1976）字玉阶，四川仪陇县人。无产阶级革命家、元帅、诗人。曾任中华人民共和国副主席、全国人大常委会委员长。有《朱德诗选集》。

太行春感

远望春光镇日阴，太行高耸气森森。
忠肝不洒中原泪，壮志坚持北伐心。
百战新师惊贼胆，三年苦斗献吾身。
从来燕赵多豪杰，驱逐倭儿共一樽。

1939 年春

寄语蜀中父老

仗马太行侧，十月雪飞白。
战士仍衣单，夜夜杀倭贼。

1939 年

出太行

1940年5月，经洛阳去重庆谈判，中途返延安。是时抗战紧急，内战又起，国人皆忧。

群峰壁立太行头，天险黄河一望收；
两岸烽烟红似火，此行当可慰同仇。

和董必武同志七绝（五首录四首）

1941年秋，董必武同志由重庆寄来七绝四首，依原韵奉和五首。

（一）

敌后常撑亦壮图，三师能解国家忧。
神州尚有英雄在，堪笑法西意气浮。

（二）

黄河东岸太行陬，封锁层层不自由。
愿与人民同患难，誓拼热血固神州。

（三）

朋辈志同意自投，团成砥柱止中流。

肃清日寇吾侪事，鹬蚌相争笑列侯。

（四）

抗战连年秋复秋，今秋且喜稻如油。

迷漫烽火黄河岸，父老齐声话御仇。

赠 友 人

北华收复赖群雄，猛士如云唱大风。

自信挥戈能退日，河山依旧战旗红。

1941 年

悼左权同志

名将以身殉国家，愿拼热血卫吾华。

太行浩气传千古，留得清漳吐血花。

1942 年 6 月 2 日

和叶剑英同志过五台山诗（三首）

（一）

广大神通难赖债，强舍金身偿旧粮。
食尽农民千载粟，清还一点不为狂。

（二）

禅宫寥落乱飞鸦，扫地出门罪佛也。
修道院成休养院，荣军个个好为家。

（三）

五台高耸白云飞，天朗气清路不迷。
世人觉醒何须佛，来自西天去自西。

1947 年 9 月

叶剑英

（1897 — 1986）原名宜伟，字沧白，广东梅县人。无产阶级革命家、元帅、诗人。曾任全国人大常委会委员长、中央军委副主席、中共中央副主席。有《叶剑英诗词选》。

满江红·悼左权同志

敌后坚持，捍卫着自由中国。试看那，橇枪满地，汉家旗帜。剩水残山容我主，穿沟破垒标奇迹。问伊谁，百万好男儿，投有北。　　崦嵫日，垂垂没；先击败，希特勒。会雄师踏上，长白山雪。风起云飞怀战友，屋梁月落疑颜色。最伤心河畔依清漳，埋忠骨。

1942 年 7 月 7 日

过五台山（三首）

（一）

千年古刹千年债，万个金身万姓粮。

打破禅关惊破梦，未妨仇恨是清狂。

（二）

荒凉殿宇有啼鸦，稀世经藏灰化也。

昔日庄严金佛像，而今流落万人家。

（三）

南台山上白云低，人在云中路径迷。

可有神工能扫雾，让吾放眼到平西。

1947 年 9 月

陈　毅

（1901 — 1972）字仲弘，四川乐至县人。无产阶级革命家、元帅、诗人。曾任国务院副总理兼外交部长。有《陈毅诗词选》。

由太行山西行阻雪

我过太行山，瑞雪自天堕。
高峰铸银鼎，深谷拥玉座。
策马不能行，山村徒枯坐。
冰雪何时融，征程从此错。
夜深对暗壁，摇摇影自和。
残灯不成红，雪打窗纸破。
衾寒难入梦，险韵诗自课。
浩歌赋太行，壮志不可夺。
歌罢祝天晓，一鞭汾河过。

1944 年 2 月

水晶坡又阻雪

雪涛冰挂鸟难过，水晶坡上蚁旋磨。

下马敲冰图寸进，赤手攀援如刀割。

行行行行觉衣重，朔风吹来袭又薄。

进退艰难人马困，不复少年轻腰脚。

攀登绝顶望天海，新月初挂远山角。

征程日短延安近，喜见吕梁在天末。

1944 年 2 月

【注】

水晶坡在山西太谷县东南，陈毅同志 1944 年 2 月前往延安途中路居于此。

元夜抵胡家坪

敲冰踏雪麦坪前，半夜山村犹未眠。

点点灯花当户照，齐占胜利在今年。

1944 年 2 月

过吕梁山（二首）

（一）

峥嵘突兀吕梁雄，我来冰雪未消融。

花信迟迟春有脚，夕阳满眼是桃红。

（二）

林壑深幽胜太行，收罗眼底不辞忙。

雪海冰山行不得，飞岩绝壁路偏长。

熊谨玎

（1886 — 1973）湖南长沙市人。曾任全国政协委员、中国红十字总会副会长。

刘胡兰同志流血一周年

朴实农家女，雄豪胜过男。
立场能站定，奋斗不辞艰。
头断铡刀下，芳留宇宙间。
阎獠刽子手，血债必追还。

1948 年 1 月 13 日

途景（选三）

1948 年 2 月 15 日随城工部诸同志由晋绥临县三交迁往晋察冀军区，3 月 9 日始达平山县李家庄，计程 24 天。途中写诗不少，摘录如下：

从车村至凤沟

听说今天行路难，羊肠曲折两重山。
一心弃马徐徐溜，两手扶藤步步翻。
造极何曾哀老甚，停餐还见夕阳丹。
除嫌大汗漫头外，尚少其他感不安。

1948 年

由红池至咸阳又翻一山

连日山高复水低，今朝又上岭峦西。
寒风凛冽摧人面，乱石纵横碍马蹄。
柱杖崎岖身尚健，拈毫吟咏句还奇。
一山翻过来翘首，百里平铺入望迷。

过阳明堡

阳明驻马最宜人，一幅平原画景新。
旷野纵观山色远，村庄环隐树林深。
兵戈蹂躏伤倭寇，解放功勋仰我军。
今日老夫过战堡，狂歌当哭寄雄心。

王　璧

（1892－1986）字廷瑞，号白岩。山西阳城县人。毕业于山西政法专门学校，为该校五四运动领导人之一。

过晋城县巴公原

高原一战决雌雄，千载人传英主风。
谁识农民多别趣，津津乐道巴公葱。

春游海会寺

春风和暖雅宜人，乘马遨游到水滨。
云观奇峰停鹫岭，风传诗韵入松林。
光阴不息催人老，景物差堪慰我心。
归去不须营别事，宜乘春在多游寻。

郁达夫

（1896 — 1945）原名郁文，浙江富阳市人。现代著名作家、诗人。

元 遗 山

遗老功名剩稗官，河东史笔未摧残。
伤心怕读中州集，野史亭西夕照寒。

夏承焘

（1900－1986）字瞿髯，浙江温州市人。著名词学家。有《夏承焘词集》。

过解县吊黄仲则客死处（三首）

（一）

儿时百首诵千回，今日伤春万里来。
地下黄琼如识我，可无身后子云哀。

（二）

鬓丝禅榻死无聊，短咏天涯续大招。
昨夜梦君万梅底，醒时残雪满中条。

（三）

一灯拥鼻坐中宵，万里扬鞭续大招。
要与黄生比风骨，五更残雪过中条。

1925 年

【注】

黄仲则，清代诗人，名景仁，江苏常熟人，三十四岁卒于解县，有《两当轩集》、《竹眠词》。

刘大鹏

（？－1942）字友凤，号卧虎山人、梦醒子，山西太原市人。有《晋祠志》、《晋水志》等。

题唐碑亭壁

悬瓮山前晋水阳，岿然片石色苍苍。
摩挲已历千余遍，犹见文皇翰墨香。

晋祠四景（选四）

（一）

春风习习泛春光，渲染溪山若画张。
不独清潭萍写翠，且欣宝塔势凌苍。
朝阳洞口桃花绽，难老泉头柳絮扬。
燕语莺嗫饶逸趣，来游应作舞雩望。

（二）

风清雨润百花香，赤帝扬威日正长。
绿柳依依垂石砌，青荷叠叠点池塘。
梯云阁上堪消暑，白鹤亭中合纳凉。
晋水汪洋拼觉冷，游人尽许沁诗肠。

（三）

西山爽气此勾留，桂子香瓢庙貌幽。
金菊花开唐叔殿，井梧叶落胜瀛楼。
文昌阁上凉风紧，圣母殿前白露遒。
蟋蟀宵鸣鸿昼舞，蝉声不断咽高秋。

（四）

秋去冬来景更幽，白云红叶影悠悠。
轻笼松柏烟千缕，普照亭台月一钩。
树萃寒鸦时对语，泉亭暖水日分流。
古今踏雪寻梅客，到此吟诗纪胜游。

杨履香

字康侯，山西忻州市人，曾襄理同蒲铁路。1911 年任湖南宝庆府知府，是年九月，挂冠归里。

游福田寺

寺在系舟山，即元遗山读书处。

> 兰若临松涧，东岩著色屏。
> 河流萦郡白，岭抱入关青。
> 偶作云林客，闲闻贝叶经。
> 读书人未见，浑欲问山灵。

元遗山墓

> 五花坟下草恒春，清气依然万古新。
> 文献中州遗稿在，金源史笔属诗人。

李凤翔

字仞千，室名啸傲轩，山西五台县人。1921 年至 1927 年期间，先后任蒲县、赵城、沁县等地县长。有《啸傲轩诗钞》。

东 胜 山

山在蒲县东，距城五里。

雄踞城东众壑殊，天然胜境冠全蒲。
青屏映水环三面，翠柏干霄植万株。
盛夏云横疑幔罩，隆冬雪满俨银铺。
春秋景色尤佳丽，殿阁楼台入画图。

哀 雁 北

庐焚痛罕存，触目竟荒墩。
旗掩空留塞，烟稀不见村。
且忧无鸟鼠，那复有鸡豚。
义犬知恩报，仍寻旧主门。

夏日过文瀛湖

水现清光镜里天，青青弱柳满湖边。
斜阳返照人如织，荡漾中心一小船。

张 裕

（？－1929）字子余，室名瓣香斋。山西代县人。民国时在平遥、代县等地教书。有《瓣香斋遗诗》。

与温训畚登慈祥寺浮图

古陶城外麓台西，塔影凌空望欲迷。
四面俯听惊浪骇，七层高跨与天齐。
绵峰远翠攒都小，汾水横波绕尽低。
下界回头看着脚，白云深处耸危梯。

庚戌秋初至太原徒步游晋祠（三首）

（一）

藕村绕过绿披崖，帝母仙踪碧殿开。
最是林峦描不到，瓮悬山畔读书台。

（二）

寻碑曾纪谪仙游，溪水依然碧玉流。
行到台骀祠畔憩，满阶黄叶四山秋。

(三)

杰塔登临亦快哉，七层高踞与云偎。
天光尽处川原绕，奔赴齐从眼下来。

韩辅国

字少山，山西清源人，自署晋阳西鄙人。民国时主太原税务学堂讲习。有《于役吟草》。

由赵城入山行次汾西

羊肠盘险磴，宛转到山巅。
大麦短于发，孤城小似拳。
荒凉穷客旅，寥落少人烟。
朝起城隅望，墙高仅及肩。

岔口店不寐

倦极思眠眠不得，孤灯欲灭尚微明。
风吹薄被窗无纸，马龁残刍院有声。
细检途中新得句，回思海内旧交情，
蝶魂刚入漆园去。蓦地群驴齐一鸣。

久　雨

春阴黯黯雨绵绵，彻夜撩人恼未眠。
书案频移惭屋漏，纱窗着润净尘缘。
绿生阶藓沾泥滑，红落林花贴地鲜。
拨剌有声楼下望，披蓑人钓柳堤边。

田羽翔

　　（1900 － 1957）名润林，字羽翔，号依文庐主，山西汾阳市人。毕业于山西大学中国文学系。

蒲阳览古

　　避世欣逢古帝都，优游胜迹愠当除。
　　条山北向行云在，黄水南流入海无。
　　城角颓楼名鹳雀，岩中傍寺耸浮图。
　　柏林展拜杨公墓，石碣犹存伯玉书。

　　　　　　　　　　　　　　1937 年仲冬

张恒寿

（1902 —？）山西阳泉市人。1932 年毕业于北京师范大学历史系，1937 年毕业于清华大学研究院中文班。河北师范学院历史系教授。著有《韵泉室旧体诗存》。

文瀛湖雨晴早望

昨夜东风来，吹断春雨声。今朝出门去，风光满目清。湖色清且静，楼台变水晶。　　时有新燕来，点水戏不鸣。盘绕翔上下，与水如有情。春寒惹烦恼，好景娱我心。

1922 年

一九二一年在太原一中读书春尽
未见一花，因忆吾家有作

杨柳丛中半作家，清流一曲傍村斜。
春风不管人归否，开遍故园桃杏花。

王敏求

（1903 — 　）辽宁辽中县人。1942 年抗日战争时曾战斗在山西，曾任黑龙江人民法院院长。

夜别太行

太行山之阙，遍洒英雄血。
血渍斑斑红，千秋永弗灭。
五年驻太行，矢扫寇仇穴。
今宵赋远征，遽与太行别。
夜色何皎皎，风微雨初歇。
秋虫催启行，征途踏明月。

1942 年 9 月

平型关大捷

夜涉秋洪水，晨登雨洗山；
来侵骄举趾，抗击志方酣。
鹤唳风声紧，霜飞草色寒；
人民之义战，首胜平型关。

邵天任

作者长期从事国际条约、法律工作，曾参与香港、澳门回归的谈判工作。

唐多令·反扫荡

星夜逾沟墙，平明转吕梁。到山中忽忆端阳。涧水一壶清胜酒，寻野菜，煮黄粱。　　山下几声枪，远村犬吠狂。看今宵小试锋芒。直捣城关摧敌堡，鸡未唱，月黄昏。

1941 年

赵树理

（1906 － 1970）山西沁水县人。现代著名作家。

为陵川第一山林场题词（二首）

（一）

辛苦经营已数秋，英雄日日展宏筹。
不矜鳞甲披丛岭，愿促松阴复石头。

（二）

栉风沐雨万山丛，日计无多岁计丰。
莫道眼前仿似昨，重游过客识英雄。

刘子威

（1906－1989）山西右玉县人。山西大学经济学教授。曾任山西省政协常委，山西诗词学会顾问。

述　怀

寇仇平地起幽燕，塞北三关战鼓喧。
将士负戈奔北去，书生携卷向南迁。
恨无杀敌青虹剑，惭对从戎班子贤。
关中自古称重地，报国休分后与先。
奋战倭仇挥秃笔，满腔热血寄行间。
将士沙场传捷报，书生文墨亦流丹。

1940 年抗战三周年

罗元贞

（1906 － 1993）广东兴宁市人。山西大学历史教授。曾任中华诗词学会顾问、山西诗词学会顾问。著有《难老园诗词选》。

送 行

十里依依杨柳青，西风夕照客魂惊。
直言自古非时尚，抗战于今是罪名。
莫信天心能悔祸，试思虎口肯余生。
此身欲化关山月，万里与君仗剑行。

1938 年

喜长春解放

朝霞一片拥金轮，重见红旗展水滨。
两载倒悬终得解，斯城从此信长春！

1948 年 10 月

喜得毛主席亲笔信示儿

万里长空万里风，九天飞下朵云红。

吾门今有传家宝：一纸亲题"毛泽东"。

1952 年 1 月

五台山杂咏

雪倚遥山拔异峰，征途只怕雨如泷。

慢云野店荒凉甚，别有留人一抹红①。

1954 年夏

【注】

① 野店避雨见一丈红花甚丽。

喜贺山西诗词学会成立（二首）

（一）

一夫独壮把长关，万马齐喑岂等闲！
难得贤明同拨乱，如今松绑到诗坛。

（二）

唐诗大笔数并州，今喜群英竞上游；
浩劫已随浑水去，云山长此峙中流！

1984 年 9 月 10 日

宋剑秋

（1907－1994）名秀阁，字林夫，笔名剑秋，山东垣台县人。太原重机厂原中医师。

游崛围山

探胜穷幽踏碧莎，攀藤直上乱峰多。
岩岑虎踞生荆棘，磴道蛇盘长薜萝。
树密僧眠红叶洞，山高人住白云窝。
来游我欲留鸿爪，拂壁题诗放啸歌。

晋祠周柏

青铜为质玉为纹，巨干横斜欲插云。
院静频逞秋鹤舞，夜深时作老龙吟。
饱经旧代成新代，屡见今人作古人。
阅尽沧桑仍健在，青山不改绿常存。

汾河远眺

汉武楼船早已空，汾河依旧注河东。
千秋关隘龙城固，三晋云山雁塞雄。
东去井陉蚕路险，西邻壶口蛟波凶。
太行恒吕居形胜，莫道秦陇百二重。

天 龙 山

重阳应邀陟天龙，枫叶岩花映日红。
望远神游山色里，登高人立雁声中。
剑锋插汉九天近，鸟道悬空一径通。
今我来游无限感，高齐帝业付秋风。

忆 晋 祠

三晋山河壮，并门此最幽。
龙兴唐社稷，柏历周春秋。
古殿白云锁，清泉碧玉流。
天然灵秀地，何日再重游。

并州怀古

表里山河固，兵家势必争。

雄关娘子峻，险路井陉倾。

龙塞胡笳动，雁门铁马鸣。

岧峣看北岳，时见怒云横。

天 龙 寺

梵王宫殿翠微中，北魏周齐帝业空。

楼阁早成花草梦，沧桑转付夕阳红。

云封石洞仙人杳，龙出灵泉法雨东。

人世茫茫岂幻影，上方谁觉五更钟。

叔 虞 祠

桐叶遥传此赐封，洋洋大国吕梁东。

风云际合人文盛，表里河山地势雄。

松柏扶疏云影外，楼台掩映夕阳中。

千秋庙貌崇轮奂，俎豆犹存於穆风。

应邀参加山西诗词学会成立大会感赋（二首）

1984年9月7日接"山西诗词学会筹备组"通知：山西诗词学会定于9月10日上午8时半，借中秋佳节举行成立大会，您为发起人之一，会议地址在山西大学专家楼会议室，届时请出席云云。读后不禁感慨系之，因成二律。

（一）

中兴雅颂振并州，携手同登百尺楼。

盛世早抛千日泪，良辰共赏一轮秋。

重弹古调谈何易，再筑吟坛悸已休。

此后料无文字狱，高歌四化庆丰收。

（二）

群贤毕集筑诗坛，科技楼头赤帜悬。

盛会恰逢三五日，佳章喜读百千篇。

桂香月白添豪兴，墨舞笔歌指素笺。

我自应邀忝骥尾，愧无彩笔对临川。

胡频秋

（1907－1983）安徽合肥市人。山西晋剧院编导。著有《紫蓬山房诗稿》四卷、《寄庐诗稿》二卷、《诗余》一卷。

红五月雅集和云峰同志 （三首选一）

三晋云山一望收，传觞飞句兴悠悠。
俨同北海延红友，真觉东风换白头。
露布才堪称倚马，服箱力顿愿呼牛。
元龙豪气春如海，此日群登百尺楼。

读张伯驹挽陈毅元帅联语后追悼成诗 （二首）

（一）

扫荡功无匹，诗歌笔有声。
肝肠莹雪照，豪宕大江横。
文运开先路，冲襟避后生。
绛侯方药裹，那不忆陈平。

（二）

尊俎折冲处，真才易地雄。

中华一大字，四海江流东。

累耻血为洗，兴邦心暗同。

白衣临奠日，鱼水浪犹红。

赏菊步罗元贞先生原韵 （二首选一）

呆呆秋阳雪霁林，煮茗飞盏骋文心。

人如默契花如笑，句自空灵意自深。

胜事何尝期可再，流光一逝已侵寻。

逢高兴处添凄怆，不及前贤解漫吟。

郝树侯

（1907 — 1994），名建梁，以字行，山西定襄县人。山西大学教授。著有《杨业传》、《傅山传》、《元好问诗选》等。

忻口撤防

塞上传来又撤防，千人万马走仓皇。
将军裹革难瞑目①，壮士偃旗欲断肠。
落日光回流水赤，鬼灯影闪暮山苍。
棋输一着全盘紊，忍看烽烟到晋阳。

1937 年 11 月

【注】
① 郝梦龄阵亡忻口。

七岩感怀

　　步元好问游七岩山韵，一九三八年七月二十七日（农历七月初一）。

漫云时运厄，乱里且偷闲。

今值捞儿节，同临七宝山。

烟尘遮天际，革命换人间。

抗战凭持久，终将赵璧还。

【注】

　　七岩山在定襄城东南十八里。旧俗每年阴历七月初一七岩山庙会，妇人不孕者到圣母祠池边捞儿。

太原（二首）

（一）

重游旧地泪潸滋，城廓依然钟鼎移。

蹒跚翻迷丁字路，徘徊难见汉官仪。

披新册突惊奇论，遇故人偏托遁词。

一向繁华推柳巷，萧条市面不堪提。

(二)

苇水盈盈绿树遮，孤亭俯仰不胜嗟。

鸿飞天外迷前路，燕过楼空失故家。

曲水声吞工部泪，秦淮女唱后庭花。

古来全晋多长策，光复何须望眼赊。

1940 年 6 月

同蒲南行

一从挥泪别乡关，微服潜行意转闲。

韩信岭愁云黯淡，高梁城战血纷斑①。

遗台老树空凭吊，绝壑悬崖且耐攀。

听得道旁相问讯，何时收复旧河山。

1940 年 7 月

【注】

① 高梁城，古临汾。

访古晋阳城

春风摇麦浪，访古晋阳城。

坚壁安于策^①，吹笳越石营^②；

可怜千载后，但见一陂横。

休沐逢兹日，新莺隔树鸣。

1946 年 5 月

【注】

① 赵简子家臣董安于。

② 刘琨，字越石。

赵朴初

（1907 － 2000）安徽太湖县人。中国佛教协会会长，中华诗词学会名誉会长。

云淡秋空·礼玄中寺归途有作

千古玄中，一天凉月，四壁苍松。透破禅关，云封石锁，楼阁重重。　　回头白塔高峰，心会处风来一钟。挥别名山，几生忘得，如此秋容。

忆江南·访五台山杂咏十二首（选六）

（一）

清凉地，偿梦五台山。浅紫深红花织锦，轻雷急鼓水鸣滩。身在白云间。

（二）

清凉地，意态自雍容。缓岭平峰虚入浑，高
山大地健为雄。灵气满长空。

（三）

清凉地，三伏已如秋。北岭风来松送磬，东
林月上水明楼。清意共云浮。

（四）

名王塔，终古倚长天。静听风铃飞八表，欣
窥筹幄想当年。景仰为留连。（塔院寺）

（五）

寻幽趣，行脚两中山。四望烟云迷去处，忽
开境界见苍然。万树拥伽蓝。（访碧山寺）

（六）

清凉地，清福属僧家。玉味蔬羹香积饭，深
禅盐笋赵州茶。心底发奇葩。（碧山寺午饭）

关　露

（1908－1982）女，原名胡寿楣，山西右玉县人。三十年代加入"左联"，以新诗名世。

无　题

莫道浮生若梦乡，且看史册写诗行。
强教落叶潇潇雨，夺取林园红粉妆。

吉范五

（1909－？）原名洪福，以字行，山西襄汾县人。曾任山西大学外语系副主任、副教授。

泰戈尔在太原

——纪念泰戈尔一百二十周年诞辰赋感

一九二四年，泰翁访太原。吾师卫西琴[①]，旧雨重逢欢。迎来文言校，灞桥东花园[②]。师生夹道迎，有幸亲芝颜。身着印度服，风度何偏偏。童颜鹤发叟，高龄六秩三。世界大诗哲，光临晋水源。印度洋贵宾，一览太行山。亚洲两古国，文化久相联。诗人芳迹在，青史万年传。　翌晨作演讲，讲坛自省堂。堂中无虚座，迟来站两廊。诗人登台讲，滔滔如决洋。激越联翩下，神态何轩昂。译员徐志摩，声调亦铿锵。内容极丰富，情深意义长。民族同受压，双双憎列强。词终意无尽，掌声绕屋梁。其时我年少，心如被拓荒。今日重回忆，犹自满余芳。　同学迎泰翁，演出英文剧。剧本泰翁作，译名为《隐士》。情节富哲理，庄谐饶有趣。余亦同演出，恭敬欢迎意。五十七年后，盛况萦胸臆。半个世纪来，人间换天地。神州庆解放，佛国亦独立，九泉若有知，诗翁可安憩。社会永向前，人民终胜利。世界大同时，全球悬赤帜。

1981 年

【注】

① 卫西琴，时任山西外国文言学校教务长。他曾在印度访泰戈尔。

② 灞桥，指灞陵桥街。

石桥村漫步

偶来大庙外，信步石桥东。
晋水流碧玉，瓮山落彩虹。
处处野花艳，时时山雀鸣。
留连迟不返，皓月已东升。

王定南

（1910 — 1990）河南内乡人。曾任全国政协委员、山西省政协第四、五届副主席。山西地方志编纂委员会主任委员、山西文史馆馆长。

宿孝文庄

驱车过迎泽，暮抵孝文庄。
野径牛羊壮，平畴稻麦香。
庭院繁花木，群山着绿装。
当午可摇扇，夜深思暖床。
旅游堪纪胜，喜医劫后创。

阎濂甫

（1911 —？）名耀周，字濂甫，以字行，山西左权县人。

夜过黄泽关

策马登临黄泽关，纵缰直下十三旋。
深崖回首霜晨月，无色黄花香满川。

田际康

（1912 —？ ）山西汾阳市人。曾任山西省政协文史办公室主任，中华诗词学会会员，山西诗词学会顾问。

己巳中秋思故乡

津门两度过中秋，柱仗登楼顶上头。
岂是痴心探明月，却为千里望汾州。

咏壶口瀑布

昆仑下九曲，到此一壶倾。
水气祥云集，惊雷日夜鸣。

段 云

（1912－1997）山西蒲县人。曾任国务院财贸办副主任、国家计委副主任。著有《旅踪咏拾》。

登 恒 山

巍巍恒岳众山中，千仞凌云半壁空。
策杖攀登张果路，苍松红叶笑秋风。

云 冈

秋爽风轻喜艳阳，寻芳问古访云冈。
大佛巍伟高凌宇，小像雍容聚满堂。
昔日能工雕石窟，今朝巧将夺煤藏。
辉煌瑰宝经千载，今看物丰民小康。

陈迩冬

（1913－1990）原名陈钟瑶，笔名沈东、冬郎、皇甫鼎等。广西桂林市人。曾任山西大学教授，后任人民文学出版社编辑。

晋祠纪游步刘冠韵（二首）

（一）

名祠咫尺我迟来，石径朝阳一洞开。
周柏尚笼王子邑，晋溪长抱女郎台。
碑铭守槛听春涨，梨杏当桥压渌栽。
明秀常归鱼鸟乐，乌鸠赤鲤共悠哉。

（二）

还从圣母殿宫游，殿里宫人尽带愁。
翠袖红裳多褪色，黛蛾绿鬓不胜秋。
叔虞食邑悲埋剑，智伯乘危此共舟。
霸主名王今已矣，馨香唯有水神头。

孙玄常

（1914— ）浙江海宁市人。曾任人民教育出版社编审、运城师专中文系顾问、山西诗词学会顾问。著有《姜白石诗集笺注》等。

题《登楼图》

故园东望路逶迤，千里乡关入梦思。
摇落恰如秋后叶，坚贞窃比老松枝。
莫惊邓禹功名早，犹有冯唐遇合迟。
今日方知王粲意，登楼惟见碧云垂。

作画（二首）

香山红树图

万树临风迎晓霞，香山秋色动京华。
霜红晚节人间重，莫比三春二月花。

画 竹

不买胭脂画牡丹，琅玕淡墨写孤寒。
西窗一片长安月，个个清阴带雪看。

处暑后戏赋

处暑方过夜渐凉，几番秋雨送秋光。
苍藤翠蔓迎新月，紫蕊红葩吐晚香。
门外近郊无贵客，林高密叶响寒螀。
平生南北多艰困，堪喜清宵一梦长。

游大禹渡电灌站

水来天上泻平芜，神禹渡头涛卷舒。
伟业宜添班固志，宏猷度越史迁书。
功成陆海无饥馑，势抱关山入画图。
三月春深千里绿，风光胜处好停车。

甲子八月还稷山

沦谪河汾三十年，重来正值仲秋天。
新寒乍起前宵雨，旧事频惊半日眠。
寥落晚花留夕照，寻常巷陌尽苍烟。
多情惟有西流水，呜咽声声动客怜。

【注】
　　余错划为右派，谪居稷山二十年。1979 年改正，始到北京。稷山旧侣，多返北京，无可语言，惟有汾水西流，如旧而已。

读元遗山集

金源剪宋北方强，汴蔡穷涂亦可伤。

遗老遗山千滴泪，坠诗坠简万年芳。

空悲禾黍离离茂，更念风沙小小娘。

今日秀容同祭奠，高亭野史晚秋香。

【注】

金晚岁为蒙古所迫，迁汴梁，复迁蔡州。哀宗死，国亡。遗
山有《续小娘歌》。

鲁 兮

（1917 — ）山西和顺县人。曾任中共山西省顾委委员兼秘书长。山西诗词学会顾问。著有《黄榉诗选》、《从心集》、《惟霞诗集》等。

小西天

慕名直上小西天，落地凤凰入眼帘。
静里藏珍山水秀，小中见大地天宽。
惊奇格局另成体，坐爱悬雕不羡仙。
揽月寻芳当有处，且观此景说飘然。

重上和顺云龙山

云龙雄踞太行巅，气势凌空天欲穿。
松出石隅年郁郁，溪流桥下日潺潺。
伏中无暑夜贪被，雨后乍晴峰满岚。
胜景清凉人笃厚，更加留醉故乡山。

重读《甲申三百年祭》

三百年前岁甲申，闯王登极自昏昏。
臣追酒色纵情乐，军弃律条万马喑。
豪壮空留一枕梦，贪婪辜负庶民心。
清廉治国骄奢败，以史鉴今意亦新。

李西成

（1917－2001）笔名金施，山西右玉县人。1939年毕业于民族革命大学。山西大学教授。九三学社山西省委秘书长。

游玄中寺

路陡峰险古寺高，万声俱寄鸟逍遥。
云封峡谷流泉暗，日照孤松树鼠逃。
殿内金身连寺外，山头古冢问前朝。
禅房未锁待香客，满院鲜花映碧霄。

赵林青

（1921 — ）别名林青，山西垣曲县人。燕京诗社社长。
著有《赵林青诗选》、《赵林青诗词选》等。

沁园春·百团大战

急电飞传，破堑斩关，铁路全僵。看千军万
马，奔腾直下，英雄济济，阵势堂堂。八路名师，
攻城破敌，鬼子哀鸣自退防。凯歌奏，剩残兵几撮，
龟缩蜗房。　　　官兵英勇顽强，有吾党中央来导
航。看阳泉克罢，又征榆社；长城起舞，太岳扬
光。请问"皇军"，早知如此，何必迢迢来犯疆？
百余日，便毙俘四万，日伪悲伤。

1940 年 2 月于太行

围城打援

——祝贺上党战役胜利

刘邓指挥莅潞安，三陈支队虎帐欢。
倭奴刚刚爬离洞，阎匪偷偷钻入栏。
外战外行失国土，亲胞内患生事端。
老爷岭上援军灭，长市残兵被歼完。

1945 年 9 月 8 日于长治

下编

力高才

（1942— ）山西应县人。毕业于山西大学。原任大同市政协副秘书长兼经科委主任。山西诗词学会理事、大同市诗词协会副会长。著有《耕烟堂诗集》等。

华严奇雅集有感

典午风流聚竹林，伽蓝今日集贤宾。
琼思玉想词飞瀑，岳峙渊浮德有邻。
纸上苍生关世运，指间锥管颂阳春。
相期纵翼冲天起，岛瘦郊寒莫苦吟。

1998 年 4 月

水调歌头·壶口观瀑

浪卷滔天势，峡起束澜形。中剖壶状盛水，湍激似霆争。一霎飞流溅沫，多少鱼龙惨淡，鸣镝万枝腥。观瀑下深洞，骇浪旅魂惊。　　携游侣，翻岩嶂，越陉陵。禹绩神功亲睹，不负此专程。已有驾车飞渡，还见悬绳献技，海外正传名。小县弹丸地，赫奕旅游兴。

2000 年 5 月

夏初临·云冈石窟

　　佛法西来，鲜卑南下，平城王气氤氲。昙曜当年，离宫筑向云根。斧斤一片凿音，看窟檐、痕迹犹存。佛皇共体，听残礼赞，销尽英魂。　　伊瀍鼎去，别鹤离鸾，画楼十二，冷月深颦。山堂水殿，依然芳草幽禽。旅客观光，到鸣铃、灯光黄昏。看今朝、千佛万洞，气势萧森。

2002 年 4 月

于瑞亮

（1943 － ）山西绛县人，大专文化。系中国楹联学会、山西诗词学会会员，运城市诗词学会理事，绛县诗联书画协会副会长。

迎友自成都返绛

君自锦城当日还，车飞千里越群山。
倘如李白生今世，长醉焉吟《蜀道难》。

登悬空寺

果是雄奇不二同，高悬绝壁半藏峰。
不登此寺何知险，险在安然大巧中。

共拜洪洞大槐树

古槐逢澍雨，挺挺复葱葱。
昔日迁民处，他乡久梦中。
归来双泪涌，共拜一根同。
延望东南际，何时架彩虹？

竹枝词打手机

大伯头回打手机，不知怎按遇难题。
忽听背后儿媳笑，求教一撕老脸皮。

采　棉

千顷白云微浪柔，采棉人在画中游。
村姑何事歌声起，道是国家提价收。

卫升文

（1943 — ）山西永济市人。1966 年山西农学院毕业，高级畜牧师。曾任运城市畜牧局副局长，现任运城市诗词学会副会长。

赞信合 (新声)

清苦农民欲脱贪，茫茫商海苦无门。
信合切脉又除病，恰似菩提点化人。

双苞菇 (新声)

恒定栅温巧借辉，菇床云朵绣成堆。
欲知身价何为贵，健恼清心亦减肥。

卫克兴

（1947 —　）山西永济市人，清华大学毕业。中国作家协会会员、山西省作家协会主席团委员、山西诗词学会常务理事、《大众诗歌》杂志社社长、山西省档案局局长。主要作品有诗集《哲理的思索》、《心雨乡韵》、《雪花飞飘的日子》、《无声的河流》、《卫克兴短诗选》（中英文版）、《诗路行吟》、《探幽人生》、《古体诗三百首》等。

登峨眉山

雾深风号万山冷，欲画雄姿难觅踪。
愿乞倚天剑一把，割云驱嶂出群峰。

观壶口瀑布

九曲云烟壶内收，龙吟虎啸震神州。
劈山刻石苍茫过，禹血如虹入海流。

登鹳雀楼

依山白日落晖残，入海狂涛去不还。
愿乞夕阳血一滴，共研黄水画秋山。

过项王故里

一叶孤舟波上轻，八千弟子去西征。
汉中空有乌骓道，可叹楚军无范增。

万固寺听蝉

日燥松林静，山花燃更明。
群山空寂寂，古寺送蝉鸣。

蒲州故土

醒时月似梦，鼾起梦如月。
蒲州故土亲，常在梦中别。

卫明喜

（1967 —　）山西河津市人。平遥县委副书记、县长。著有《我言我心》诗集。

榆社文峰塔修葺感言（二首）

（一）

文峰塔下叹文峰，拍断阑干上太行。
无欲则刚为百姓，云台高筑唱新风。

（二）

雨歇凭栏宝塔旁，躬身默祷盼民康。
此身若得榆川走，热血盈腔满浊漳。

马 友

（1946— ）山西灵丘县人，曾任中共山西省委组织部常务副部长；山西诗词学会常务理事。著有《清溪吟》、《清风吟》等。

答 友 人

春寒料峭雪纷纷，悠然凭眺一闲翁。
追怀畴昔情未淡，历阅沧桑气犹雄。
慵理银丝尚能饭，聊发逸趣且试吟。
遥寄尺素无限意，方今尤珍是精神。

致 友 人

沧桑皤鬓莫须衰，扫尽浮华自畅怀。
惟其恬淡生逸兴，烂漫秋色用心裁。

岁末感怀

岁末情何寄，披襟独凭栏。
彤云压城低，重雾裹楼寒。
长吟遗幽怀，浩歌卷兴澜。
皤发且自珍，飞雪又一年。

马 真

曾任航天工业部副部长。

兵谏亭

弹指一挥五十春，张杨兵谏义犹存。
忠诚抗日垂青史，功在中华成"罪人"。

马乃骝

（1930 —　）辽宁葫芦岛市人。毕业于北京师范大学。山西省社科院研究员。山西诗词学会顾问。有《乃骝诗词存抄》、《诗词丛谈》。

洪　洞

古愧树下沐慈庥，念祖东迁饥困愁。
纵使蓬飞千万里，槐阴不忘护村头。

三晋诗家咏（三首）

（一）

诗中有画画传诗，佳节思亲亲最痴。
野火难烧原上草，惟歌民病望天知。

（王维、白居易）

（二）

不畏冰霜独钓江，痛呵苛虎度蛮荒。
乱离抒尽衰亡恨，著史擢贤放眼量。

（柳宗元、元好问）

（三）

经史文哲半世医，揭阉抗暴志不屈。
陶然亭畔双鸿侣，一代风流铁骨躯。

（傅山、高君宇、石评梅）

马大哲

（1934 —　）山西五台县人。中华诗词学会会员，山西诗词学会常务理事，太原市桃园诗社常务副社长，太原诗词学会常务副会长。

凭吊牛驼寨烈士陵园感怀

借得陵园育后人，千花万木总关情。
忠魂缭绕云霄上，自有精神感众生。

马斗全

（1949 — ）山西临猗县人。毕业于山西大学。山西省社科院研究员。中华诗词学会会员，山西诗词学会副会长。

读陆游剑南诗稿

爱是清和初夏时，小斋闲读放翁诗。
幽居最喜山阴句，午睡知应有梦驰。

并门苦热惜山中茅舍事迄无着落

连朝暑气助红尘，风物如斯未可亲。
生性从来爱山水，交游大半是诗人。
双眸岂耐将官见，一室惟思与鸟邻。
无奈至今惆怅甚，不知何处寄闲身！

群鸟争鸣

真假歌坛大赛频，朝朝相较各精神。
无须贿赂加关系，只要枝头才艺真。

马玉隆

（1950 —　）山西盂县人。现任阳泉市政府市长助理。山西省作家协会、山西诗词学会会员。著有诗词集《半知堂吟草》、《半知堂吟草续编》、《半知堂吟草三编》等。

三苏祠怀古

人逝千年物已非，三苏祠内叹斜晖。
东坡绝代辞章老，北宋当时命运微。
蜀道烟云封剑阁，仕途风雨典朝衣。
园中芳草逢春绿，遗像孤魂何处归？

丁亥春水神山行

闲来无事出山城，雨雾空濛故里行。
远处孤峰林色暗，身边丛草露风轻。
山门半锁云中客，雪径难封世外情。
许是童年留梦影，今朝别感步盈盈。

仇山感旧

放眼仇山麓，盂城一望收。
层云迷远岫，丛树拂高楼。
田野嘉禾壮，烟村牧笛悠。
翁心翻旧梦，扪石忆曾游。

京师购书

每于书市步沉沉，驻足排观醉意深。
囊涩不曾羞大度，墨香还许醉微吟。
日斜难逐虔诚客，云暗偏留迫切心。
老朽无求惟继学，眸中贝叶胜黄金。

贤妻生日有感（四首选二）

（一）

相伴相携卅八年，风霜雪雨苦熬煎。

不曾怨怼衣粗布，何计穷潦沐野烟。

见有横财旋退后，每逢难事便趋前。

老夫今挂官衙印，守道持恒赖汝贤。

（二）

含辛茹苦奉高堂，但把心香腹里藏。

熬药煎茶无愠色，持家理政漉衷肠。

当炉未许盘沾舌，捣杵犹教鬓染霜。

准是苍天开慧眼，懿行贤德报兼偿。

马宏道

（1946 — ）初中文化。山西运城市盐湖区人。系运城市楹联学会会员、运城市盐湖区诗联学会常务理事。

抗战胜利 60 年

日寇穷兵燃战火，神州处处起悲歌。
腥风泪眼疮痍遍，热血忠魂勇士多。

马贵峰

（1944－　）山西榆社县人。原任榆社人民银行行长、党组书记，高级经济师。现为山西诗词学会会员，榆社诗词学会副会长兼夕阳红诗社社长，榆社摄影家协会副主席。

喜　雨

孟秋久旱起风云，千亩禾苗拱手迎。

电闪雷鸣甘露洒，农夫喜泪伴田盈。

马增祥

山西原平市人，毕业于山西教育学院中文系，中国社科院农村所特约研究员，山西诗词学会、山西作家协会会员。著有《马增祥诗辞赋》、《诗文三十六》等。

原平七月廿二庙会咏

七月农家稼穑闲，倾城古会动三关。
万家商贾拼豪气，八面风情斗媚妍。
大戏开台人似海，挠羊决胜啸如颠。
一年最是开心日，多少人家扶醉还。

原平莲花山

自在山间花半开，凌空欲放向天台。
一湾潩水浮萍去，十里苇塘烟雨来。
应在枫桥秋水共，何期紫塞太行裁。
再移南海千竿竹，更喜灵光和露栽。

原平红杏花

风姿摇曳媚无声，细雨芳菲客自倾。
更喜琼林飞雪后，山川着意润苍生。

枫叶亭

一角灵山枕玉流，滹沱水绿百花洲。
撩人春色无穷碧，枫叶亭中一扫愁。

老　家

少年朋侣渐凋零，祖院萋萋草树青。
青杏枝头留不住，落红满地静无声。

庐　山

欲炸庐山大梦空，草堂遁世笑东风。
纷纷扰扰是非后，依旧雄姿贯日虹。

冈 夫

（1907－1998）原名王玉堂，山西武乡县人。曾任山西省文联副主席、山西省作协副主席、山西诗词学会名誉会长。著有《战斗与歌唱》、《冈夫诗选》、《远踪近影》、《枫林晚唱》等。

鹧鸪天·题《草岚风雨》

风雨鸡鸣起舞时，南冠袍与旧相知，老去童心犹未改，可能慷慨唱新词？　　思往事，乱如丝，前尘来路恍迷痴，欲寻剑气冲霄迹，蝶梦还追草上飞。

1960 年

梦 回

梦回风雨度关山，蹉跌艰危记几番？
血汗不辞泥委地，心神惟向斗悬天。
五湖四海怀朋友，一养三勤娱暮年。
但祝长征多后继，河山日夜换新颜。

1975 年

忆

淡月清辉小院中，露寒风冷泣秋蛩。
哀词吟罢鸡声起，独对晨星忆逝翁。

约 1976 年 9 月

读 画

多情浓艳写梅花，飞雪迎春到几家？
日暮登高因眺远，热风吹雨爱吾华。

约 1978 年

浑源水库

翠屏恒岳两山间，高坝长堤一线连。
水接云天开玉闸，琼流喜润万民田。

1979 年 7 月

酬罗元贞教授

盛世为霞焕九州，诗坛久仰老龄俦。
元贞亨利名殊胜，一字师传今古优。

1987 年

孔春枝

女，（1951 — ）山西运城市人。系中国楹联学会会员、运城市诗词学会理事、盐湖区诗联学会会长。

登楼赏月（二首）

（一）

中秋望月久难明，耳畔忽听秋叶声，
转眼浮云头上过，天空玉兔笑盈盈。

（二）

白云绿岭彩霞溢，碧水蓝天景色宜。
华夏文明根祖地，关公故里凯歌飞。

农 家 乐

银星闪烁夜灯辉，阵阵欢歌玉宇飞。
谷垛如山农舍乐，婆婆端碗笑弯眉。

孔繁贵

（1940 － ）山西洪洞县人。太原桃园诗社社员。

学诗杂感

当空皓月伴余旋，眷恋诗词岂畏难。
仄仄平平星点记，钟敲五响不思眠。

尹国鳔

（1944— ）河北饶阳人，天津大学毕业。山西省运城市诗词学会会员，永济市诗词楹联学会副会长。

念奴娇·抱云斋放歌

中条耸峙，霭云绕，陋屋丹青翰墨。翠竹氤氲凝露润，松柏虬蟠龙卧。返朴归真，师法造化，心沐阳春乐。乾坤浩荡，长风凌贯天赫。　　窄简小小书斋，桌残椅短，苦战雄关破。承古创新强意韵，锻铸金花银朵，仰止高山，苍穹放眼，谨防骄和奢。忠诚信念，妙品佳构精作。

沁园春·故园吟

坦荡平原，千里冀中，豆店小村。看长堤柔柳，穿梭莺燕；滹沱滋润，燕赵乡音。忆昔儿时，摸鱼捉蟹，掩映芦花童趣寻。卖场夜，唱二黄梆子，声透行云。　　儿归父母倚门。热炕坐，黄粥最称心。道几声乡语，平安问候；窝头咸菜，无比温馨。岁月悠悠，天南地北，万缕千丝故土魂。苍鹰效，欲凌霄展翅，壮志青云。

临江仙·河北梆子

荡气回肠音嘹亮，笛随唢呐萧笙。激昂慷慨透云彤，仙姬如醉梦，余韵绕瑶宫。　　道义担肩扬正气，光弘敦朴忠贞。驱邪褒善唱声声，杨门英烈将，救母《宝莲灯》。

尹昶发

（1938—　）山西临猗县人，大专文化。中华诗词学会、山西诗词学会会员，唐槐诗社社长，《唐槐吟苑》副主编。著有《郇风庐诗存》。

八百壮士歌 (并序)

1939 年夏，侵华日军向中条山地区发起"扫荡"。当地驻军177 师奋勇还击。6 月 6 日，该部新兵团一千余名官兵在对日作战中，200 余人壮烈牺牲。其余 800 名壮士被日寇围困在黄河岸边 180 米高的悬崖上。他们宁死不屈，全体官兵向北跪拜，告别家乡父老，然后纵身跳进咆哮的黄河之中……

巍巍中条山，其势欲奔天。

绵延数百里，横亘古今间。

耸为大地脊，昆仑可比肩。

哺育英雄辈，屈指逾万千。

一九三九夏，日寇犯晋南。

烧杀奸淫抢，乡亲苦不堪。

热血男子汉，踊跃把军参。

组成新军旅，鏖战黄河滩。

刀舞锋刃卷，弹飞枪膛燃。

拼死杀倭贼，鲜血污衣衫。

惜乎贼势众，重重突围难。

弹尽粮亦绝，困守登绝岩。

大河怒涛急，悬崖夜风寒。

恶狼嚎崖下，逼降声声传。

壮士心如铁，英雄志弥坚。

堂堂炎黄胄，岂容膻腥沾。

宁死不屈服，慷慨薄云天。

八百英雄汉，跪拜父老前。

再过二十载，又是一健男。

重把刀枪举，杀贼保家园。

言罢手挽手，犹似钢铁连。

飞身向缥缈，似蝶舞蹁跹。

扑向母怀去，从此无挂牵。

河水声呜咽，无言恨苍天。

条峰耸长剑，欲把穹隆穿。

还我壮士魂，还我好河山。

国有精英在，何惧妖氛还。

神州如磐固，中华歌永年。

2005 年 8 月

题晋中监狱

——兼赠杨惠荣同志

百年老狱展新姿，正是花红柳绿时。

甘作园丁除莠草，敢将腐朽化神奇。

滋花无语春风荡，润物有情好雨施。

喜爱满园桃李秀，盈盈硕果压枝低。

飞临台北

山重水远觅同根，一语乡音便觉亲。
吃罢山西刀拨面，恍疑台北是河汾。

【正吕·双鸳鸯】游霍州署，似闻学正曹端向贪官训诫

吾言公生明，又道廉生威。你恁地不记箴言犯了昏。每日价酒地花天尽鬼混，只想着抓权捞钱把小蜜追。　（重）漫道官易做，莫谓民可欺。怎不念党纪国法不可违。一朝罪孽深重把身儿累，到那时鸡飞蛋打呼啦啦墙倒众人推。只落得纱帽儿性命儿一风儿吹。

【中吕·山坡羊】忻州游

五峰拥攒，千佛伟岸。五湖四海齐朝见。秀容嫣，遗山贤。　新荷骤雨开新面。一代文宗光禹甸。山，刺破天。人，敢为先。

牛元方

（1913 —　　）山西霍州市人，离休干部。

石佛映汾

千年石佛一尊尊，石刻悬崖像尚存。
倒影映汾流日夜，无边佛法有千门。

一九八七年春节

春花春鸟弄春光，逗得老年老更狂。
不肯灰心因日暮，要熬明早沐朝阳。

牛永维

（1962— ）笔名晋风。山西交城县人。中华诗词学会、山西诗词学会会员。曾参与编辑《论诗千首》、《诗咏五台山》，与友合出《拾萃集》。

山村小景

日下西山小径幽，归林倦鸟落枝头。
炊烟遥唤耕夫返，陌上顽童争坐牛。

感叹情人节

心猿意马几回真，每见相随总更新。
娇艳玫瑰羞不语，接花不是去年人。

蒙山大佛

阅尽人间悲喜事，饱尝天下盛衰烟。
沧桑不改慈祥目，静坐摩崖千百年。

周　柏

斜身也要上云霄，直把沧桑脑后抛。
警示世人生命贵，无须坎坷总唠叨。

春游晋阳湖

故地重游恰遇春，风梳嫩柳向桥伸。
晋阳湖水波依旧，只是身边少一人。

牛玉山

（1949 — ）山西长治市人。长治市文联主席，山西省文联主席团委员、山西省作家协会委员，中华诗词学会、山西诗词学会会员，长治市诗词学会主席。

沁园春

纪念毛泽东同志诞辰一百一十周年步毛泽东同志《沁园春·长沙》原韵

华夏泱泱，谁人独领，壮阔潮头？有湘潭赤子，翻江倒海，摇桨逐浪，奋舸争流。谈笑澜汹，吟歌波涌，昂首朝天唱自由。纵樯橹，率千帆并发，共赴沉浮。　　长衫布履云游，求大义挥弹晓雾稠。看韶山日出，井冈飚举，长沙魂折，遵义风遒。词越苏辛，诗超李杜，武略文韬胜万侯。邦基奠，数毛公盖世，劳顿车舟。

念奴娇·纪念赵公树理百年诞辰

纤毫铁笔，运行处、写尽人情时局。沥血呕心书万象，操演民间活剧。镂月裁霞，雕金勒石，弹唱风云律。梨园文苑，独开含露秋菊。　襟怀坦荡达观，冷眼热肠，品质润如玉。摧残死于《十里店》，昭雪暝眸晨旭。一代文豪，顶天立地，誉满方圆域。百年纪诞，万民同倾心曲。

自题小像

为官不恋半分权，市上何争几个钱。
三卷旧书消海暑，一枝拙笔写孤寒。
举杯饮对经纶手，落墨吟成锦绣联。
自古人生多惬意，我行我素亦欣然。

牛贵琥

（1952 —　）山西霍州市人。研究生学历，山西大学国学院副院长，山西诗词学会理事。主要著作有：《广陵余响》、《金瓶梅与封建文化》、《古代小说与诗词》、《王褒集校注》、《肠断江南》等。

蝶恋花·苏小墓遗址

西冷桥边访小小。不见花容，唯见花枝好。岭上轻云眉淡扫，垂杨恰似腰肢袅。　　油壁香车音渺渺。百代繁华，一例和春老。弄巧湖山呈窈窕，情思缭乱随芳草。

谒章太炎先生墓

淡云飘过碧山头，夕照穿林点点幽。
宿雨初干三岛翠，南屏静对两湖秋。
文章千古真余事，日月双悬足可酬。
门外熙熙名利客，何人振起铸金瓯。

春日小园即事

和风昨夜息埃尘，放出繁花百态新。
灼灼竟舒微醉眼，盈盈似觅旧时人。
相逢应感我衰老，解慰还怜语带嗔。
默对春光闲自较，人生何必定芳茵。

鹧鸪天·雨天游双林寺

粘尽浮尘荡尽愁，双林渐近雨声柔。如烟似雾凝眸处，乙乙情怀总若抽。　　将欲语，却还休，一滴一滴沐青丘。轻轻涤尽身心垢，溶入空灵物外游。

五一游牡丹园偶作

满园红紫满园霞，半是春云半是花。
檀口香腮随浅淡，扬眉凝睇白横斜。
欲将衰朽寻痴梦，敢不多情惜岁华。
回首洛滨烟漠漠，红巾翠袖莫相嗟。

牛爱科

（1957 —　）山西太原市人。大专文化，国家统计局小店调查队主任科员，统计师，山西诗词学会会员。

登楼望黄河

登楼望大河，吟子漫嗟哦。
不尽东流去，滔滔即是歌。

示　儿

处世从来靠自珍，钻研苦读善修文。
成功应走光明路，老子无钱找后门。

郑板桥名言难得糊涂（二首）

（一）

一句名言万众吟，糊涂背后有真明。
古来万事东流水，该不清时莫讲清。

（二）

糊涂原本是常言，语出名人理即玄。
要识其中真奥妙，万般世事应随缘。

诉衷情·农人

从来辛苦是农家，终日弄钉钯。操劳庄稼田，还要喂猪鸭。　除杂草，治棉蚜，汗流颊。大槐荫下，好不清凉，打开西瓜。

一半儿（仙吕）·贪官妻

老公收礼爱胡花，不若娘们亲自拿。天网恢恢人被查，害全家，一半儿糊涂一半儿傻。

牛爱道

女，（1938— ）山西太原市人。1998 年 7 月结业于
中国书画函授大学，曾任山西针织厂动力厂工会主席。现为
中国民俗摄影家协会、中国女摄影家协会、山西诗词学会会
员。

作诗只为己陶情

作诗只为己陶情，不问仄平格律精。
词赋吟哦凭任我，心声唱出自然成。

王　青

女，（1983 —　）浙江人。山西忻州市十二中教师，山西诗词学会会员。

步韵融阳《野雀梅竹图》

板桥边上竹犹在，和靖园中梅又开。
俗世无人标傲骨，清风才送雀歌来。

游园寻梦

小桥溪畔画廊风，燕子夹飞花气浓。
寻遍相思难入句，钓丝犹系去年松。

戊子姑苏宿雨

骤雨侵灯乱苦禅，姑苏一片夜寒山。
琴心若省檐间泪，出罢阳关不忍弹。

起夜杂咏

月落花眠起夜迟，萧条灞上两三枝。
凉风笑我白头妇，我笑凉风愁不知。

咏红梅

一尺红梅带雪痕，杜鹃啼血欲黄昏。
仙葩本不生仙境，原是人间点绛唇。

别乡日暮

黄昏野旷半人家，潮退船移搁浅沙。
聊懒伤怀无限事，又随明月照天涯。

王 墉

山西盂县人,盂县诗词楹联协会副会长,著有《行吟集》。

藏山新曲【中吕】迎仙客·龙凤松

兄妹俩,着青纱。春风满面沐朝霞。凤妹接香车,龙兄扶骏马。一谷山花,簇簇迎尊驾。

【中吕】阳春曲·饮马池

春风又绿藏山寺,翠柳将垂饮马池。临波能不动情思?人在世,鞍上显雄姿。

【双调】落梅风·藏孤洞

云笼月,风回穴。一年年躲鸡藏鸽。落花流水东去也,细思量起头儿那个夜。

【双调】清江引·滴水岩

一脉清流千万斛,总是难留步。凤酿桃花水,雪竖擎天柱。任凭它铁掌拦不住。

【南吕】翠盘秋·黑心潭

龙潭水，色苍苍，几度风霜酿？减了浮光越清香。穿沙铄石锦簾张，添了咱山河壮！

【双调】步步娇·南天门

驾雾腾云担惊怕，放眼真如画。正扶霞，蓦听得门闩儿一声价拔，则道是天塌，咱牛郎织女相迎还道乏。

王　镒

（1968 —　）中共党员，山西平定县人。政协阳泉市委员会办公厅副主任。《阳泉日报》聘为特约撰稿人。出版作品《围绕王小波》等。

古风

天衣生日贺诗

> 天公差我赴苏杭，衣裘虽厚还感凉。
> 吾斟杯酒酹江边，兄可持盅在北方？
> 生当有情有义男，日月也漳君雅量。
> 快哉不惧奈何桥，乐乎更耻孟婆汤。

王　澍

（1926—　）山西阳城县人。中华诗词学会原副秘书长。《中华诗词》、《当代中华诗词集》副主编。著有《王屋山房吟稿》、《王屋山房诗文集》。

回乡偶书

满城烟柳乱飞棉，弹指离乡十几年。
访旧渐多新逝鬼，卜居纷占好耕田。
枉将心力抛农事，悉见鱼篮费菜钱。
一纪再经重返里，米珠应唤奈何天！

八声甘州·游陵川王莽岭

驾长车迤逦岭头来，画图面前开。讶群峰千仞，峥嵘壁立，高下云堆。莫道传闻妄诞，莽到费疑猜。姑妄言之耳，姑妄听哉！　　且向危栏倚立，望悬崖深壑，骇目娱怀。奋如椽椎笔，落纸起风雷。倩仙女，散花盈谷，遇钟期，流水奏琴台。乘余兴，下崖沟去，秋韵诗裁。

王九雄

（1946 —　）山西河曲县人。著有诗集《海红集》、《人生》、《苦旅》。

小议上访

有痛才裂嘴，无病不呻吟。
休恶民上访，大抵冤情深。

失地的辛酸

政绩工程随处有，良田大片起高楼。
官员含笑升迁去，谁管农夫失地愁！

王大高

（1949－ ）山西永济市人，研究生学历，高级政工师。现任中共山西省委委员，省人大常委，中共山西省委统战部常务副部长，山西社会主义学院党委书记。山西诗词学会常务理事。著有《河东百通名碑赏析》。

谒云冈大佛有感

闲眺彤云带远裳，蒲团端坐意飞扬。
栉风沐雨参神日，峭骨清癯普度肠。
法相无言观世事，石痕有泪诉沧桑。
同天殊地悟真在，仰山俯水千古长。

中秋之夜渤海纪事

与君渡渤海，适逢中秋节。
正是月圆夜，却有月全缺。
幸是全蚀过，又见满轮月。
观之愈圆润，观之愈皎洁。
归来稍歇顿，相邀复登舰。
万籁俱静寂，夜风渐凛冽。
忽闻人呼唤，东方显曙色。
初则晨曦露，再则霞光射；
红日喷薄时，海天共一色。
壮哉日升腾，趣哉月圆缺。
观海多感慨，俱在中秋夜。
如此海上行，终生难忘却。

除夕感言

年岁更替夜，妻儿各一方。
相思难相聚，皆为事业忙。
幸有互联网，视屏诉衷肠。
嘱儿要坚忍，男子当自强。
时如过驹隙，莫负好韶光。
与妻共珍托，泪往心头淌。
来日卸职后，相依再补偿。
如此除夕夜，感伤心不伤。
人生谁无憾，坦然对沧桑。

王中一

（1947－　）山西广灵县人。大学毕业。现任山西晋煤集团凤凰山矿文联主席，《雏凤》杂志总编。著有诗集《拙趣集》（合著）、和《痴心集》。

王 莽 岭

华夏有名胜，太行多奇峰。
绵延西北至，突兀东南倾。
雄浑跨晋豫，奇渺胜蓬瀛。
仰观峰近日，俯临谷幽深。
潺潺山泉细，飞瀑水帘轻。
千山听松啸，万壑望云腾。
浓雾锁群嶂，山风廓胸襟。
万类入视野，造化托挚情。
雄乎大峡谷，秀哉王莽岭！

观壶口瀑布

万里奔腾浊浪推，凌空壶口乱云飞。
若无境界容川谷，脚底何来响闷雷。

王书平

山西柳林县人，文学学士。著有诗集《两河诗草》。

梦枣林

月上吕梁携淡云，黄河岸阔枣林深。
星星灯火山村近，居住几多天上人。

王天喜

（1954 —　）山西潞城市人。现供职于山西省潞城市第一中学。系山西省长治市作家协会会员、长治市诗词学会理事、太行诗社常务理事。

雨中观西流荷塘

上党盈盈一水乡，清泉绕绿走鱼塘。
芙蓉轩里胭脂女，丝雨如梳正上妆。

观友人书作有感

吾友史留俊先生书法，真草隶篆俱佳，吾尤喜其隶书，观先生书作宜作写意画观，小诗以记。

溪水春山走，梧桐陌上栽。
枯藤缠老树，宿墨染青苔。
鸿雁穿云过，锦鸡奔竹来。
画中多古意，左右任君裁。

思 友 人

伫立楼栏处，寒风侵我衣。
思情随朗月，照到晋阳西。

王文才

（1934 —　）山东潍坊市人。1951 年入伍，1955 年转业至山西省太原市。在省市党政机关工作近四十年，现为山西诗词学会会员。

一丛花·老西闯中东

不奔西口闯中东，万里越长空。大红灯笼又高挂，"北京楼"生意兴隆。四海朋宾，欢声笑语，夜半兴方浓。　　地中海岬沐春风，城在画屏中。垂花门立高楼下，看东西文化相容。方寸吧台，交情天地，三女嫁洋公。

【注】

1995 年 8 月，山西一家公司在黎巴嫩首都贝鲁特开办了"北京楼"中餐馆。当时新华社《国际内参》和《山西日报》均有报道。

熊猫外交 (自度组曲)

国宝

　　俺头圆腰圆尾巴短，一身黑白相间。白头上两块黑木耳，八字两撇黑眼圈，墨染鼻头一点点。就凭这罕见模样，荣登国宝堂殿。自打进了动物园，朝夕与人相伴。因此上常常接到国外邀请函电，请俺去同他们的游人相见。解密的外交档案，记录了俺为中国外交作出的特殊贡献。

友好使者

　　远的不谈，就说这六十年。作为国礼，俺五十二年前，先到原苏联，黑熊猫熊手相牵。随后到朝鲜，一江之隔表亲善。三十七年前，中美关系乌云散，同西方建交接二连三。那段时间，中外建交的走势图，成了俺出行的路线。

特殊礼遇

　　自从当上这友好使者，简直把俺捧上了天。美国花几百万美元建东方风格的熊猫馆，西德迎接俺铺上了红地毯；日本派一个战斗机编队为俺护航保驾，西班牙王后出席隆重仪式欢迎俺。就像接待"国家元首"一般。万人空巷，就为看俺一眼。也有遗憾，全天候观察，没有保护俺的隐私权。

经济特使

时过境迁，二十八年前，俺改变了身份，戴上了"经济特使"的头衔。不再作为国礼赠送，改行租借方案，搞商业巡展。每只一年收入五十万美元。成了创汇大户，为家乡同胞的保护和研究提供了财源。

科技特使

俺的外交使命顺时应变，刚过了两年，又荣获"科技特使"的桂冠，同国外合作搞科研，直到今天。研究什么生物学、兽医学、管理学的新理论和实践，要攻克遗传基因、人工繁殖、育幼护理等一道道难关，还有竹林品种的调研。俺这活化石简直成了动物世界里的物种旗舰。科研中生儿育女要归宗认祖，"海归派"也应时出现。

煞尾

呀！风风光光几十年，俺祖孙几代形成了"海外兵团"，走进了四大洲十三个国家的动物园。成了所在国银幕上常盛不衰的演员，世界自然保护基金会会徽上俺的形象更显眼。经了些世面，享了些富贵，嗜了些苦甜。俺则待同类们的生存发展，有一个更好的明天。

王月华

（王继红），女，（1967－　）别名：潇湘雨，山西昔阳县人。毕业于山西财经学院，现供职于昔阳档案局。

春　雨

濛濛小雨绾柔丝，草色无尘点翠陂。
弱柳和弦春韵落，黄莺转调软歌弥。
娇娃檐下忙修坝，老叟窗前紧步棋。
万物苍生承玉露，神州处处焕生机。

南乡子·游子吟

嫩柳锁清寒，独上江楼望故园，万里长天浮雁影，翩翩，逝水匆匆怕问年。　　何处是乡关，烟水茫茫隔楚天，欲问寒梅依旧否，潸潸，月满千回梦不圆。

访泰山

泰岳巍巍入玉宫，奇松异石走西东。
天梯横绝层云里，山脉俯看一掌中。
潭影溪光天性净，涛声梵语客心空。
僧前借问容谁隐，却笑禅缘我未通。

诉衷情

群山隐隐起苍茫，河汉水流觞。一庭瘦菊疏
影，风拂过、暗盈香。　　思远客，倚轩窗，倍
凄凉。万般思绪，九曲回肠，半枕清霜。

访友伤怀

暮霭沉沉锁小楼，风催黄叶别三秋。
寒鸦数点绕高树，残月一弯咽急流。
画卷懒翻书案冷，锦衾独拥玉容愁。
南充司马今何在，半世凄凉怎是头。

咏　菊

塞雁度重阳，秋深菊正黄。
孤芳沾玉露，傲骨斗寒霜。
蕴秀篱前影，清醇袖底香。
高风千古颂，市井笑疏狂。

荷塘赏月

晚风疏柳笼轻烟，十里蛙声扰客眠。
欲借荷塘捞水月，何堪划破一池天。

王月喜

（1956 — ）山西临汾市人。毕业于山西师范大学。原任临汾市委常委、宣传部长。系中国作家协会会员、山西诗词学会理事。

初冬游北京西山

人道香山红叶好，吾言西峰青松妙。
奇枝笑迎天下客，四季常披一领袍。

小麦吟

种在深秋里，植根黄土地。
隆冬朔风劲，悠然不介意。
春华节亭立，夏实粒如玉。
性本不合污，食称天下一。

1990 年春

绵山听宗教音乐

红尘远烟尽，青山扑面来。
风吹闲云去，笙歌漫禅台。

王世茂

　　山西平定县人，1977 年山西师大毕业。中学高级教师，中国楹联学会、中国国学研究会会员，现为山西平定县冠盛教育培训中心负责人，兼任平定县楹联诗词协会名誉主席。

山村即景 (新韵)

山路驱车过小桥，袁家峪在半山腰。
一群野鹤飞三界，几户金鸡唱九霄。
车跑运输人乐业，年增收入寿攀高。
晨昏难辨景和画，烟锁农家分外娇。

冠山抒怀 (新韵)

天增爽气好攀登，徒步冠山觅旧踪。
漫入荒丛无路走，踏开小径有人行。
携妻伴友寻仙气，对酒吟诗探雅风。
遥望匆匆风雨客，何如此处乐融融。

王世源

（1930 —　）山西柳林县人。著有《草木诗集》、《山乡韵语》和《前柳家沟村史》。

除夕夜

星罗除夕夜，风传剁馅声。
谁家鸣爆竹？惊出一村灯。

王东满

　　（1941 — ）山西长治市人。毕业于山西艺术学院。曾任山西省文联副主席，中国作家协会会员、一级作家、山西诗词学会顾问。著有《高扬斋诗草》、《王东满诗词书法集》等。

黄　河

源自圣山唐古拉，摧枯拉朽走天涯。
沧桑阅尽朝宗去，汇入汪洋成大家。

登小西天

此行首站客隰县，午后登临小西天。
山寺翼然金凤舞，钟磬声寂佛陀安。
庙堂悬塑弥珍贵，生众磕头未必虔。
抽签多因心有鬼，贪官几个不朝山。

克难坡读洪炉诗即兴

　　克难坡为抗战时期阎锡山南逃建立的伪政权指挥中心。2003年7月24日，余同几位老地下工作者驱车专访克难坡。阎诗为："一角山城万里心，朝宗九曲孟门深。俯仰天地无终极，愿把洪炉铸古今。"

　　　　克难坡前百感深，山城不见洪炉存。
　　　　大河依旧写今古，台海空悬万里心。

吕梁行吟

　　余曾为撰写《与天为党——邓小平在太行》一书首次踏访壶口，今为撰写《赵宗复》一书，过吕梁，经克难坡，再到壶口。耳闻目睹人事沧桑，造化无情，感而吟。

　　　　踏遍吕梁十万梁，山城克难论沧桑。
　　　　朝宗九曲未更志，铸史百川作落荒。
　　　　驱车再访黄龙府，驭浪纵情下洛阳。
　　　　三若假余三百岁，摘尽天下第一香。

王仕虎

（1953— ）山西芮城县公安局警官。系中华诗词学会、山西诗词学会、运城市诗词学会会员，芮城县诗词学会常务副会长。

重登鹳雀楼

三月饮茶鹳雀楼，杯中日影问春秋。
黄河浪去谁为伴？古渡桥前笑帝侯。

与林从龙吟长登函谷关

函谷关前涧草生，黄河拍岸震天鸣。
谁弹如此惊魂曲，疑是秦齐撕杀声。

题 晚 霞

谁家画意写苍穹？原是夕阳造化工。
懊恼人生难似汝，黄昏仍染九天红。

雪雨中登条山偶得一梅

笑在条山雪雨中，苍岩斜压未曾躬。
酿香自有寒霜力，岂向桃花讨媚红？

荷塘月色

小桥水出绿荷边，悦耳蛙声唱不眠。
月拂千山珠影动，满天星汉卧青莲。

王占斌

（1944— ）山西昔阳县人，大学本科。山西诗词学会会员，晋中市诗歌协会理事，晋中市仰山诗社会员，著有诗集《心香集》。

游北武当山

飞来峻岭矗临东，破雾穿云气势雄。
危耸应连王母殿，盘旋可上玉皇宫。
松涛贯耳声三折，石壁当头势半空。
远眺群山皆失色，胸襟空旷气如虹。

绵山铁索岭

峭壁临深壑，铁绳倒挂天。
欲观碧落景，此处可登攀。

王永昶

（1888－1968）山西绛县人。清末入太原讲武堂，民国初任县参议兼城关街长，"华灵诗社"社长。著有《华灵诗薮》、《芸窗杂记》、《消夏录》、《易理抉微》、《太原王氏绛县东厢坊一甲通谱》等。

处世赋感

应时但力耕，读史剪愁生。
目睥鱼龙变，心存燕雀盟。
有为兼有守，求实不求名。
旦旦行吾素，休谈后世评。

秋　霁

时逢秋七月，雨歇午时风。
槐茂垂枝绿，榴圆透叶红。
鸡啼遮筱竹，雀啭进梧桐。
掠日残云过，南山接碧空。

咏　菊

彭泽庭隅秉紫黄，高低远近弥清香。
乾坤造化奇贞骨，霜里昂头不卸妆。

王生秀

山西省企业文联原副主席、晋城煤业集团党委常委、公司董事、工会主席和文联主席。有诗集《拙趣集》（与王中一合著）。

黄山游

放眼非缘雾，怡神不是云。
频看吟咏者，得慰莫如君。

游　湖

临风感逝波，所幸未蹉跎。
莫笑人添皱，此湖皱更多。

鹧鸪天·遥忆双亲

忙觉经冬又一年，纷纷白雪舞翩翩。蓬门难问谁轻扫，故里高堂鬓已斑。　　儿路远，母心牵。重水重山少寄言。乡愁惟任神魂恣，祥瑞之中拜体安。

赠　内

暑往寒来四十年，未谙蜜语与甜言。
相扶相敬无多语，惜此生生世世缘。

王立新

（1947 — ）山西文水县人。理化工程师，山西诗词学会会员，文水诗词学会理事。

咏香椿树

天生只为万家餐，性直亭亭耸碧天。
嫩叶嫩枝全奉献，欲留香气满人间。

重走丝绸路

清水河边独自思，直钩垂钓世间稀。
吾来不为名和利，一网当今贪食鱼。

胡 杨 树

天生乐与狂风斗，石打沙飞战不休。
叶断茎折何所惧，一身正气壮春秋。

王有印

（1939－　）山西中阳县人，山西省农业厅高级农艺师。山西诗词学会、山西农民书法研究会会员，唐明诗社副社长，《唐明诗苑》副主编。

《论诗千首》和武正国先生次韵 (十首选二)

贺 知 章

人似白云行碧空，诗如流水夺天工。
离乡年久童疑客，笑答拈来意趣中。

高　适

燕边将士战黄沙，白刃相看碧血花。
力尽关山飞将在，燕歌唱响汉人家。

王志华

（1940－2001）山西临猗县人。山西大学师范学院教授。曾任山西诗词学会副会长。

凭眺洛阳汉魏故城

中州纵目意如何，九代京华故迹多。
西亳犹传侯伯鼎，东周时见帝王戈。
魏碑汉冢埋荒草，宋殿唐宫长麦稞。
盛世何须叹离黍，放声高唱太平歌。

过邙山

北邙迤逦草萋萋，古冢重重入望迷。
汉魏衣冠半黄土，白杨影里子规啼。

王志清

（1959－　）山西榆社县人。曾任榆社县公安局办公室主任、榆社县韩村乡党委政法副书记。山西诗词学会会员、晋中市诗歌协会理事、榆社诗词学会副会长。著有诗文集《心灵的呼唤》。

农家喜事（二首）

（一）

一缕炊烟入雾中，农家小院座无空。
欢歌喜炮人人乐，彩带飘扬满院红。

（二）

新人回府闹哄哄，戴帽公公满脸红。
朗朗笑声推碰面，众人欢乐胜天宫。

王秀卿

　　女，（1940 — ）山西五台县人，太原师范学院副教授。中华诗词学会、山西诗词学会会员，太原诗词学会顾问，太原桃园诗社理事、杏花诗社常务理事；《桃园诗草》副主编。著有《岁月流痕》、《走进美国》等。

寻　梦

终年蠢觅梦魂中，好友亲人唤不听。
牵手从容游四海，乘风比翼入天宫。
荷塘月淡斟春酒，花圃风清诉晚情。
电掣雷霆惊晓枕，朝阳已照半窗明。

洛阳咏牡丹

雍容华贵不娇情，独立寒春铁骨铮。
不畏则天火速令，谪开洛阳动京城。
春回大地和风暖，叶茂花繁香郁浓。
歌赋牡丹纸更贵，辉煌灿烂唱葱茏。

王官庆

（1941 —　）山西临汾市人。蒲县人大原副主任。现为中华诗词学会、山西诗词学会会员。著有《霁月斋杂吟》诗集。

临江仙·诗国吟

——参加首届全国诗词创作与发展论坛会议

诗国馨香兰芷圃，园丁首届标旌。南莺北雁结鹏程。山花衔一束，莳植论坛擎。　簇簇奇葩镶国粹，飙飙入袖清风。抱襟憧憬拭尘蒙。沧桑飘隽永，社稷总关情。

归故里过重阳，返程后听雨抒怀

馥馥金秋万户薰，茸茸麦垄正铺茵。

甘霖一夜斟佳酿，晓对扶桑绾彩云。

初冬巷陌即景

——今冬山城重新兴起压酸菜、腌咸菜

菜价飙升拽谷俦，萧萧鹤发鬓间愁。

纷纭市井添憔悴，困窘苍生议涩羞。

千户芥茎腌旧梦，双缸缨叶渍横秋。

风云乱度寻常事，谙练椿萱也梗喉。

王国新

（1953 — ）大专文化，山西潞城人。历任潞城人民广播电台总编、《潞城市报》总编，潞城新闻中心主任。中华诗词学会会员，现任太行诗社社长、《三垂冈》诗刊主编。

咏 唐 槐

千年古树绽新花，百丈繁根日日发。
夜饮辛安甘露水，影连龙塔荫人家。

西流晚渡

晚渡书生美誉传，从来孝道育英贤。
河神有意明灯送，潞水滔滔唱万年。

王岳青

（1956— ）号二笑堂主，山西榆次市人。中国书法家协会会员，山西省书协理事，篆刻委员，阳泉市书协副主席，石舟印社社长。

静 夜 思

昨夜西风下曲廊，思竹残梦仍他乡。

床头怨闻刀板扰，帘外看天风有芒。

红酒无缘消块垒，青山何处借辞章。

欲和文苑携悄语，又恐添渠泪一行。

王建全

（1963 － 　）河北深州人。大专学历。现在阳泉市安全生产监督管理局工作。

"红豆峡"水韵

——游长治"太行山峡谷"之"红豆峡"有感而赋

山做银簪水似颜，峡多瀑布汇滢潭。
云为娇女羞遮面，红豆一排涌翠岚。

忆江南（双调）·山城春雪

春雪瑞，装点柳梢尖。扑向脸颊倏变水，痴情抟雪雪融田，风雪夜难眠。　　灯掌起，醉酒入公园。雪洒碎银花世界，山城春早影阑珊，独坐倚栏杆。

王建国

（1964 —　）山西朔州市人。山西诗词学会会员，朔州诗词学会常务理事。著有诗词选《素月冰心》。

塞上初夏

春尽雨知暖，风生水畏寒。
山原若吐雾，桃李欲流丹。
燕疾如飞矢，空晴脱跳丸。
烟光明远塞，疑作梦中看。

王忠武

（1956 —　）山西太原市小店区人，大学本科学历。现任晋源区总工会主席、太原市工业经济联合会常务理事、中华诗词学会会员，唐风诗社副社长。

重游大寨（二首）

（一）

虎山远眺览金秋，胜迹依稀几处留。
团结沟长清碧漾，狼窝掌茂米粮稠。
十年九旱成陈事，盛世中昌仗远谋。
试问康程千万里，须知大寨在前头。

（二）

八载京官两袖风，不谋私利远虚荣。
桌边土坑依旧貌，房后新楼梦已丛。
半世艰辛曾叱咤，终年蒙垢亦英雄。
于今敢问豪门内，几个清廉可比公？

柳林抖气河

黄土高原风景靓，柳林一绝乐流连。

隆冬腾雾鸳鸯戏，盛夏泅游男女喧。

如画如诗云缥缈，似歌似曲舞翩跹。

风帆鼓劲精神抖，极目三川致富源。

王明莲

（1959 —　）山西临县人。

红 枣 树

沧桑风雨几多春，日哺月呵始育芬。
吸尽山川灵秀气，一心养育吕梁人。

王明健

四川荣县人，原是太原四中语文教师，桃园诗社社员。

赠友人

春风柳浪忆君深，又值黄鹂报好音。
依旧锦城花似雨，难寻唯有少年心。

王果发

（1939 —　）辽宁黑山县人。高级工程师，赵宝成烈士纪念馆副馆长。中国楹联学会、中华诗词学会、山西诗词学会、山西省作家协会会员，太原诗词学会副会长，桃园诗社社长，《桃园诗草》主编。

牧童喜赋唱千年

——为中华诗词学会成立十五周年而作

夜深灯下犹寻伴，心静笔飞不觉眠。
大好河山如画册，华光岁月并诗篇。
登巅远眺凭今古，举国欢腾跃世前。
振臂高呼歌万载，牧童喜赋唱千年。

步和时新吟长《中秋短信诗》原韵

——兼赠日本访华诗友并裴智、彭良先生

斯时环宇共婵娟，有幸诗缘由韵牵。
中日同欣明月夜，欢天喜地庆团圆。

王知非

（1942— ）名景浚，号卿凤楼主，山西绛县人。中华诗词学会、中国楹联学会、山西书法家协会会员，山西诗词学会理事，绛县诗联书画协会副会长兼秘书长。著有《绛县诗歌汇编》、《卿凤楼稿》等。

题《李太白集》扉页

太白诗词学亦难，珍珠大小落琼盘。
情随银汉冲天下，才挟云烟入笔端。
局布散花仙女洒，篇终鼓瑟舜妃弹。
蜃楼海市知无获，学步邯郸意自宽。

顽石吟

风尘雷滚降云巅，顺势洪流落岭前。
梦幻东南填大海，痴迷西北补高天。
坚贞本可跻堤坝，稳重原宜垫陌阡。
位处尊卑无所谓，田翁称便亦陶然。

白　梅

天赋幽姿自远尘，缟条花簇韵清新。

赊来蟾魄三分白，借取龙涎一味纯。

怯抹红胭淹玉质，欣擎紫萼托冰心。

不同梨李期风暖，淡雅冲寒别样春。

王金明

（1971— ）山西祁县人。山西诗词学会会员，晋中市诗歌协会理事，榆社县诗词学会理事。

回乡偶感

归心似箭故乡行，父母匆匆笑语盈。
晨起农田割粟谷，夜来小院扯红缨。
收成累累香千里，政策条条暖众生。
犬吠鸡鸣人雀跃，欢声满路马蹄轻。

水上公园

碧波荡漾小桥东，玉宇琼楼入画中。
几对黄莺鸣柳树，万条红鲤闹龙宫。
幽栏曲径寻仙境，皓首青丝赏古松。
企业繁荣民更喜，诗情画意醉仙翁。

王彦如

（1958 —　）山西榆社县人。榆社县作家协会主席、县诗词学会副会长。著有诗集《情系家园》。

春

冬去春来又暖阳，葳蕤草木尽芬芳。
筑巢莺燕凭空啭，下种农夫遍地忙。

王洪廷

（1939— ）山西临县人。山西省摄影、民研、曲艺家协会会员。

绿水黄山

黄河清澈古来稀，百岁老人亦谓奇。
二碛鲤鱼穿浪顶，黑龙辞庙潜河栖。
红男白浪展泅技，绿女浅滩衿洗衣。
地利天时皆具备，旅游开发见晨曦。

鹧鸪天·黄河画廊

晋陕黄河峡谷间，乘舟直下有奇观。巍然怪石山巅竖，巨幅浮雕绝壁悬。　　谁镌刻？意何焉？蛟龙挥笔画廊檐，白描千古沧桑事，绘出人间血泪篇。

王晋湘

（1954— ）山西汾阳市人，杏花村汾酒集团酒都宾馆副总经理。中华诗词学会、山西诗词学会会员。

贺"难老泉声"创刊一百期（二首）

（一）

又到金秋收获时，累累硕果众扶持。
泉声难老唱新韵，岁月如歌都是诗。

（二）

每期细读动心扉，揽胜山河紫气归。
歌放田园共酬唱，诗情洒向晋阳飞。

接宋老师越洋电话

铃声振动手机歪，笑语音从大洋来。
欲问异国风景好，他乡可有宋唐槐？

2011 年 4 月

父　亲

骑车南北古稀翁，生意农耕一样丰。
诚信勤劳家业创，小康全靠自经营。

2010 年 11 月

拜读张梅琴先生《朵梅集》

花开香自苦寒滋，惋叹群芳绽放迟。
唤醒山河重打扮，春风不改恋梅枝。

2011 年 3 月

王晓晖

（1972 — ）山西蒲县人。山西诗词学会会员，蒲县东岳文化研究会副会长。

春夜咏梅

也用雪夜访戴罗浮梦梅典故

寒枝无碍雪冰心，点染奇香入骨深。
怀抱春来犹冷暖，形骸兴至岂因循？
混濛一梦余只影，惆怅几回向晚岑。
孤标傲世惜阴短，沉醉晨昏为此吟。

暮秋晨起题北山老屋心生归意矣

铁瓦凝清露，迎光若洒珠。
山青空气净，室陋体骸舒。
静览兰亭序，轻摩普洱壶。
人生须快意，俯仰莫踟蹰。

王惠卿

女，（1961 —　）号鸣竹轩主，采秀山房主人，山西平定县人。大学本科学历。山西省作家协会会员，阳泉市作协理事，杏花诗社常务理事。

落　枫

吟霜啸雨舞深秋，傲骨清名满九州。
生就一身红艳色，随风飘落亦风流。

雨　竹 (新韵)

修篁滴翠啸春风，细语轻吟三两声。
伸手摘得仙露在，人间剔透几分情？

品　茶 (新韵)

把盏清香隔案喧，微醺诗意啖津咽。
佳茗三品乘风去，好句一鸣上碧天。

王敬仁

（1952— ）笔名井人，山西交城县人。唐踪诗社社员，《诗踪曲渊》副主编。

慕云山

慕云知我欲山行，截断长风放紫英。
花鸟迷诗蝶乱象，松涛排律鸟争鸣。
几番窑洞泣心雨，两代愚公为梦生。
绝胜西林题壁好，信天游处起峥嵘。

踏雪寻汾

独立汾滨觅自由，豪歌当送此冬秋。
银熔汞结千门静，玉树琪花万象浮。
一线烟津收倦日，三分冷月化明楼。
寒鸭似晓台驰志，桥下商量逛并州。

王登科

（1942 —　）中国楹联学会会员，新绛县楹联诗词学会会长，弘文艺社社长。

登万荣孤山尝梨花

孤山三月柳如丝，正是诗人兴会时。
试向梨花枝上看，娇容宜待谪仙题。

王跟年

（1938 —　）山西运城市盐湖区人，运城市盐湖区诗联学会常务理事。

望仙观光 （新声）

联友观光上望仙，鸳鸯瀑布胜庐山。
李白昔日若来此，难辨香炉生紫烟。

观　光

季春三月艳阳天，文友观光古道边。
直上悬崖铁索冷，横穿涧水浮桥寒。
飞流直泻三千丈，险路崎岖四百旋。
骚客关前留纪念，挥毫触景写诗篇。

王魁陵

（1950— ）山西陵川县人，中华诗词学会会员，山西诗词学会理事，山西作家协会会员。著有《紫华斋诗词集》、《紫华斋陵川旅游诗词》等。

枫　颂

为参加中国太行山陵川王莽岭诗词笔会，著名诗人李锐、刘征、林从龙、李汝伦、周笃文五对夫妇游陵川红叶风景区。感赋。

花赏阳春枫赏冬，风光阅尽不相同。
山青水碧江南貌，岭峻城雄塞北容。
四海开怀抒远志，五峰昂首接长空。
人生自古谁无老，应爱悠悠夕照红。

太行寻故人

三月入深林，春芳溢碧津。
无尘沙石路，有致杏花村。
吻草新生犊，荷锄老故人。
含馨空气美，神爽感华茵。

太行初夏咏

飞泉百步遥，菜圃已晨浇。

碧柳千丝袅，红桃万树娇。

村姑锄药草，野叟理桑条。

林隐钟声远，烟楼傍小桥。

白陉古道三月行

三月东君美眸开，河娇岭媚斗春怀。

莺花百里太行路，一步风光一碧台。

小卖女

提篓小卖怕工商，见影闻声快躲藏。

寒暑街头逢罚没，桃腮泪雨话衷肠。

长相思·打工

出村头，过桥头，无奈谋生下广州，临行双泪流。　抚儿头，皱眉头，带走相思留下愁，何时熬到秋。

王德虎

（1938－　）山西平顺县人。曾任全国政协老干部局副局长。现为中华诗词学会秘书长兼办公室主任、《中华诗词》编委会办公室主任。

南乡子·普救寺

诗会赴蒲州，好趁秋光普救游。千载崔张情爱事，悠悠。礼教重重争自由。　　野渡溯横舟，联句弹琴意未休。天上人间多少梦？绸缪。一曲西厢胜迹留。

2002 年

武夷九曲棹歌（三首）

（一）

空谷清流几道弯？千寻飞练泻深潭。
苍崖邀我做山客，点水竹排过险滩。

（二）

两岸青峰拥翠流，寒潭倒影泛轻舟。
云封雾镇桃源洞，几处黄花报晚秋。

（三）

奔腾云海托奇峰，峭壁危岩健步登。
四顾苍茫众山小，心随九曲晦翁情。

1998 年

王默然

（1943－　）山西五台县人。大学文化，主任记者，中华诗词学会会员。著有诗集《摘霞集》。

莺

昨夜春声趁好风，清音回荡小庭中。

出巢啼叫枝条绿，入世翻飞羽翼红。

既为相知留俏影，也因思念梦芳容。

歌喉萦耳穿花柳，往事如霞点点浓。

行香子（二首）

中秋前兄驾车带我等回阔别五十多年的故乡探亲感赋

（一）

犹记当年，路远天寒。纵相携、步履艰难。千山拦阻，犹似登天。过鸽关险，清河冷，石沟烦。　　今车急驶，油路宽宽。望山峰、尽染青蓝。满车装笑，车比人欢。看瞬儿飞，瞬儿叫，瞬儿还。

【注】

鸽子岭、清水河、石沟等均在五台县境内。

（二）

啼笑孩童，天马行空。砍烧柴、驯化雄鹰。打砣月夜①，烧薯云峰②。纵衣裳破，流黑汗，兴高浓。　　今天再面，个个龙钟。半天瞧，猛可呼名。园尝果品，户访亲朋。看东家吃，西家笑，满村疯。

【注】

① 打砣是儿时一种游戏。砣为石片或砖块，将它立在十几步远的对面，两拨孩子轮流打，打倒次数多的为赢家。

② 薯指马铃薯。小时候上山劳动常烧熟吃。

王耀平

（1958 — ）北京人。山西诗词学会会员。现就职于山西埃尔气体工程有限公司。

夜　读

岁月匆匆若指弹，江山能够几凭栏？
青丝倏尔成花发，赤体俄顷入小棺。
既解浮生如梦短，便求心界比天宽。
功名利禄随它去，满架诗书化晚餐。

春　歌

春回大地问谁知？沃土开颜小雨滋。
陌上寒枝羞怯怯，坪间嫩草碧丝丝。
纸鸢招雁时非远，柳树抽芽日不迟。
最是骚人心境好，又牵新月入新诗。

浣溪沙·初夏

花正妖娆柳正垂，亭台尽处隐青碑。儿童玩耍绕廊回。　　几对情人留玉照，半轮新月洒银辉。诗心遥伴彩云飞。

鹧鸪天·怀旧

怕见还巢倦鸟啼，萦怀往事映湖堤。归心尝为昏灯阻，曲径何因暗夜迷？　　新月满，暮云低。画廊东侧小桥西。当时情爱知多少？直到于今梦不稀！

踏莎行·园景

树掩峰峦，霞披楼脊，亭廊径院轻风洗。鱼儿也解悦游人，冲开水面争施礼。　　槛外车飞，枝头雀嬉，悠扬乐曲林边起。苍头老丈撵顽孙，顽孙笑在花丛里。

车 愈

（1948— ）山西柳林县人，大专文化。曾任离石区直属工委副书记。吕梁诗词学会理事，《吕梁诗坛》副主编。

收枣时节

八月天高秋意浓，家乡遍野枣儿红。
山山绿树连林海，簇簇丹珠绘彩英。
飒飒秋风前日至，家家地内起竿声。
山间处处金光闪，林苑天天喜笑腾。
口袋罗筐皆硕果，芭条场院尽晶莹。
斜阳艳艳农家乐，笑语盈盈荡宇空。

白　峰

（1963 —　　）号以时，山西文水县人。中专学机械制造，大学修汉语言文学，在职完成 MBA 研究生学历。现任山西玄中酒业公司董事长，山西诗词学会理事，交城县政协名誉副主席，交城县诗词学会会长。

清　明

又是清明返故乡，探亲祭祖两匆忙。
堂前旧燕空巢瘦，舍里先人去影长。
黄土一抔期老酒，青烟几缕赖炉香。
坟头弱柳同悲语，满目啼痕欲断肠。

临　帖

斜风细雨过黄昏，临帖烹茶闭院门。
书圣兰亭千古逸，一横一竖一心痕。

无　题

开天劈地已分明，浩渺乾坤黑白清。
道义何言浮水去，且看今日众琼英。

游杭州

寻芳三月到杭州，柳浪风荷画里游。
烟水平湖春意闹，千年一梦此中留。

访三座崖

胜日兴来上翠峰，追寻史迹已无踪。
苍苔险处试心石，笑傲群山是玉龙。

寒　春

深寒锁绿觉春迟，杨柳萧萧少嫩枝。
小草痴情先弄眼，娇花何处出疏篱？

千秋岁

　　华陵梅砌，簌簌残红坠。风拂过，幽香递。
情依湘水远，梦绕云峰翠。魂未倦，雄鸡唤醒人
昏睡。　　　功绩谁凭记，沉怨何时洗。松作伴，
槐为俚。旭阳尘雾散，月夜冰心磊。回昶昼，一
轮浩日天涵水。

乐庆山

（1941 — ）浙江宁波市人。1965 年北京师范大学毕业。曾任吕梁教育学院副院长等职。现任吕梁诗词学会常务副会长。

石州新姿初妆成

吕梁山色郁苍苍，开发期兴水一方。
若问新妆谁剪就，石州鼓万好儿郎。

兰渐高

（1941—　）山西吉县人，农民。中国延安文艺学会会员。

雅座见闻

美酒溢流觞，佳肴倒猪缸。
官场一桌宴，百姓几年粮。

田野春浓

歌户漫野铁牛鸣，布谷何须苦唤耕。
农税免除情怒放，心花争与杏花红。

洪洞大槐树

洪洞祖根孰不知，四方游子日神驰。
眼前一棵大槐树，叶叶乡思绿满枝。

农民苦

自古黎民食为天，披星戴月战炎寒。
平生积储存多少？不及歌星一曲钱。

故乡漫赋

红满园林绿满庄，山光烂漫映晴光。
此身愿化云千朵，日日飘悠绕故乡。

史文山

（1943 —　）山西沁源县人。太原理工大学文学院法学系教授。中华诗词学会会员、山西诗词学会理事、《难老泉声》编委、《唐槐吟苑》副主编。

中秋望月怀母

一年十五转轮回，又值中秋圆又晖。
夜半又流思母泪，披衣起看月西归。

2003 年 9 月 10 日

纪念抗战胜利六十周年

殷殷碧血遍城乡，染过黄河又染江。
难染灵魂难灭志，炎黄后代不投降。

2005 年 5 月 30 日

秋　兴

绿转黄回又一秋，天高云淡水悠悠。
湖荷托出珍珠粒，山柏铺成翡翠丘。
老树多姿停彩雉，新阳骄艳照青舟。
临风远眺江山美，不羡瀛洲爱九州。

1988 年 8 月 27 日

踏莎行·重阳登崛围山怀傅山先生

　　天野空蒙，日和风住。叶红茎紫谁吩咐？层层秋色染人间，无端更向天涯去。　　着意寻诗，经霜造句。好将骨气书中塑。伴它翠鸟望高空，心花开在秋云处。

【双调】折桂令·骊山怀古

　　这青山蕴着温流，阵阵香风，处处琼楼。千古兴亡，轻歌曼舞，几度春秋。　　骄奢惹江山弃丢，励精图宝鼎无休。成也风流，败也风流，岁月悠悠。

2008 年 3 月 18 日

套数【北南吕】一枝花·藏山怀古

长途碧草香，深岫山花艳。流霞迎远客，秀壁漫青烟。天设围屏，翠映苍松彦，风来幽洞坚。论藏孤千古呜咽，聊义气传奇事演。

【梁州】

两千六春秋逝笺，显忠奸故事流传。惊心动魄阴风旋。想当时夺命，叹赵氏蒙冤。小人乱政，国主轻偏。屠岸贾有意挟嫌，一霎时血染城垣。恨之恨自古来昏君总信谗言，叹之叹自古来忠臣性命难以保全，敬之敬自古来义士舍命轻钱。可谴，可怜。却为何悲烈延绵遍。细想来夺利争权，幽洞藏孤史页镌，赞忠义经天。

【尾】

山围翠岭厅堂建，风景清幽空气鲜。新路延，飞鸟旋，寺庙悬，故事连。招引四方游客慕名前，争来访古探幽到盂县。

2007 年 7 月 17 日

史茂柏

山西汾阳市人，汾阳师范原副校长，山西诗词学会会员。

元宵之夜

2004 年农历正月十六日于汾阳

喜渡元宵不夜城，欢声笑语庆升平。
秧歌起舞抬娇步，焰火腾空落彩虹。
大鼓擂鸣扬士气，花灯闪亮慰伊情。
汾州古邑春光美，三晋名都景色浓。

史留俊

（1963 — ）山西潞城市人。中华诗词学会会员，太行诗社副社长。

秋夜抒怀

夜深人自静，蟋蟀叫秋凉。
玉露凝寒气，清风送晚香。
诗敲瓜架下，曲溅豆棚旁。
手捧皎皎月，欣然入梦乡。

观壶口瀑布

久唱黄河颂，今临瀑布前。
洪飞龙戏水，雾起浪生烟。
雷滚声千里，风流话万年。
子孙膜拜处，华夏母亲缘。

书斋文竹

坐案临窗不染尘，一蓬苍翠静修身。
参禅悟道谁同语，自有书斋弄墨人。

黄崖怀古

风轻云淡赴黎川，敬仰黄崖一线天。
军火库中观弹洞，血花亭上嗅硝烟，
淙淙泉水怀英烈，阵阵松涛扫宄奸。
八路雄风吹碧野，四时红雨洒人间。

"将军岭"赞

桃花山寺笑春风，大将岿然比鹤松。
端是地灵涵宝素，美非人巧贺天公。
心言斯日添新岁，思忆当年觅旧踪。
吟罢长歌谁更解，犹闻岭下唱和声。

田永强

（1951 — ）山西汾阳市人。大专学历，经济师，现任吕梁政协提案委员会主任。

题赠白马仙洞

九凤山遮一洞天，险奇出世不知年。
成仙白马乘风去，恋旧黄莺伴雨还。
猛将尉迟曾隐迹，红炉道士久烧丹。
如今夕霭朝晖映，喜揖游人青眼观。

田际康

（1912 — 1992）山西汾阳市人。曾任光明日报编辑，山西大学教师，山西诗词学会理事，中华诗词学会会员。

登崛围山

霜红龛址翠屏深，松柏连峰慷慨吟。
三百年前游憩处，清风劲节古传今。

田承顺

（1963— ）山西汾阳市人。吕梁高专中文系副教授，中华诗词学会、山西诗词学会会员，诗词入选《山西当代诗词选》。

中国奥运冠军题咏（三首）

咏王军霞

亚市霞光照看台，炎黄骁将夺金牌。
身姿矫健惊环宇，奥史辉煌畅远怀。
卷地风行凭备战，倚天步舞见鸿裁。
骄人奇绩骄人略，换得星旗赛场开。

【注】

1996 年 7 月 28 日，王军霞在第 26 届美国亚特兰大奥运会上获女子 5000 米长跑金牌，被称为"东方神鹿"。

咏许海峰

万里长风猎战袍，阵云隔岸起狂涛。

穿杨百步飞沧海，攀岭千寻落迅飙。

猿臂轻舒施绝艺，横眉冷看亮枪韬。

奥林喜载英雄谱，禹甸儿男大业昭。

【注】

1984 年 7 月 29 日，许海峰在第 23 届美国洛杉矶奥运会上获射击男子 50 米手枪 60 发金牌。首开我国运动员获奥运金牌纪录。

咏庄泳

美女婷婷映碧池，金花五朵绽芳姿。

成功台上描春色，锦绣园中挺傲枝。

巴塞泳坛留倩影，中华名将奏凯师。

无声岂谓甘沉寂，浪里高歌义勇词。

【注】

1992 年 7 月 26 日，庄泳在第 25 届西班牙巴塞罗那奥运会获女子 100 米自由泳金牌，是中国游泳运动员首次登上奥运冠军领奖台，与钱红、林莉、杨文意、王晓红被称为"五朵金花"。

田树苌

（1944 — ）山西祁县人。毕业于山西艺术学校。曾任山西省书法协会常务副主席兼秘书长。国家一级美术师，中华诗词学会会员、山西诗词学会理事。

己巳暮春永祚寺牡丹盛开

自古人称富贵花，嫣红姹紫足堪夸。
曹州洛水今犹在，何日移栽百姓家。

辉煌伟业再图南

2001年8月，偕山西省文艺家采风团赴大运高速公路工地采风，有感赋此。

大军八万战犹酣，恶水崇山不畏难。
神斧劈开韩信岭，金戈穿越雁门关。
通途大漠连湘桂，枢纽蓬莱系陕甘。
三晋长虹架四海，辉煌伟业再图南。

〖中华诗词存稿·地域专辑〗

中华诗词学会 编

山西诗词选

（二）

李旦初 编

中国书籍出版社
China Book Press

图书在版编目（CIP）数据

山西诗词选 . 二 / 李旦初编 . -- 北京 : 中国书籍
出版社 , 2020.8
（中华诗词存稿）
ISBN 978-7-5068-7887-6

Ⅰ . ①山… Ⅱ . ①李… Ⅲ . ①诗词—作品集—中国
Ⅳ . ① I22

中国版本图书馆 CIP 数据核字 (2020) 第 107986 号

山西诗词选 · 二

李旦初 编

责任编辑	李国永	
责任印制	孙马飞 马 芝	
封面设计	采薇阁	
出版发行	中国书籍出版社	
地　　址	北京市丰台区三路居路 97 号（邮编：100073）	
电　　话	（010）52257143（总编室） （010）52257140（发行部）	
电子邮箱	eo@chinabp.com.cn	
经　　销	全国新华书店	
印　　刷	北京虎彩文化传播有限公司	
开　　本	710 毫米 ×1000 毫米 1/16	
字　　数	20.5 千字	
印　　张	19.25	
版　　次	2020 年 8 月第 1 版　2020 年 8 月第 1 次印刷	
书　　号	ISBN 978-7-5068-7887-6	
定　　价	698.00 元（全 3 册）	

目 录

申修福

（1939 — ）山西长子县人。山西作家协会会员、长治市作家协会顾问。著有《绝句 300 首今译》、《律诗 300 首今译》等。

北高庙拾韵（四首选二）

游　园

松涛竹韵鸟声声，花笑蜂歌处处听。
问讯风光何处绝，无人不道最高峰。

登　塔

登上塔楼步步高，天光万里卷洪涛。
雄鹰奋展凌云翅，荡我胸中百丈潮。

石　舟

（1954 —　）本名石润生，山西太谷县人。山西诗词学会会员。著有《石舟吟草一百首》、《石舟诗选四百首简注》。

己卯端阳忆事

年年双五话端阳，万户千门插艾香。
是岁平添使者恨，谁人不念汨罗江！

【题记】

1999年5月8日，中国驻南斯拉夫大使馆遭"北约"导弹轰炸，邵云环等3位中国记者殉难，20多名使馆工作人员受伤，使馆建筑被毁，国格荣辱，举国义愤。6月18日逢端阳节，百感而吟。

读　史

袁崇焕

谁人匹马敢巡关？宁锦挥师铁血寒。
倘使兴城统帅在，崇祯未必吊煤山。

五老峰"待晴亭"小息

一登一顾动云涛，五老峰高名亦高。
恰是新茶能挽客，晴峰坐久觉衣潮。

菊 圃 吟

金甲煌煌蟹爪舒，风流紫玉拔新珠。
应知玉桂凋零后，梅瘦荷肥总不知。

石 毅

（1930 — ）山西五寨县人，《象棋世界》杂志社社长兼总编辑，中华棋友诗社社长、中华诗词学会会员。

六十六岁初度喜奉海内棋友

自幼爱棋爱到今，年华虚度也甘心。
职衔不大一排长，兵马足多卅二琛。
宝岛纵横皆挚友，神州上下有知音。
丹城盛会手谈日，笑看炎黄天际钦。

任谷威

（1936 —　）山西寿阳县人。曾任山西省体委主任，省文联党组书记，山西诗词学会常务理事。为山西汉俳研究会会长。著有《谷威汉俳自选集》。

汉俳（八首）

壶口观瀑

青峰谱春秋，黄龙刻石入地流，禹血泻壶口。

登芦芽山

脚踏满山金，攀上青天摘彩云，叩石觅诗韵。

天池胜景

秋阳洗霜晨，一池美酒清又醇，未饮已醉魂。

柳巷剪影

小店迭春秋，烟雾团团酒细流，得满一间楼。

冒雨游悬空寺

纷纷细雨中，心随栈道悬半空，飘飘入仙宫。

回望黄山

回首望黄山，奇峰怪石云雾淹，松涛响心间。

题普救寺

崔张喜双飞，单留红娘无家归，塔孤蛙声悲。

雪中看冬泳

漫天飞雪花，群蛙戏水涌冰花，朵朵雪莲花。

任罗乐

　　（1954— ）山西河津市人,中国人民大学毕业,经济师。原任河津市人大常委会副主任,现为山西省作家协会会员,山西诗词学会理事,中华诗词学会会员,著有《乐乐诗联》、《陋室文集》。

龙门禹庙赞

禹庙苍茫云雾中,冠山带水势豪雄。
辰星夜宿临思阁,飞鸟晓啼明德宫。
百里秦川舒望眼,千秋晋史一弯躬。
西河总仗龙门秀,日夜涛声颂禹功。

谒万荣后土祠

神祠后土壮河汾,圣母常牵游子魂。
古树参天千百岁,风吹叶落总归根。

网　问

万缕情怀网上通,咱邀总统话和平。
五洲同盼安宁日,兵勇何时罢远征?

任锦翚

（1932－2006）山西介休市人。生前为太原市、山西省老年书画研究会会员、唐渊诗社社长。

题黄瓜图

四十年前几垅瓜，狂风乱卷掐根芽。

人间高手知多少，抚愈伤疤又绘花。

任德明

（1953 —　）山西太原市小店区人。山西诗词学会会员。

童镜（三首）

（一）

长啸寒风隔纸呼，母缝儿梦院灯孤。
一弯霜月窥官道，马踏驼铃似有无。

（二）

麦场小房枣九株，高粱漫野紫霞浮。
撒欢小子追黄蝶，犬吠鸡鸣入画图。

（三）

四野牛耕四野烟，清鱼顺水网笭间。
问得数尾回家养，缸里鱼欢胜我欢。

关海山

山西运城市盐湖区人。曾获山西新闻（副刊）一等奖，2004－2006赵树理文学奖。现供职于《山西日报》；为中国作家协会、三晋文化研究会会员，太原市迎泽区第四届政协委员。

长相思·大禹渡怀古

新渡头，古渡头，离合悲欢千古悠。峡深猿鹊游。　　离乡愁，望乡愁。乡魂御浪归神州。王粲怯登楼。

秋日感怀

卅载风云一瞬间，书生意气说前前。
浮沉升降浑闲事，富贵功名各自缘。
大浪淘沙沙尽去，霜筠有节节强坚。
人生祸福谁能料，柳暗花明总是鲜。

刘　江

（1918 —　　）山西和顺县人。曾任中共山西省委宣传部副部长。现为山西傅山书法研究会常务副会长、山西诗词学会顾问。著有诗词集《钟鼓集》等。

太 行 行

莽莽苍山远，巍巍峭壁岩。
昔日羊肠道，硝烟复弥漫。
飞步跨石岗，捷足敢登攀。
非是英雄辈，仇寇夺命残。
霜鬓今已是，复逾四十年。
今往祭忠魂，松柏披满山。
飞车幽谷里，往事现眼前。
此处是河流，何时变庄田？
长桥横空越漳水，冀豫三晋好走亲。
不见童叟扫树叶，稀有炊火烧草根。
故地今始归，急拜老房媪。
走进街巷里，张眼望新居。
询人问旧处，大娘早归西。
沿门访故知，孩童笑不语。
重见旧地触往思，犹逢英烈泪满襟。
择地镌碑永垂念，奉献后死一片心。

1985 年 4 月 24 日

渔家傲

中国加入 WTO 绝非引狼入室，恰是招财进宝。

冬去春来阳气煦，冰消柳眼婆娑舞。路畅连山通海隅，开门暮，今晨一早迎商贾。 内外成交凭两护，陶朱有史擎天树。古阁仙山上下路，逍遥步，东方闹市争相顾。

2001 年 11 月

贺阳泉狮脑山百团大战纪念碑落成

雄踞狮山百仞碑，利锋彪炳紫墙仪。
硝烟故垒今难觅，射虎龙华知是谁。

1987 年 7 月 7 日

刘万用

（1936－　）山西原平市人。中学一级教师。山西诗词学会会员，原平市诗词研究会副会长。

原平景观咏

石鼓悠思

鼓悬云雾里，莲绽碧螺峰。
石窍传天籁，声声唤介公。

夜宿五峰

绿树生禅意，红墙诱佛心。
寿宁住一宿，灵魂净八分。

刘子威

（1906－1989）山西右玉县人，山西大学经济学教授。曾任山西省政协常委、山西诗词学会顾问。

述 怀

寇仇平地起幽燕，塞北三关战鼓喧。
将士负戈奔北去，书生携卷向南迁。
恨无杀敌青虹剑，惭对从戎班子贤。
关中自古称重地，报国休分后与先。
奋战倭仇挥秃笔，书生文墨亦流丹。

1940 年抗战三周年

登望海楼

面海青山抱一楼，水天共色映清秋。
高瞻远瞩胸襟阔，万顷波涛眼底收。

1984 年

刘小云

（1948 —　）女，山西榆社县人。中华诗词学会、山西诗词学会、山西作家协会、山西散文学会会员，杏花诗社副社长。著有散文集《情到深处》、诗词评论集《云心思雨》、人物传记《层林尽染》等。

渔港夜景

星夜空朦映浪花，渔翁摆棹晚归家。
船儿点点排依岸，渤海湾中送晚霞。

醉花阴·重阳

秋夜初凉寒意袭，清雨刷淅沥。赏菊正逢时，百姿千态，昂首风中立。　　望尘总叹双亲寂，常在衾中泣。又是近重阳，高远情怀，傲骨黄花熠。

重游松江

姊曾相约言亲情，妹又亲临泪水盈。
绿映新城波荡漾，蓝桥旧梦再重耕。

【注】

三姐曾写《相约松江》一文，盼姐妹聚于她在上海松江新购住宅，但未遂愿，她即故去。蓝桥是新宅小区一座小桥。

徜徉北京大学校园

湖光潋滟树婆娑，淡淡斜阳塔影嵯。
姐妹流连春焕发，又将旧梦入清波。

左权采风（二首）

（一）

雨霁山新岚气升，太行有韵似奔腾。
祝融岭上观峰浪，身在云端最顶层。

（二）

满眼波涛皆是峰，民歌回荡彩云中。
桃红杏白青杨柳，唱响京城音乐宫。

刘升学

（1951 — ）大专文化，山西潞城市人。中华诗词学会、山西诗词学会会员；太行诗社副社长。

谒赤岸将军岭

将军岭上拜将军，依旧戎装剑气存。
众老今朝心且放，中兴大业有来人。

澳门环岛游

南归最忆澳门游，烟雨滩边系客舟。
不见连天帆影闹，但闻环岛笛声稠。
观潮拍岸三千丈，洗怨牵肠四百秋。
旗海花灯楼十万，皆随国步话从头。

凭吊刘胡兰

年华短暂举峥嵘，面对刀山信念增。
血染红装生几许，头临白刃死从容。
仇盈滚滚汾河水，气撼凶凶阎匪兵。
古庙青松杨柳堰，千秋万代忆英雄。

刘开新

（1934— ）山西长子县人，高级会计师。中华诗词学会、山西诗词学会会员。著有《雍河吟》。

雍 河 春

冬过春来百草生，冰开日暖水流声。
岸边垂柳沿河绿，路畔苍榆满树青。
喜鹊喳喳催布谷，铁牛处处闹春耕。
入眸一幅田园画，妙手丹青谁写成？

刘向东

（1961— ）山西吕梁市离石区人，现任吕梁市新闻工作者协会主席。大学学历，山西诗词学会会员。

清平乐

今年春晚，四月天微暖。夜半银河全舞乱，冷冷清清淡淡。　　春风吹嫩幽兰，青竹挂泪难干。梦醒心欢无憾，风风雨雨关关。

刘守文

（1962— ）山西孝义市人。山西诗词学会会员，吕梁高专中文系副教授。

漫 兴

过尽春山未惜春，山花几树媚荒村。
东流碧水惊长夏，南倚鼓楼看野云。
月半天中雪怅望，青鸟梦里怯温存。
连绵亘古曾谁路，带雨风声又晚林。

无 题

觉生觉死几多年，乍暖还寒复可怜。
突得重围方悟透，缠绵爱恨亦萧然。

刘伯伦

（1943— ）山西阳城县人。阳城县志办公室主任、《阳城县志》主编。中华诗词学会会员，晋城市诗词学会副会长。著有《方志新议》、《陈廷敬》、《千字典对注释赏析》等书。

过 赤 壁

周郎隔岸笑曹公，巨舰骄兵眨眼空。
一代风流成浪沫，千秋过客吊遗踪。

北戴河老虎滩写意

一从大地出胞胎，海陆交融两不猜。
岸石袒胸迎扑爱，千回不厌吻波来！

感 悟

人生本渡劫波来，雹打霜欺岂足哀？
未历炉熔非劲铁，不遭人妒是庸才！

观　瀑

逼向悬崖可奈何？粉身碎骨亦高歌。
终嫌喷泻落差小，不及人生跌宕多！

过来吟

束发已知行路难，风寒不敢怨衣单。
小舟骇浪旋涡渡，大棒尖藜套索关。
足被严冰凝作铁，心蒙烈火炼成丹。
一生九死堪回首，倍感苍天待我宽！

读　史

是谁编导演兴亡？触目惊心亦断肠。
万古江涛悲伍子，一时锣鼓颂秦皇。
燃箕煮豆煎何急，斫足喑喉病太狂。
满帙冤魂啼夜永，血腥喷薄出朝阳！

进山一宿写真

终能溯水到初源，肆饮清醇一啸天。
嬉犊蹄弹幽涧石，雄鸡颈拔晓篱烟。
绡轻秀瀑悬窗下，斗大明星烁枕前。
暂隔尘嚣生净觉，黄粱无梦睡香甜。

雨中游老龙头山海关

苍龙万里卷荒凉，白骨磷磷筑恨长。
巨垒徒伸沧海立，雄关不救大明亡。
含冤磔死袁崇焕，负重嫌生戚继光。
已毁长城悲殆尽，天连山海雨茫茫。

刘江平

（1944 — ）河北乐亭县人。中华诗词学会会员、中华诗词文化研究所研究员、山西诗词学会会员、黄河散曲社会员、《唐明诗苑》执行主编，《当代散曲》编委。

关 汉 卿

不折蟾宫桂，文星下俗尘。
泼开云翰墨，催放戏园春。
酒醉人无梦，诗成笔有神。
集中凄怨女，泣泪悟兰因。

马 致 远

自有生花笔，文光射斗牛。
愁寻仙鹤影，情唱汉宫秋。
逐燕依花径，怜鱼拥钓舟。
秋思惊曲苑，佳作胜瀛洲。

白　朴

山川多秀气，三晋育奇才。
下笔诗千首，倾樽酒一杯。
高歌云暗渡，低唱月徘徊。
鸣凤清新曲，依依绕榭台。

郑光祖

曲苑群星灿，平阳才子多。
情思亲小杜，放浪傲东坡。
留梦春风柳，倾心夏雨荷。
梨园传盛事，倩女唱离歌。

王实甫

龙虎风云会，天生旷世才。
梨园滋润雨，艺苑起风雷。
一曲西厢记，千年舞榭台。
临江空寂寞，啸傲送红梅。

乔 吉

未跨扬州鹤，依然是醉仙。

新诗歌柳浪，椽笔拓云笺。

依翠开眉锁，偎红恋小鬟。

风流花下乐，不拜九重天。

【正宫·塞鸿秋】二首 游雁丘兼怀元遗山

(一)

云愁雨恨秋风妒，游人千古汾河路，遗山葬雁魂归处，胜于将相王侯墓。有情情也真，生死相依去。始知情重为何物。

(二)

殉情双侣魂何处？白云汾水风烟旧；寻诗争吊雁丘墓；愚夫杀戮人人怒。遗山夙愿酬，累石千秋诉。多情总被无情误！

刘志孝

（1966 — ）本科学历，山西潞城市人。太行诗社常务理事，供职于潞城市教育局。

缅怀任长霞

一身浩气贯长虹，碧血丹云两映红。
壮伟英灵天地护，笑容绽放万花丛。

刘秀峰

（1912－1985）山西榆社县人。曾任山西省高级人民法院院长等职，山西省作家协会会员，山西诗词学会第一届理事会顾问。

咏 太 原

解放才经几度秋，旧城新建起鸿猷。
当年旷野兴工厂，昔日沟隍起峻楼。
市辟通衢开广路，桥成迎泽度汾流。
若非双塔东南峙，离客不知是并州。

1957 年

游普救寺

普救遗墟想象中，西厢月色影朦胧。
莺莺塔拥千重翠，遥望长安待好风。

1960 年

中条山即景

轻车飞越首阳峰，秦岭华山指顾中。
俯视潼关如点翠，黄河南向急流东。

1977 年

子洪附近伏击敌军车

　　1941 年 5 月，我在任祁县抗日县长、独立营营长期间，参加了一次由太行三分区参谋长刘昌义指挥的战斗，对日军车进行了出其不意的伏击，大获全胜。至今历历在目：

虾兵蟹将联轮载，滚滚烟尘北地来。
车进险途入火海，投弹辎重震惊雷。
健儿虎跃冲锋烈，穷寇豕奔绝命哀。
板山炮火空悲切，我自高歌得胜回。

1977 年

难 老 泉

三晋驰名第一泉，清流碧影殿亭前。
长渠水满归何去，涓滴无私泽稻莲。

1981 年

书　怀

1981 年

自古诗人情最多，无情言语怎成歌？
但愿江山华似海，诗情写得雨滂沱。

1981 年

咏晋祠铁人

铁骨铮铮浇铸身，岿然屹立正持真。
横眉冷对千夫指，不做低三下四人。

1982 年

为唐山孩子们写

英雄自古志边疆，为国宣劳理应当。
尔等有为宜奋发，莫因途远想爷娘。

1982 年

赏 菊

又是深秋叶落时，东篱丛菊正华蕤。
不因寒冷添憔悴，偏见经霜显壮姿。
宾至如云频笑语，兴来吟咏竞题诗。
襟怀旷达豪情重，盛事风光共展眉。

1982 年

老蚌生珠吟

多年侘傺获宽舒，盛世躬逢益快愉。
力薄纵然难拼搏，情豪犹未忘驰驱。
愿为青骏鸣桴鼓，共作兴华得胜图。
余热生辉光烂漫，且看老蚌亦生珠。

1984 年

刘秀琴

女，1962 年生，笔名聪慧掠美，山西盂县人。大专学历，现供职于山西省平定县文化馆。阳泉市作家协会会员。

长相思·今夜无眠

想当年，照无眠。夜幕低垂星月悬，绮罗衾半闲。　　怅当前，尽无言。望断高楼花雾间。此愁休问天。

摊破浣溪沙·月照徘徊

岁月窗前两鬓霜。人随云雨酿微凉。花落孤怀容易感，诵诗章。　　烦恼谁能真自信，慵凭世态动祥光。便醉流年人尚健，笑声长。

刘建章

（1957— ）大专学历，小学高级教师。中华诗词学会、山西诗词学会会员，太行诗社常务理事、副秘书长。

咏 竹

谦虚拔节抖精神，滴翠斑斑冰玉心。

今日且凝豪使气，明朝万丈可凌云。

刘保平

（1963 — ）山西临县人，在职研究生学历。现任吕梁市卫生局副局长。

2008 年抗雪灾

其一

冻雨纷纷化外来，琼花玉树满瑶台。
入眸塞北丰年雪，误入江南乱酿灾。

其二

冻雨成冰楚客悲，电停无暖路途危。
时人买尽商家烛，得照游子踏雪归。

其三

春风谁唤到江南？化尽雪冰抠尽寒。
为有中枢悯人意，爱心凝就万重丹。

过金沙滩

昔日硝烟峰火暗，今天战地正逢春。
玉茭碧浪轻如水，秫子金波灿似云。
古乳芳香千里外，梨花味厚九天醇。
闲拉塞北沧桑事，老妪颜开笑语频。

大同路上

平城采访历秋春，旧地今临满目新。
酒肆旌旗山脚显，歌厅小曲涧旁闻。
条条大道通天外，座座高楼入彩云。
细浪柔桑杨柳暗，霞光老叟独垂纶。

2000 年 9 月

赞扶贫工作队

古柳碧荷肥，山村正翠辉。
红桃多秀美，彩蝶逐情飞。
云岭黄牛戏，清波幼鲤追。
人群欢笑处，矗立一新碑。

2002 年

刘振华

（1930 — ）山西离石市人。大专文化，中共吕梁地委原委员、秘书长，现任吕梁市诗词学会会长、山西诗词学会理事。著有《诗词小集》。

夜过山中

山头霭雾横，深涧水凄清。
田野狼嚎窜，心连农舍灯。

红　叶

山上往来客，喜夸秋叶红。
单看娇色美，哪晓历霜风！

学　书　法

日日临池渐入门，秦碑汉帖力躬耕，
雄心化作滔滔墨，凤舞龙飞满纸魂。

学　绘　画

轻豪淡墨写春风，绿水青山一纸中，
画里神功诗意美，老来日日乐融融。

刘益云

（1946－　　）山西柳林县人。曾任中国人民解放军团职，山西人民检察院吕梁分院副检察长。

塞北春

江南二月竞芳菲，塞北马场雪尚飞。
待到晚春衔夏日，花红柳绿绽新蕾。

刘淑华

女，1975 年生，山西朔州市人。山西诗词学会会员，杏花诗社常务理事，朔州市诗词学会理事。

恢河唤春

恢河奔放送春风，唤醒积冰作雨融。
岸芷汀兰随意绿，鸭童戏水笑歌萦。

刘彭寿

（1930 －　）山西省忻州地区老龄委主任。

老年感怀（二首）

（一）

峰高玉垒百灵朝，宦海沉浮浪里淘。
荡尽人间污与垢，清风两袖自逍遥。

（二）

月影弯弯明宇宙，残阳一角导归舟。
黄牛力尽丹心在，老骥余辉耀九州。

刘新春

（1946－　）山西沁县人，1969 年毕业于北京中央财政金融学院。曾任太原市委党校党委书记、常务副校长，市人大常委会副主任、教授。太原诗词学会暨太原桃园诗社顾问。著有《新春诗词选》等。

梅岭龙潭

竹翠水清山路弯，泉声隐隐伴鸣蝉。
野花香气熏人醉，小鸟悠歌荡谷欢。
只道三章无再地，谁知梅岭有重山。
人间莫怨无鸿运，心态平衡地天宽。

刘满成

（1969— ）山西阳泉市人。毕业于山西省教育学院音乐专业，供职于阳泉市郊区文联。现为中国楹联学会、山西省书法家协会会员。

鼾声戏作

底事胸中起不平，如吁似叹夜难宁。
此身空有凌云志，都做惊雷梦里鸣。

春 归

是谁款款凌波步，岸柳痴痴青眼开。
小草伸腰冬睡足，忽闻窃语燕归来。

街头见官车疾驰而过

车队疾驰为哪般，路人胆颤不能言。
声声口口思民众，百姓缘何总"靠边"。

刘瑞琴

女，（1962 —　）在山西杏花村汾酒集团公司职工医院工作。山西诗词学会会员。

《难老泉声》百期贺

并州风韵九州名，百卷诗魂筑画屏。
老将用兵新阵地，幼苗得雨好园丁。
耕描锦绣兰花指，见证沧桑赤子情。
沉墨留香贤客至，贪杯未醉醉泉声。

西藏印象

美酒香茶幸福人，扎西德勒万家春。
歌拥圣雪依峰驻，梦逐祥云与日新。
哈达飞虹连九阙，经幡染彩系明晨。
山河表里沧桑史，天路归来一国亲。

游四川乐山大佛记

万里三江水，蓝花盖碗茶。
仰山心有佛，伏首意无暇。
院寂留鸣鸟，林深谢闹蛙。
往来香火客，尘面绕莲花。

初伏逢大雨

万重帘幕一纱屏，四散珠花点点轻。
少见汪洋揎细浪，雨声自顾踏琴声。

春游小记

三春新雨润桃花，喜煞乡间俊小丫。
挑拣数枝嬉友去，先将两朵鬓间夸。

蝶恋花·伤去

怅望清风织细雨，飘落愁丝，入梦幽幽去。
最恨窗前垂柳绿，扬花恰似相思絮。　　犹记凭
栏听夜语，笑喻紫薇，望月痴心许。谁误花期行
踽踽，鹧鸪声咽难成曲。

刘德宝

（1945 — ）山西壶关县人。曾任山西省农业厅党组副书记、常务副厅长，山西省政协委员、政协农村工作委员会副主任，山西省政府决策咨询委员会专家。现为中国作家协会、山西省作家协会、中华诗词学会会员，山西诗词学会常务理事。著有诗词集《绿屋铭》，诗文集《真情辙》。

晋人欣登滕王阁

少年王勃大诗豪，征序堂前独领骚。
一笔千言惊四座，两联八句醉三宵。
落霞孤鹜牵思远，秋水长天入梦遥。
阁誉飞传序插翼，晋人观览语声高。

望娘子关瀑布

九天撒下万斛珠，串作一帘泻玉图。
溅入桃河烟雾幛，半空搭起彩虹弧。

兵马俑留题

横扫六雄日，金戈铁马时。
将军威武气，兵勇健矫姿。
驷马传号速，六军动地驰。
秦皇千古帝，兵俑万年诗。

一醉未休

　　1987 年 6 月 5 日，在壶关县第九届人民代表大会上，我当选为壶关县县长。选毕中午会餐，我挨着餐桌给代表们敬酒谢票。累饮半瓶，醉失知觉。半日醒后，草诗为诚。

难拒诸君寄希望，半瓶汾酒逐杯光。
宴前已惧肩挑重，醒后更愁本领荒。
劳力劳心当服务，戒骄戒躁不张扬。
平生无醉今初醉，一醉未休理事忙。

敬读武正国《拾贝集》感句

往日爬格累，今朝拾贝忙。
案前抻稿页，旅途挎诗囊。
高唱山河美，低吟友谊长。
人诗两品好，德艺共馨香。

孙云飞

女，（1977 —　）山西榆社县人，大专学历，晋中诗歌协会、榆社诗词学会会员，现供职于左权县工商行政管理局。

咏榆社 （新声韵）

风云榆社壮乡关，赵帝石勒控塞藩。
亿载化石吟古韵，千秋宝塔评人寰。
金湖碧水江南景，银浪漳滨不夜天。
聚风腾蛟灵圣地，天公赐我好河山。

孙国祥

（1944— ）山西榆社县人，曾任榆社县工商行政管理局局长。现为中华诗词学会、山西诗词学会会员，晋中市诗歌协会副会长、榆社县诗词学会会长。著有诗集《千秋后已》《文峰斋吟草》。

吟　牛

俯首耕耘无怨尤，挨鞭受气不回头。
天涯历尽艰辛路，欲使荒丘化绿洲。

春　燕

身轻语巧绕梁飞，衔引春光荡紫薇。
未喜巢窝高处起，不求附势展蛾眉。

山村春景

山村五月喜生涯，翠柳沿沟满目花。
牧笛一声犁万架，农夫四野种甜瓜。

赤土河畔诗情多

岭畔空山起牧歌，陌头曲径笑声多。
春风染绿莺鸣脆，云伴斜晖绕梦河。

苦中乐

悬崖峭壁步蹒跚，兔走蛇行亦畏难。
花甲游山还夙愿，人生贵在苦登攀。

孙林泽

（1937 — ）大专文化，曾任盂县城建局书记等职，盂县党史、地方志主编，阳泉市党史特约编审。著有散文集《晋盂散记》。

题《华浴春》戊子春联颁奖 (新韵)

华浴三春戊子年，一堂济济奖春联。
两行对称和谐韵，万副骈田福祉篇。
酒店飘香捧桂冠，楹坛毓秀论英贤。
渐臻圣火燃情日，奥运抒怀偶句酣。

孙俊平

（1970－　）山西太原市晋源区人，山西师大汉语言专业毕业。现为中华诗词学会、山西诗词学会会员。

台湾亲民党主席宋楚瑜率大陆访问团赴黄帝陵祭祖

喧天锣鼓壮君行，一跃鸿沟访帝陵。
沮水春逢翻喜浪，桥山翠染送华阴。
九州风气摧台独，四海炎黄拥太平。
初祖精神悬日月，龙腾宇内可传情。

咏昙花（二首）

（一）

素面迎风别样娇，冷魂深夜最难销。
聊将朗月为茶饮，且把清风当友交。
花有精神常自信，人无志向莫逍遥。
浮生际遇如昙梦，惯在风波浪里飘。

（二）

韵自清高气自悠，此花须是梦中求。

性如焰火腾明世，身似飞星耀彩洲。

几缕香魂随夜去，一杯傲骨为谁留。

催成雪蕊人方悦，回首端详命已休。

丙戌端阳吊屈原十二韵

楚天多丽日，刈麦近端阳。

角黍锅新熟，龙舟势正忙。

千家同挂艾，何处不熏苍。

制韵怀忠魄，驱邪赖五黄。

汨罗浮正气，终古咒怀王。

直谏刀兼刺，谗言蜜与糖。

鸾凰夭激浦，乌鹊据朝堂。

哀郢临天问，招魂为国殇。

恰逢行美政，岂用赋骚章。

盛世应潇洒，青春待激扬。

曲成弦蕴力，吟罢口噙香。

休负灵均意，神州自可强。

鹧鸪天·中秋夜汾河公园漫步即兴

宴毕游园倚劲松，蟾光似水泻汾东。佳朋会聚胸怀荡，绮韵吟成情味浓。　　云淡淡，月溶溶，新诗破闸九霄冲。愿倾肝胆豪情血，热谱唐风豆蔻工。

孙振兴

（1951 —　）山西应县人，山西诗词学会会员。

沁园春·给插队诸友

老友重逢，长谈往事，笑说"知青"。忆羊肠道上，飞车似箭；青纱帐里，大汗如淋。金色年华，峥嵘岁月，革命熔炉火最红。同甘苦，有溪边倩影，地畔歌声。　　谁能留住青春，又谁愿消沉过一生。看棋坛进退，常争高手；时空变幻，总有明星。机遇难追，沉浮可鉴，雨后天晴见彩虹。频祝福，鼓当年锐气，再绣前程。

孙爱晶

女，（1951— ）山西太原市人。退休前在太钢线材厂工作，现任太原诗词学会副会长、杏花诗社常务理事、桃园诗社副秘书长、唐明诗社副社长。

清　明

寸草青青静默哀，斜风细雨上茔台。
悲悲切切女儿泪，绕绕萦萦慈母怀。
往事悠悠如梦呓，痴情耿耿久徘徊。
忽闻杜宇声声唤，定是娘亲知我来。

春　兴

融融暖日上西窗，归雁翩翩入画廊。
大地生机滋草木，小桥流水向荷塘。
纸鸢荡荡诗心远，思绪悠悠韵意长。
借问东君何处去？一帘春梦送他乡。

迎春花

鹅黄淡雅俏身姿，百卉迎春第一枝。
待到千红呼万紫，欣然隐退绿参差。

安淑媛

女，（1940 — 　）山西太原市人，山西诗词学会、太原市诗词学会会员、唐渊诗社秘书长。

初学国画获奖有感

又度重阳晋水旁，"金秋书画"胜春光。
百花怒放牡丹艳，万木峥嵘梅雪香。
草篆磅礴龙凤舞，楷行娟秀柳丝扬。
胸怀余热重披挂，共创和谐路正长。

庄　满

（1959 —　）山西朔州市人，山西诗词学会会员，朔州诗词学会会长、《朔州诗雨》总编。

和武正国先生

我自迎风立朔州，春耕夏护乐秋收。
冬闲夜访白居易，诗雨飘香梦里头。

一七令·秋

秋，云淡，气柔。孕丰收，写风流。漫山碧玉，遍野红绸。香香拥五谷，六畜戏悠悠。梦里常邀陶令，霞中笑放歌喉。萧瑟何愁天下冷？金银送尔上层楼！

曲润海

（1936 — ）山西定襄县人，毕业于北京大学。曾任山西省文化厅厅长、文化部艺术局局长，中国作家协会会员、山西诗词学会第一届常务理事、第二届副会长。

普救寺感怀

每观经典思难静，故址重游仍动心。
塔是莺莺佳韵在，寺为普救旧基存。
张生重客西厢目，花影还招佛柳人。
名寺曾因名剧显，几番倾圮几番新。

1986 年 3 月 5 日

【注】
　　普救寺在山西永济市，《西厢记》故事发生地。现分别在唐、宋、清的基础上修复了三组不同风格的建筑。

杭州西湖白堤

一棵垂柳一棵桃，岁岁花红白絮飘。
草木之情人育就，白沙碧水是碑雕。

1991 年 4 月 2 日夜于余姚

南京随兴

—— 应江苏省剧协之约而书

鱼雁追随来四海，秦淮满泊五湖舟。
金陵旧夜花争放，旺气蒸蒸起石头。

2000 年 6 月 27 日

龙潭烟雨

初到柳州谒柳侯，欣逢烟雨假纱绸。
柳侯迎接家乡客，轻洒柔丝细落头。

1997 年 2 月 1 日

【注】
　　龙潭烟雨是柳州一景，我来时正遇细雨。柳侯，柳宗元，唐代大文学家，山西人。

止 园

干戈止息艺文兴，可叹将军做鬼雄。
少帅何时游故地，心香一瓣祭英灵。

1991 年 3 月 19 日晚于止园

【注】
止园在西安，原为杨虎城将军的别墅，现为陕西省人民政府招待所。

给贺敬之同志贺年词

岁末雪飞气大寒，今年何处度春闲？
梅花独宠林逋鹤，桃杏放红沈氏园。

朱生和

（1943— ）山西五台县人，中国人民大学毕业。中华诗词学会会员、山西诗词学会创作中心主任、唐明诗社社长，中华诗词文化研究所研究员。《论诗千首》副主编。著有《中华姓氏百咏》《中国历届奥运冠军诗咏作品集》。

吟武正国先生主编《论诗千首》感赋

一人领唱百人和，三载对歌千首多。
送走晚霞迎日出，汾河唱罢唱黄河。

咏 傅 山

铁骨铮铮立晋阳，巨人华夏铸辉煌。
大师风范古今仰，光曜千秋翰墨香。

望 故 乡

遥望神州我故乡，欲回不得隔重洋。
谁家愿落相思泪，梦里天天念爹娘。

朱佳和

（1954— ）山西五台县人。毕业于武警学院和中央党校（函授本科）。现任山西省政府机关服务中心主任，山西诗词学会副秘书长。

题云冈石窟

鲜卑恋土饰云冈，石壁精雕教义长。
昙曜师高生创意，文成帝智写辉煌。
门窗巧拆尊容现，变故能帮盖世忙。
纷至游客觅宝地，惊观历史洞中藏。

唐家山堰塞湖抢险

地震移山造堰湖，灾民带痛面漂浮。
漏屋偏遇连阴雨，病体误行饿鬼都。
国难临头忠义在，家园暂破信心筑。
开渠借水当淋浴，洗尽悲伤好上途。

长平古战场白骨坑

秦王黩武又开疆，赵括使兵纸上忙。
白起坑俘添快意，穷徒毙命壮高冈。
乳香暗怨操枪晚，岁嫩饱尝世势狂。
皓齿森阴惊视野，犹听众口唤爹娘。

题左权龙泉雷音寺

古刹倚崖洞里生，历经千载伴繁星。
左托翠岭皎洁月，右挽龙泉曩绕声。
奥秘高深藏寂地，寻根僧侣叩香灯。
欲知天下春秋事，低问林涛碎雨风。

谒王昭君墓

千古英雄重盛名，刀光剑影梦难平。
女儿沙场铺帛玉，胜抵汉胡百万兵。

朱建华

女，（1958— ）号慕白，北师大研究生，高级美术师。山西诗词学会会员、杏花诗社副社长、难老印社常务副社长。著有《慕白诗稿》。

牡丹辞

蕴乾坤之灵髓兮，掬万象之精英。壮慧根以寒霜兮，邀春风而客世。坐香园以绰韵兮，展华姿而见真纯。铮柔骨以霄汉兮，和清风而荡宫商。接时雨以怡颜兮，峰飞至可寄语。知岁迅且从容兮，呈富贵而聊无意。弹浮尘以见气度兮，共明月是知心。

兰之韵

不兢繁华兮幽谷生，傍石密根兮自从容。春风吹沐兮素心朗，嫣然九畹兮在天一方。叶萧萧兮凌风长，花楚楚兮意姿芳。露涵玉冷兮解秽浊，清梦远歌兮暗飞香。半藏半含烟霞寄兮。

朱绍旭

（1943－　）山西绛县人。现为中华诗词学会、中国楹联学会、山西诗词学会和运城市楹联学会会员，绛县诗联书画协会副会长。

桂林舌榕

盈亩翠冠气势雄，对歌三姐誉扬空。

沧桑世事千年史，尽镂虬枝密叶中。

连宋相继访问大陆感赋

连宋摩肩大陆行，春风澍雨润亲情。

银鹰冲破重重雾，笑语化开块块冰。

党首搭桥牵两岸，弟兄对弈和一枰。

峡湾竞渡千帆过，玉璧复完曙色明。

学 电 脑

敲击键盘寻鼠标，欲游网海舵难操。

老年大学刚开窍，缠住孙儿教几招。

咏　羊

青山突兀草萋萋，斩棘披荆勇奋蹄。
踩出崎岖千折道，人凌绝顶我为梯。

朱殿礼

（1942－　）山西潞城市人，工程师，太行诗社社员。

丙戌中元节茔祭

别梦依稀四十年，焚香覆土忆椿萱。
兵荒马乱生灵苦，雪剑风刀岁月寒。
患病劬劳眸历历，守贫抚育泪潸潸。
临终叹惜无温饱，祭品何曾慰九泉。

江金华

（1967－　）安徽巢湖人。学士学位，化学工程师。
山西诗词学会会员。

太湖万浪桥即景

落日隐峰头，余晖唱晚舟。
远山蕴思梦，近树吸春眸。
堤北波光闪，堤南镜面幽。
暮归携伴侣，疑是画中游。

夜读抒怀

冬阑手释卷，思涌若听泉。
去垒杯中酒，生风水上莲。
诗酣香雅梦，墨淡散清烟。
一夜文无语，抬头月挂天。

竹枝词（三首）

农民工

秋深霜浓席地眠，衣单饭简度艰年。
风摇棚颤惊乡梦，倦眼望穿血汗钱！

公车休闲

一缕青烟轮带风，呼朋钓赌惬舒中。
任凭油涨心不虑，只为埋单人姓公！

街头促销

宽幅风中猎猎飘，店家揽客暗磨刀。
购衣即赠消肥券，壮姐胖妞纷中招！

汤明发

（1943 — ）江苏南通市人。中国楹联学会、山西诗词学会会员。太原市楹联家协会副主席兼秘书长。

江城子·重回母校

人生怀旧总缠绵，帝丘边，绿畴间。夹道白杨，绒树共花妍。同学殷勤携手处，听读雅，赋耕烟。　　重来风雨认当年，故楼前，想联翩。笑语情谐，斑鬓悟婵娟。自是有缘叨罕遇，平素梦，一时圆。

2008 年

【注】

耕烟，唐李贺《天上谣》："呼龙耕烟种瑶草。"当时，山西师大推行耕读结合。

祁　石

（1959－　）山西寿阳县人。晋中诗歌协会副会长。
著有《瞻巢诗稿》。

观壶口瀑布

黄河奔落孟门破，地抖山摇入玉壶。
石断千寻飞素气，槽崩十里倒云珠。

草　堂

风卷茅屋锦水掀，老楠拔起面无颜。
浣花村里乌鸦散，兴庆殿中武士潜。
户户草飞沉野坳，堆堆尸烂露荒田。
夜深子美临江哭，广厦何时千万间？

都江堰怀古

山谷苍茫岷雪深，一鱼逆起两江分。
金堤久展洪沙去，宝口常开碧水临。
战楚先得巴蜀稻，联吴早顾卧龙君。
帝王将相争天府，都负李公万古心。

李白墓园行

青林隐隐乱去裁，四顾茫然吾独来。
龙柏雷轰无鸟乐，凤池水打有莲哀。

天都峰揽胜

白云引我上天都，天下黄山大画图。
松似龙眠方掩瀑，石如虎醒欲腾湖。
群岩明灭争高下，从壑阴晴论有无。
谁洗九天成碧玉，又将五海百峰浮？

许 敏

（1945— ）山西盂县人。

山菊花

无人赏处绽奇葩，早伴晨曦晚伴霞。
借得天涯方寸土，经风历雨自芳华。

喇叭花

根壮茎粗绿掩墙，小花靓丽吐芬芳。
不吹浮躁虚荣调，厚重乡音唱小康。

女邮递员

绿衣使者走天涯，小辫齐肩脸似霞。
英语如流惊老外，邮差原是打工娃。

农家杂吟

崖下芝麻崖畔瓜，依山窑洞沐西霞。
晚风习习庄前过，吹绽心头致富花。

豆角架

茎藤随架意翩翩，菜豆蛮长似马鞭。
孙女调皮携伙伴，手攀豆蔓荡秋千。

许文阁

（1966 — ）山西忻州市人，大学学历。山西诗词学会会员。

游龙山丁香谷

曲径通幽步步高，闻声望远影妖娆。
留云亭畔有仙侣，只为龙山处处娇。

太原大南门观石叠飞瀑

迎泽飞流百丈悬，倾珠泻玉彩虹天。
唐明对望和诗醉，碧水相邀快艇翩。
三晋飞歌歌竟唱，一帘幽梦梦终圆。
藏经楼上谈今古，同写龙城锦绣篇。

许杰民

（1958— ）山西洪洞县人。大学学历，高级工程师，中华诗词学会、山西诗词学会唐明诗社会员。

桑梓感怀

半生在外阻迟归，翘启柴门鸟雀飞。
瞩目庭池桃树瘦，春风笑问客人谁？

何林天

（1921 — ）湖南新化县人。毕业于湖南大学。山西师范大学中文系教授，中华诗词学会理事、山西诗词学会顾问。著有《望湘楼诗词集》。

满庭芳

1977年暑假，"四凶"虽已覆灭，教学权利仍被剥夺中。秋凉后，治义山诗，治《红楼梦》。时豆藤爬窗，甚觉清幽。用易安韵，赋《满庭芳》一首，聊以自慰。

丛绿扶窗，晨风窥户，晓来无限深幽。潇潇疏雨，瓜叶蔽帘钩。手种芭蕉正艳，凭谁忆、王粲登楼？盈书架，玉溪芹圃，风韵胜潭州。　　樊南堪做伴，勤疏细注，未必情揉。更红楼绮梦，满纸浓愁。休念蓬蒿满径，羡嶙峋、傲骨谁留！人道是，璺儿定玉，千载尚风流。

扬州慢·内兄自美返国探亲感赠

　　长夜思亲，鬓边白发，重洋万里归程。看故园风物，喜江树青青。忆往昔，山河破碎，黎元蝼蚁，荒塞侵兵。恨官军纵火，长沙一片焦城。　　乾坤重转，旧游地、处处堪惊。有飞渡长虹，麓山如画，分外多情。水陆洲头绿橘，千帆竞、净是歌声。愿昆仑青鸟，他年共祝长生。

1979 年

凤凰台上忆吹箫·祖国恋

　　春归何处？鸥追春影，匆匆归去无踪。笑平生浪迹，异域飞鸿。故国迢迢万里，云遮断，一片空濛。昨夜梦，洞庭唱晚，衡岳穿穹。　　溶溶，资江淡月，古寺响清钟，分外情浓。纵洋场百里，车走如龙。怎奈故乡风月，虽无语，处处消魂。飘疏雨，绿茵独立，燕啄残红。

南柯子·忆平阳夜月赏菊

尧都何处好？长街尽菊花。数声啼雁月光斜，正是朦胧如雾淡烟遮。　　清香侵广袖，白露滴寒葩。行人欲过驻轻车，为问承平沽酒向谁家？

1992 年 3 月

登北岳恒山悬空寺时暴雨大作

翠屏绝壁寺悬空，最讶先贤巧夺工。
天亦有情留过客，飘来灵雨看恒峰。

1982 年 8 月

无　题

红墙疏影竹萧萧，天末伊人入望遥。
春色已惊芳草梦，有人风露立中宵。

吴玉莲

女，（1949－　）山西榆社县人，大专学历，山西诗词学会会员，杏花诗社常务理事。

蝶恋花·春韵

碧柳丝丝指春晓，一夜东风，吹绿堤边草。嫩蕊鹅黄鸣翠鸟，田园细雨青苗小。　　怀旧乌衣归燕早，寻找乌衣，不见门堂了。满目高楼平坦道，呢喃住处何方找？

蝶恋花·打工妻

心惜郎君担重负，为养全家，泪别村边树。劳累奔波风雨路，如今漂泊栖何处？　　老母瘫床难举步，儿女双双，学费谁支付。别绪浇愁和泪吐，飞鸿带往天涯诉。

一剪梅·七夕

王母无端设禁条。抛下银簪，化作波涛。天河恶水浪滔滔，一对鸳鸯，两处迢迢。　　喜鹊纵然肯架桥。今夕团圆，分手明朝。何如凡世两糠糟，同建窝巢，永伴良宵。

鹧鸪天·江南摄影情

摄影采风起五更，无端冲散满天星。溪边惊醒绿蛙鼓，岸柳轻拂翠鸟鸣。　　花作态，露轻凝，湖光云影任追寻。为拍日出千般景，踏遍江南路几程。

南吕·一枝花纪念大戏曲家关汉卿诞辰四百周年

捻杂剧班头，驱梨园领袖。笔锋诛鬼魅，妙曲写春秋。浪子风流，风月场依旧。五音六律熟，兀自操铁板铜笆，粉墨登场舞台上扭。

【梁州第七】

你曾叫鲁斋郎长街斩首，杨衙内削职丢官满面羞，让那些泼皮无赖嘴脸露，风风雨雨，岁月悠悠。星星月月，受骗丫头①。一个是旅店中自思自别泪难收，一个是书房外焚香拜月②孤零身瘦。还有那赵盼儿郑州城勇救同俦，苦窦娥血溅白练冤屈向天吼。谢天香天封府斗智含忧。青楼泪稠，自古来才士千千万，有谁是响珰珰的一粒铜豌豆。铮铮铁骨、壮志曲酬。

【尾】

荒芜曲径今人走，滚滚长江照旧流，文人雅士追前后。欲休，未休，关老雄篇千古未朽。

【注】

① 受骗丫头：指婢女燕燕被小千户诱骗失身却对他产生了幻想。

② 焚香拜月：指闺怨佳人王瑞兰独自焚香拜月抒发对夫婿刻骨铭心的爱情。

吴同一

（1939— ）山西离石市人，师专毕业，中教一级教师。

咏晋祠周柏唐槐

邑姜圣母殿煌煌，周柏唐槐立庙旁。
老树犹抽新绿叶，清风摇曳话沧桑。

吴廷鸾

（1935 — ）山西太谷县人。《榆次市志》主编。山西诗词学会第二届理事。

游平遥双林寺

苍苍古刹千尊佛，经得神州几陆沉。

火宅未泯浩劫梦，浮屠空老忘机心。

幸存禅院留屐旅，尚待诗魔伴浪吟。

一树唐槐映天碧，秋高不觉报萧森。

吴定命

（1953 —　）山西长子县人。毕业于山西大学。曾在中学执教，高级教师。山西诗词学会会员。

观广州亚运会开幕式

亚运羊城夜起航，红波彩浪竞天扬。
重洋巨舰涛千舞，碧幕飞人雁百翔。
双帜争辉低北斗，红棉吐艳傲群芳，
神功绝技翻真幻，一片谐声颂国光。

嫦娥一号探月

雪丽绵绵不算冬，天宫地上暖烘烘。
嫦娥奔访嫦娥女，旷世重书旷世功。
四海争掀中国热，五洲收赏东方红。
潜心科技图精进，永不入前逞霸雄。

登香山赏红叶

秋来有兴上香园，脚下石阶多万千。
一路攀登无倦意，心随红叶遍山燃。

吴淑平

女，（1962— ）山西离石市人，现任吕梁市新闻工作者协会《新闻内参》责编。大专学历，山西诗词学会会员。

临江仙·咏傅山

竹节松风寒雪傲，介然如石德崇高，思源不肯事清操，任凭风浪打，岂会忘情操？ 壮志难酬归故里，心存烈焰燃烧。巨椽泼墨任挥毫，苍山收眼底，传世华章骄。

宋玉萍

（1954 — ）女，网名：梅心竹韵，山西太原市人，会计师。现为山西诗词学会会员，长治市诗词学会副主席。著有《梅心集》。

丁 香

浅浅轻衣淡淡妆，微风稍顾启幽芳。
虽输桃蕊三分媚，却著梅魂一脉香。
蜂旅长留回顾影，蝶卿未忘比肩忙。
尝闻素极方仙品，心许知音共此觞。

琴润梅心

桑榆晚景自寻芳，霞映澄江筑羽商。
诗笔难为骚楚调，文情权作茗醪尝。
雨敲竹韵声悠远，琴润梅心指逸香。
未必人生无好梦，清风伴我入仙乡。

怀念父亲（折腰体）

二十余年总未忘，白云深处影茫茫。
膝前教诲音犹在，奁内家书墨尚香。
天公忍拂拳拳意？弱女空摧寸寸肠。
纵使庄生邀梦蝶，更斟清泪酹心殇。

初春游湿地公园

春风初度小城西，云影空明草舍低。
稚子溜冰争乐趣，寒鸭嬉水啄芹泥。
荷塘闲待红芽透，村院平添蓝鸟啼。
香雪盈庭堪煮酒，一怀素意染湖堤。

秀 竹

瘦玉萧萧春复秋，虚怀还自直中求。
临风影碎方知节，雨润贞姿第一流。

临江仙·病余

楼锁重门窗掩雾，委床困顿心孤。韶华飞逝笔难书。风霜涂满鬓，落发可盈梳。　皓月当空临碧树，银辉曾照流苏。春风解意拂心湖。情随芳草绿，人伴海棠舒。

宋谋玚

（1928－2000）湖南双峰县人，生前曾任晋东南师专中文系教授。1984 年，被选为全国第六届人大代表，享受专家特殊津贴。曾任山西诗词学会副会长、顾问。著有《资治通鉴校补》、《倾盖集》等。

初冬偶成

马迁不为苛刑死，泰岱鸿毛有重轻。
塞北飘零新得句，江南吟啸旧知名。
敢云身受文章累，未是谗山绛灌生。
读罢凭栏遥纵目，目边时有片云横。

江心屿怀文信国

中川留宿想丰仪，海宇重新未觉悲。
内外千帆波上下，东西双塔影高低。
一亭谢客寸遗韵，孤屿方公剩旧题。
正气可怜文信国，祠堂歌舞转凄迷。

九四荥阳全国《红楼梦》学术研讨会感赋

索隐探源旧梦痕，新潮复见几人存。
抄书屡夺雪芹席，腰鼎频惊脂砚魂。
岂敢评红夸正统，须防走火入邪门。
何当迷雾驱除净，柳岸花明又一村。

夜登兰山

皋兰山上起园林，薄暮轻车试一临。
地势回环灯闪烁，天风浩荡夜深沉。
云藏白塔秋声远，雾隐黄流朔气侵。
但得明朝光景丽，好收四海未归心。

四川大足县大佛湾石刻戏题

南山虎瞰放牛坪，北峡群神吉众生。
撒手世尊都不管，危崖高卧听泉声。

同全国各族人大代表雨中登长城

欲回青史问长天，峰火冈峦劫几千？
杯酒恩仇销往日，林花开谢纪华年。
晨昏启闭应无改，风雨登临亦有缘。
入眼草间狐兔在，心潮云涌万山前。

秦始皇兵马俑坑

战车成列士成行，戈甲森严态万方。
尽萃精英归地府，能无一炬起咸阳？

元好问八百周年纪念

遗民心事自堪伤，夷夏从来有大防。
但使苍生免涂炭，不辞低首拜名王。

五台山龙泉寺

贝叶琼雕护几层，隔垣荒塔倚峻嶒。
可怜百战孤忠骨，不及龙泉富贵僧。

重游南岳慨然有作

尽拜摇钱树，斯文可奈何？
邺侯书不读，马祖镜常磨。
主院高僧少，临衙俗吏多。
遥闻方广寺，真是养猪猡！

登慈恩寺塔有怀杜甫

哀鸣黄鹄雁随阳，门晏昆仑俯大荒。
一样登临非旷土，阑干拍遍立苍茫。

奉和熊鉴兄见赠之作

湖海沉浮四十霜，栖身已惯北风凉。
攀龙附凤非长技，拍马吹牛是外行。
日下会当归贾谊，云中终竟遣冯唐。
相逢莫道桑榆晚，把酒羊城话旧乡。

宋福才

（1928－　）山西沁水县人。太原诗词学会暨桃园诗社理事、副秘书长。

卢沟晓月

七七卢沟起祸烟，雄师猛醒气冲天。
中华志士刀光处，倭寇横尸异国山。

张　凡

女，（1974 — ）山西汾阳市人。博凡酒庄总经理，杏花诗社副社长。

贺杏花诗社成立

朵朵诗花含笑开，轻歌曼舞上瑶台。
清风吹送醉心处，诗意人生巧剪裁。

杏花村采风（二首）

（一）

一滴玫瑰香满庭，千年白玉透晶莹。
杯中玉液问谁好？宾客频尝竹叶青。

（二）

若问琼浆何处香，千秋美誉赞汾阳。
杏花开处红颜笑，因有诗人醉道旁。

【注】
玫瑰、白玉都是汾酒系列的美酒。

张　伦

（1936 —　）山西临猗县人，大专学历。中华诗词学会、中国毛泽东诗词研究会、中国楹联学会、运城市诗词学会会员，临猗县诗词学会副会长。

乡　居

银海翠峦瓜果乡，风清气爽小山庄。
屋依凤岭蓄阳气，门蔽龙槐消夏凉。
早晚林间千鸟会，四时篱侧芫芹香。
教坛已称心如意，老作山村自在王。

瞻仰淮海战役纪念塔

淮海曾经苦运筹，山形塔影纪春秋。
后人不解推车战，千载兵家说邓刘。

含光山庄茶社

蒙顶清香玉露卮，斜窗细雨杏花枝。
一溪流水潺潺去，半壁夕阳涂画诗。

张 驰

（1975— ）山西临汾市人。中华诗词学会、临汾市作家协会会员。

偶 感（二首）

（一）

经风经雨几沧桑，万缕情丝入梦长。
伏枥犹怀千里志，扬鞭不肯枕黄粱。
胸无块垒心常泰，家有诗书屋自香。
莫道韶光流逝早，霜笺彩笔写朝阳。

（二）

心无私欲一身轻，胸有朝阳两眼明。
海阔天空凭雁舞，田肥土沃任牛耕。
月圆月缺难成梦，花落花开最是情。
乐得童心歌盛世，羞将鹤发换浮名。

张 杰

（1960 — ）太原市万柏林区商务局党委书记。

夏日观王封一线天、会佛洞

久违山色恁葱茏，一任岚青放眼中。
天外有天因大气，洞中重洞为宽容。
能藏佛祖非凡界，欲赏灵光必险峰。
莫怪游鹰常错愕，崖前古翠走蛇龙。

游乔家大院有记

门庭抚遍叹蹉跎，历史原为一首歌。
五百年商兴票号，三千里货运绫罗。
勤劳自古驱贫早，诚信从来得益多。
檐下红灯依旧照，不闻佳丽说家和。

做客草坪区宇文村农家乐

林木掩柴门，但开迎客人。
高台居爽朗，空气吸鲜新。
菜美应三味，酒香须五巡。
悠哉何日再，相约在明春。

依东江梦《雅聚》原韵奉和

长歌能放亦能收，辛辣诗风味一流。
缺钙谁曾生铁骨，多才我敢亮金喉。
修来功力行云里，隐去浮名上阁楼。
借得痴人痴几许，春秋笔法品春秋。

夏日畅想曲

炎炎夏日欲何求？小院凉风汗不流。
口渴幺来茶一盏，眸闲眺尽绿千畴。
田间碌碌犹晨练，树下悠悠作午休。
最喜鲜蔬成夜宴，胡瓜如月月如钩。

一个真实的爱情故事

暮日金辉物影长，小园深处百花香。
城南旧事犹新事，江北姑娘已嫂娘。
但怨青梅疏竹马，常哀孔雀不鸳鸯。
相思苦恨人生短，每恨当时泪满床。

张　柳

女，（1963 —　）山西清徐县人，大学文化。中华诗词学会、山西诗词学会会员，杏花诗社副社长兼秘书长；唐明诗社副社长、《唐明诗苑》副主编。现为太原市红十字会组织宣传部部长。

致李旦初先生

湘水迢迢千里秋，青春曾作少年游。
麓山吟罢泣天地，红豆歌成动九州。
南雁北飞心旷达，诗文锦绣士风流。
池边一钓江山碧，万丈豪情化酒酬。

读时新先生《柳溪集》并呈时新先生

柳溪烟柳正葱笼，更望青山入远空。
两袖书香轻俗韵，一襟豪气仰高风。
诗情剑胆志当远，傲骨琴桐语自雄。
心系沧桑天下事，秋风不老白云中。

无　题

长亭别处路遥遥，柳絮堂前淡淡飘。
纸展浮云扶玉树，毫端香墨度春宵。
心随风去听松韵，水送相思过彩桥。
一屋书香嗟日暮，几回梦里雨潇潇。

偶　成

轻歌一曲系行舟，心事浩茫逐水流，
日暮驱车湖畔过，一弯新月映高楼。

临江仙·立秋七夕有寄

展眼林花又谢，相逢几度春风，青山夕照暮云中。不知秋已至，相望恨无穷。　　常叹机缘堪误，别来一梦匆匆，人间天上景相同。一弯凉秋月，遥指鹊桥通。

蝶恋花

弦上梅花塞上雪，大漠云烟，遥映江南月。梦里繁华声渐歇，潮生心海琴声咽。　　未及相逢又相别，一霎光阴，散若烟花屑，堤畔新枝添碧叶，轻车并辔溶溶夜。

张　颔

（1920 —　）山西介休市人。曾任山西省文物局副局长兼山西考古所所长。山西诗词学会顾问。

汾州酒都吟

好雨其霖夏月初，临窗检校古泉书。
杏花村里佳醪熟，门前迎有西河车。
高阳酒徒奔曲蘖，捧罂将不知其余。
主人殷勤客酣畅，蟾宫明水满方渚。
河东鹤觞天下冠，邺中汾清百世誉。
金版蝉联三获奖，一赛能徕万国醵。
牧童当年遥指处，今朝可建酒都旟。

张一之

（1923－　　）山西临县人，1939年毕业于抗日军政大学。现为中华诗词学会、山西诗词学会会员，太原诗词学会副会长，太原桃园诗社副社长。著有诗作《张一之诗集》《枫叶集》《榆钱集》《榆翁吟草》。

"七一"青藏铁路通车

中原拉萨自然殊，鸟道羊肠有似无。
天路今朝穿脊过，全球万众尽欢呼。

访文水武则天庙感赋（二首）

（一）

机遇才能两占全，逆时称帝敢为先。
檄文休怪骆宾氏，曩昔谁知重女权。

（二）

巾帼奇雄欲补天，不良声誉压千年。
人权今日皆相等，一任裙衩为国捐。

张万金

（1960 — ）山西朔州市人。山西诗词学会会员，朔州诗词学会理事。

孤 雁

队列遥遥隐雾曦，风袭孤影自长唏。
北瞻前路关山远，南望归程滔浪迷。
薄命轻雷惊倦翅，无情冷雨透蓑衣。
何当再展鲲鹏志？冬去春来放眼期。

张大魁

（1936— ）山西稷山县人，大专学历。运城市诗词学会、楹联学会理事，稷山诗词学会、楹联学会会长。

水调歌头·登稷王庙楼

喜上庙楼顶，美景眼前收。大厦参差如塑，天线网般稠。一道铁龙怒吼，百处烟囱喷雾，胡燕戏云头。汾水润乡土，峨岭载风流。　　稷王灵，神庙秀，意悠悠。教民学做庄稼，功可与天俦。生产粒粮盛举，始自斯人斯地，美誉遍全球。当代遗民后，农科续春秋。

张六金

（1947— ）山西忻州市人，大学学历。现为忻州市文联委员、忻州市民间文艺家协会秘书长；中华诗词学会、山西诗词学会会员，忻州市诗词曲联学会副会长。

【正宫·叨叨令】咏叹土豆

煎熘烧煮锅中烩，全家老幼夸香味；年年窖贮秋冬备，今朝市价翻了倍。别再涨也么哥，别再涨也么哥，现时已超过西芹贵。

元好问

诗到苏黄响嗣空，遗山独步少陵神。
一从瓯北评章后，千古风骚说到今。

续范亭

拔剑长歌一世雄，将军明志中山陵。
滹沱有幸生骄子，身后赢得冠校名。

高君宇

投身"五四"气轩昂，"马列"播传唤晋阳。

汾水潺潺永纪念，陶然亭畔土生香。

张文玉

（1948 —　）山西定襄县人，大学文化，中华诗词学会会员。著有《溥滨三友集》《风丝集》。

丰　都

昔日寻根雨意浓，今迷鬼域黑烟笼。
死生原本天知道，豁达能成不老童。

白玉沟

峰回四壁紫烟流，沟抹微痕白玉浮。
碧画谁悬蓝湛处，云中飘落信天游。

【注】
白玉沟，在定襄县东南山区。

蝶恋花·忆昔

纵是氤氲难掩俏，双手盛来，含赧低头笑。无奈归程偏到早，柳前人后偷着瞭。　　车过当年抚树老，冷梦无痕，惟有萋萋草。脉脉斜阳添懊恼，想来各在天涯道。

行香子·佛夜巡台山

　　镇日香薰，满目烟氲。是烦了、趁夜悄巡。五莲献绝，七斗如衿，更山笼月，寺笼瑞，溪笼云。　　掩尘绿蔽，洗浊风纯。正酣息、四海来宾。和谐社稷，般若黎民，愿世还清，清还佛，佛还人。

张四喜

　　（1947— ）山西襄汾县人。号青衫斋主。中华诗词、北京诗词学会会员，山西诗词学会副秘书长兼唐风诗社社长。《难老泉声》副主编。著有《青衫斋吟草》。

西　瓜

　　痴憨殷实任敲评，好汉焉同桃李争。
　　昂首刀前颜不改，青红任尔断分明。

题太原晋祠圣母殿宋代侍女彩塑

　　神情脉脉眼飞灵，袖掩朱唇若有声。
　　宝殿廊前闻碎步，姗姗结伴绕阶行。

2003 年 5 月 19 日

感央视《新闻调查》

　　早春远走至冬残，千里娇儿人未还。
　　多少奔驰车上客，迟迟不付打工钱。

咏太原国际面食节

藏经楼外百肴亭，迎泽湖香醉半城。

妙手飞削千鲤跃，名厨神舞百须生。

馅饼春卷东方靓，比萨松糕西点精。

最喜驰名三晋面，绵长厚道是乡情。

2003 年

一剪梅·提前退休自遣

解缚还家乐盛年，韵醉新笺，酒杂青衫。村前庭后赏幽闲。出了差圈，入了诗园。　　浑是情缘也是颠，裁剪悲欢，追逐狂澜。更将心血化朱丹。绿了春天，红了秋天。

2002 年 10 月

套曲【双调·夜行船】六十初度

五复猪来花甲也！不由的老雀多舌。昔日冬鸣，今朝春悦，见多少乱云秋月。

【乔木查】

叹些个同年俊杰，竟做了仙逝亡者，再不用
红尘浪中保晚节。住永安楼，登灵位牌，入逍遥穴。

【庆宣和】

感些个新富飞驰高档车，显尽豪奢。夜入华
厅梦蝴蝶，美耶！乐耶！

【落梅风】

侬求富，道莫斜，尔交贫、志焉能灭？让钱
儿管咱称大爷！千金散尽、复来谁屑？

【风入松】

基金无本股票难捏，呆似白痴爹。老来斗室
书盈箧。手亲抚诗折千叠。莫笑俺乏术神偷鬼窃，
无颜屈膝财赊。

【拨不断】

拨不断阳关三叠，弹不尽狂舞金蛇，休闲爱
往诗中涉。心底新声曲话说，情中韵语长歌泻，
磨炼的仄坚平热。

【离亭宴煞】

上床鞋脱只当是今生别，鸡鸣爬起快活从头说，诗来曲唱花月夜。看艳丽丽海南花，白纷纷东北雪，明亮亮漓江月。情投竹叶坛，韵入唐风社。往汨罗江与离骚接。雪岭赏梅花，阳澄捞紫蟹，安泽玩红叶。快乐人生须尽欢，夕阳真好谁能歇？做一个歌坛曲者，把俺那一支花、粉蝶儿、斗鹌鹑、耍孩儿、夜行船、集贤宾一溜儿悠悠醉写。

套曲【南吕·一枝花】骂雪

浑飘到湘水边，坠落在韶关外。泥灰沿路堆，铅粉漏天筛。云接阴霾，把个乾坤盖，风光千里埋。雾沉沉、南国生烟，昏惨惨、西湖失色。

【梁州】

闹的个、站台阻塞，威逼的、铁马难开，把多少打工人困在千里外。雪摧电网，冰冻城街。车横高速，路断山崖。冻的个、大巴车上孙哭爷唉，饿的个、硬座车里客乏人呆。压塌了、蔬菜大棚成排，围困了、山间乡村上百，堵塞了、电煤专列千台。目呆！堪责！山高路远愁无奈，气象反常谁能解。车堵人伤电塔歪，真个天灾！

【骂玉郎】

骂它个白森森横行蟹，恶胜昧心豺，梨花反作狸狐态。你还我外出打工孩，赔我新苗千顷槐，万亩青青麦。

【感皇恩】

星耀亲人来，旗抖乌云开，破阴霭，飞五彩，踏歌拍。神鹰送暖，天将添柴。发绵鞋，烹热菜，被新裁。

【采茶歌】

险情排，铁龙开，万家灯火绽梅腮。母接儿归庭院外，热茶手捧馍心揣。

【尾声】

看红艳艳军旗招人爱。滚滚雄师降雪埃。任你神使差，祸滥栽，浪耍赖，也扫你叠瘴层霾，万里江山依旧焕神彩。

套曲【南吕·一枝花】晋祠游遇雪

飞梁披玉衣，悬瓮蒙银幕。鳞游泉底娇，塔在雾中挪。树坠冰坨，粉饰红墙破，画檐凝脆玻。放眼去蝴蝶迷他，迎面来梨花吻我。

【梁州】

约出了宋娇几个，会仙桥清韵诗和，事前共接天来客。三杯竹叶，几盏春螺。吟新水令，唱醉高歌。我出题押韵挥戈，她应答墨舞飞梭。桐叶笺请出不老槐佗，龙泉谱招来铁人哥哥，清潭调唤醒太白诗佛。生气勃勃，新曲多多。笙箫鼓板惊魂魄，摧一院千树杏花落。难老泉流欢笑着，细浪成沱。

【尾】

牧丹亭内群芳卧，四季园中海棠矬。银满窠，粉满箩，珠满垛，苍烟隐宋妹婆娑，笑声远桃没梅躲。

张永林

（1973 —　）山西榆次市人。山西中医学院毕业，主治中医师。中华诗词学会会员，晋中诗歌协会理事。

夜　修

南柯一梦桂花开，玉壁清辉撒地来。
借月临窗三弄笛，吹开《道藏》照灵台。

潭　月

郁郁花飞恋水深，清漪漫递现微尘。
停云对雀衔香去，月起寒潭醒世人。

浣溪沙·耶诞回友人

博爱童心洗更真，五洲火树诞辰新。锦笺又寄蕊中人。　　诗绽莲清宣净土。翰追雪静却红尘，高峰皓月两禅深。

张立波

（1935 － 2007）山西芮城县人，山西大学毕业。曾任山西诗词学会会员、唐槐诗社副社长。著有《立波诗词集》等。

登庐山

峰奇山秀雾云翻，江绕湖环别洞天。
景爽精神花醒目，溪流瀑布鸟飞巅。
林荫古寺宛仙境，崖险龙潭蔚大千。
墨客文人留杰作，英雄豪杰史篇传。

鹧鸪天·赞园艺工人

绿化家园美意珍，夜栽花卉接清晨。欣瞻街景花坛立，园艺工人泥一身。　　泥里走，土中蹲，挖坑修剪绿成茵。精心培育花枝俏，送给千家一片春。

张如裕

（1955 —　）山西榆社县人，高中文化，农民。现为山西诗词学会、榆社诗词学会会员。

党的优秀女儿刘胡兰

临危不惧断咽喉，视死如归碧血流。
女性英雄传万代，光荣伟大耀千秋。

张延华

（1944 — 　）山西临猗县人。运城师范退休讲师。运城市楹联学会常务理事，运城市诗词学会理事，临猗县诗词楹联学会会长。

登长白山天池

久慕长白景，今酬览胜缘。
茫茫云外客，缈缈画中仙。
踏雪心犹暖，登高志愈坚。
天池开圣卷，浩气荡胸田。

张希田

（1946 — ）山西忻州市人，中华诗词学会会员，中镇诗社秘书长，高级政工师。著有《昆仲诗词集》（与张闻田合著）、《百帙楼吟稿》。

游朝天明月峡古栈道

一水分山两岸高，天梯石栈路迢迢。
若非今日新开眼，总以长城最自豪。

故乡小住感赋

一晃离家四十年，回思往迹已如烟。
儿时不识家山苦，少壮徒吟志气篇。
渐解人生抛物线，忽明世事等心圆。
而今最喜逢花甲，尚与爷娘忆变迁。

谒都江堰二王庙

鱼嘴分江四六开，春霖夏潦自调裁。
宝瓶滞水功奇绝，低堰飞沙理费猜。
亘古征争皆尚利，凭谁灌溉肯施才。
为民立业真男子，祭拜如潮我亦来。

张奋刚

（1972 － 　）山西榆社县人。大专学历。榆社县诗词学会理事、副秘书长。

将军颂

——怀念左权将军

一代将军美誉扬，功丰千古放光芒。
山河旖丽风流子，热血沸腾耀太行。

张宝山

（1934－2007）山西洪洞县人。曾任中华诗词学会、山西诗词学会会员，唐槐诗社副社长。

赞煤（二首）

（一）

地府昏沉不计年，蕴藏能量大无边。
捐躯奉献身先死，供热为民梦自圆。

（二）

黑不溜秋通里外，赤诚奉献默无声。
当知力尽人间暖，万紫千红火独明。

并州美

双塔两支笔，汾河一砚池。
龙城书不尽，处处尽诗词。

张明旺

（1955 — ）山西静乐县人。毕业于山西大学中文系。现任山西省作家协会党组书记。

偏关行（三首）

（一）

偏头关外野茫茫，欲说当年引恨长。
一脉关河流兴替，几堆烽火话悲凉。
千年征戍云和月，百代生民雪更霜。
最是伤心西口路，寒风衰草断人肠。

（二）

山是青青果是红，风沙不度塞垣清。
牛羊布野知财阜，禾黍连云报岁丰。
万物荣华诗画里，千家安乐舞歌中。
古来多少穷愁泪，都作春风化雨声。

（三）

塞下今来作远游，非图勒石觅封侯。
欲将情志如风发，莫让年华似水流。
敦化倾心期白壁，隆民俯首学黄牛。
常思吐握勤磨励，冷署寒衙不自愁。

碛口感怀（五首）

（一）

沿黄九曲路婉延，胜迹来寻日已偏。
碛畔古迹寥落在，依稀识得旧时颜。

（二）

繁华落尽奈愁何？往事如烟感慨多。
入夜盲翁犹卖唱，声声都是断肠歌。

（三）

箕裘难振旧家声，兰桂堂前燕垒空。
曾是绮罗香泽地，只今惟有石榴红。

（四）

当年船筏已无踪，韵事风流曲也终。
阅尽兴衰多少事，黄河依旧水流东。

（五）

涛声伴我夜无眠，独对孤灯思悄然。
人世古今一场梦，相逢樽酒盍流连。

满庭芳·严子陵钓台怀古

天子故人，汉家高士，依然蓑笠羊裘。握芝怀瑾，底事念迟留？侪辈高车驷马，知谁念，独钓寒流？扁舟上，春风秋雨，销尽几多愁？　　江洲。高会处，渔樵相谑，醉笑王侯。浑忘却人间，富贵浮沤。犹是狂奴故态，一饭足，夫复何求？斜阳下，我来凭吊，遗范使人羞！

张茂森

（1934 — ）山西武乡县人。曾在中共山西省委办公厅工作。中华诗词学会会员。现任山西诗词学会副会长，三晋文化研究会副秘书长。

秋过忻口

苍山红土石窑前，路畔果香蔬菜鲜。
青瓦新村通大道，溪流碧树接遥天。

长平之战尸骨坑（三首）

（一）

秦军赵旅染长平，剑影刀光月不明。
成败兵家无定势，可怜庸主信谗嫚。

（二）

爹娘淑女断肠声，水咽山悲六国惊。
荒草连天埋白骨，丛台将相自成名。

（三）

秋风秋雨两千年，忠骨今朝复见天。
称霸成雄多少事，至今只是遣人怜。

大同路上

平城采访历秋春，旧地今临满月新。
酒肆旌旗山脚显，歌厅小曲涧旁闻。
条条大道通天外，座座高楼入彩云。
细浪柔柔杨柳暗，霞光老叟独垂纶。

2000 年 9 月

采桑子·乡村敬老院

枫桥镇上人夸讲，岁岁兴昌，喜气洋洋，敬老高楼笛曲扬。　　喊爷呼叔多亲热，不是儿郎，胜似儿郎，翁妪争相唱小康。

1999 年秋

张承信

（1939— ）河南南召县人。1955 年毕业于内蒙集宁铁路干校。曾任《汾水》编辑，现任《山西文学》编审，《大众诗歌》主编，中国诗歌学会理事等，山西诗词学会副会长。著有诗集《太行月》、《红土魂》等。

北岳悬空寺吟草古绝新韵（六首）

（一）

千里云程十年盼，山在心中未识山。
浑河不浑玉屏秀，车送北岳到眼前。

（二）

塞上一石塑恒山，锥地拔海尺三千。
一寺悬空西崖半，欲腾天石不腾田！

（三）

支撑全赖二八杆，寺悬千载犹岿然。
结庐不论儒道释，共室焉何分陌阡。

（四）

红墙灰瓦飞檐绿，窄窄回廊斜斜梯。

步重恐寺惊飞去，穿廊进殿头需低。

（五）

唐塑明铸巧寸天，玉皇三宫呼欲言。

"公输天巧"岂正理？我赞人民不拜仙。

（六）

人羡美女生浑源，我爱奇寺出恒山。

李白到此失浪漫，笔留心迹叹"壮观"。

【说明】

此诗为作者二十多年前在县空寺考察后写下的，曾在原《雁北报》上刊登。

【注】

① 浑河：见金·刘祁《归潜歌》注。

② 阡陌：犹言途径。北宋·颜之推《颜氏家训·风操》："故世号士大夫风操，而家门颇有不同，所见互称长短，然其阡陌，亦自可知。"

③ 灰瓦：悬空寺房顶原为灰瓦，上世纪90年代初，更换了琉璃瓦。

④ 唐塑：悬空寺雷音殿的泥塑佛像，天女等诸多塑像，体态丰满，面部圆润，其风格有早期特点，具有较高的艺术价值。当代著名画家罗工柳认为，具有唐代作风，为悬空寺诸泥塑中之

珍品。

⑤ 明铸：指明代铁铸韦陀像。做工精细，造像优美。

⑥ 公输天巧：悬空寺有古人摩崖石刻"公输天巧"四字。公输即公输办，又名鲁班，是中国古代著名工匠。

⑦ 美女生浑源：古有浑源出美女之说。民谣："恒山秀，浑水流，好女出在浑源州。到了浑源州，回家把妻休。"

⑧ 李白：唐代大诗人。当代学者认为李白当年曾到恒山游览。详见《恒山之旅》"李白来过恒山吗？"

⑨ 壮观：见明·赵之韩《磁峡烟雨》注。

张建民

（1960 — ）山西昔阳县人，国家二级美术师，副研究馆员，中国书法家协会、中华诗词学会会员。

踏青后沟感怀（六首）

2007年4月7日应晓龙道友之邀，偕郭齐文教师及弟子庆雯、玉凤同游后沟，触景生情，聊以赋之……

（一）

约请人间二月天，溪边陌上漫悠闲。
偷回五彩描春梦，采尽芬芳养砚田。

（二）

大地洪荒太古源，落痕弥野问无言。
花开花落春秋事，云卷云舒几变迁。

（三）

去路崎岖日影偏，斜桥曲水绕村前。
兴犹未尽回头望，一缕余晖告故园。

（四）

岭下山桃序早春，初萌吐蕊俏玲珑。
孤芳座爱一枝秀，半赏清香半赏红。

（五）

一苑芳荫簇万拥，四围瑞气扰千重。
天池倒看山峦影，红瓦掩于绿柳中。

（六）

花径斜出柳陌弯，荷塘漫去小桥边。
清波逐影才牵手，翠色随人也上船。

张俊杰

（1949 —　）山西原平市人。山西省高级人民法院高级法官。

黄河铁牛

泥掩沙埋数百年，铮铮铁骨又开颜。
镇河未肯移初步，昂首犹思挽世澜。

2001 年 5 月

壶口瀑布

挟雷裹雾自天来，力劈悬崖壑谷开。
直捣沉泥三百丈，奔腾入海卷云回。

2002 年 5 月

旅　飞

扶摇银燕展雄姿，玉宇平川眼底驰。
天海浮云奔怪兽，山丸涌地布围棋。
凌空志在追星月，仰月岂期攀桂枝。
摘取云霞河汉外，携归两袖好题诗。

1995 年 2 月

洛阳牡丹

绿树如云下九垓，流丹叠翠满园开。
春来西子垂霞帐，风过汀娥弄玉钗。
一圃含鞻夸国色，数村回靥笑诗才。
虚传谪地缘天后，应把洛神情意猜。

2004 年 5 月

雨上王莽岭棋子山

飒飒风涛伴雨声，青岚隔望别生情。
云横莽岭乾坤暗，雨洗棋山黑白明。
身后悠悠批莽汉，眼前攘攘观弈枰。
是非胜负任评说，不废青山万古横。

2002 年 9 月

张养浩

（1925－　）山西文水县人。中国楹联学会名誉理事，"联坛十老"之一。著有《联苑撷英》（一、二）、《对联知识百题问答》、《当代嵌名大观》、《耕云馆诗联集》等。

福颂祖国

神州福地可称优，百姓生存喜悠悠。
景象妖妖光碧落，风光秀美炳千秋。
尧天舜日升平世，物阜财丰可颂讴。
国奈民安兴特色，登高望远上层楼。

纪念孙中山先生（二首）

（一）

奸佞复古罪滔天，日暗星昏月缺圆。
土地荒凉衣食缺，生灵涂炭起狼烟。
中山奋发安邦志，好胜图强换谷川。
济世匡民兴赤县，安良除暴护民权。

（二）

腐败清朝弄政权，山河破碎暗昏天。

庶民困基难生息，一穷二白实可怜。

革命争来兴胜利，全凭世上出名贤。

一心破斧抽薪闯，众志成城仗逸仙。

张炳昱

（1959 — ）山西榆社县人，教师。省、市、县诗词学会会员，北寨霸王诗社社长。著有《诗歌集·断续的路》，《曲艺集·随台说唱》。

北寨霸王诗社成立

白胡白鬓白头芒，童气童声童脸庞。
窈窕姑娘刚小伙，融融恰恰聚诗堂。

张贵文

（1939 —　）山西榆社县人。山西诗词学会、榆社诗词学会会员。

游华山并忆电影《智取华山》

华山名远在高峰，上下唯连一线通。
降落天兵行有道，欲知前事问苍松。

苦　难

生逢国难父遭枪，夜住寒窑咽菜糠。
山岭放牛时泪下，哭声代替读书腔。

张闻田

（1966－2000）山西忻州市人。生前系原平市轩岗矿区中学教师、山西诗词学会会员。著有《张闻田诗文集》。

五日遣兴寄呈家兄

佳节无余事，敲诗兴味长。
清雄思李杜，婉丽慕齐梁。
散步宜晨爽，观棋趁晚凉。
灵均安有此，憔悴水云乡。

卧病感怀呈家兄（二首）

（一）

雪夜寻芳尽笑痴，贫居傲兀少相知。
山前月色经千劫，梦里梅花放一枝。
大野吹竽晨风劲，东皋拄杖暮云垂。
庄生自恃能齐物，病骨衰颜不自支。

（二）

卧病恹恹睡起迟，幸能拄杖过东篱。

连朝冻雨伤新蕊，昨夜狂风有断枝。

征雁久怀云外志，苍松初显岁寒姿。

摧残休叹黄花苦，落日秋原健马嘶。

谒金门·忆旧和焦丽萍并呈北风轩主人

花过雨，瘦了一庭红树。花事匆匆青帝主，鸟啼留不住。　　人世几番萍聚，无限怅怀如堵，病里题诗风味苦，落花能解舞。

满江红

清苦生涯，犹自道，爱寻丘壑。漫赢得，销忧无酒，放杯无鹤。斗转星移人渐老，水流花谢缘何薄。更今宵风露逼人寒，情怀恶。　追往事，情如昨。思旧雨，欢难着。怅霜天云起，旧林花落。交臂失之思忆苦，回头难觅成离索。问几时一笑浣离愁，春风绿。

高阳台·过普救寺

秀塔凌空，明花映日，禅房翠影生凉。缓步寻幽，春庭风静尘香。梨花院落人如在，小窗前燕子来翔。想当时，情满西厢，月满回廊。　凭临自古添幽思，怅空阶树老，古寺云荒。千古心期，如今又惹情伤。崔张一去无踪迹，把相思，付与斜阳。谩教人，几度寻思，几处徜徉。

张效忠

（1970 －　）山西榆社县人。大专文化。山西诗词学会会员、榆社县诗词学会副会长。著有《一枝梅诗叶》。

【双调·折桂令】情系三农采风东庄村印象

红砖墙富裕人家，河边鸣蛙，树上藏鸦。情系三农，取经东庄，遍地梨花。田间地头多牛马，男耕女撒，和谐图画，世外生涯。

张根照

（1949 — ）山西柳林县人，汉语言本科学历，吕梁市诗词学会常务理事。

周 庄

石桥浮碧水，夹岸柳丝长。

河道街中布，店门临水旁。

飞檐带翘角，黛瓦映白墙。

流水门前过，小舟来去忙。

黄 鹤 楼

蛇山昂首起重楼，遥望龟峰江北头。

万里长江来眼底，千帆逐浪乘风游。

一桥横跨长虹起，三镇不因天堑愁。

飞去黄鹤今又至，山青水碧复何求？

张浚祥

（1951— ）山西蒲县人。大专学历，中级技术职称。

久旱逢甘霖

冬春无雨麦苗干，百姓焚心望翌年。
入夏始逢救命雨，喜听窗外水流檐。

秋日回途中

晓风薄雾十八弯，山色苍茫云海间。
旭日撩开真面目，红黄粉绿绣峰峦。

张婧章

山西五台县人。山西省煤炭运销总公司忻州分公司退休干部。

辛巳年十月游昆明"世博园"，遇雨

霾云骤雨溅群花，旅客争抢避酒家。

哪感春城湿后冷，轩中只顾赏琼华。

张梅琴

女，（1955 — ）山西平遥县人。现任中共山西省委办公厅秘书处副处长（正处级）；中华诗词学会理事，山西省作家协会会员，山西诗词学会常务理事、副秘书长兼杏花诗社社长，中华辞赋社会员，山西山右文化研究院常务理事，山西文化促进会理事。著有《张梅琴短诗集》、《朵梅集》等；辑有《心中有绿洲》。

骆 驼

平沙一叶舟，饥渴不低头。
历尽天涯路，心中有绿洲。

登峨眉山

远望雄奇秀，群峰绕紫烟。
登临空旷处，伸手探青天。

雪竹赞

凌寒经苦乐，高节几人知？
青白相成趣，天然一首诗。

梅　颂

凌寒独放早知春，铁骨柔情融一身。
疏影暗香藏玉洁，清芬尽献惜花人。

五台山台怀秋思

一踏高台万里秋，寒云缕缕去悠悠。
知它不解相思味，只会飘浮不会愁。

交城庞泉沟

岭引龙蛇走，峰奇景更佳。
流云寻老树，细雨润闲花。
野渡虹桥远，朝晖石影斜。
溪声留不住，一路向天涯。

忆江南·西湖夕照

东风爽，湖畔草先青。山映斜阳舟去远，风
吹细浪燕来轻。引颈白鹅鸣。

江城子·母亲节谢母

　　今年母亲节适在广西桂林开会，望漓江清流远去，忆及52年前母亲生我于广西贵县，抚今思昔，感念殊深！

　　琉璃碧玉嵌漓江，沐晴光，品词香。故地重游，宛若见萱堂。此际河东玄鬓影，孙绕膝，倍慈祥。　　当年南北苦奔忙，履冰霜，历沧桑。教子相夫，汗雨煮愁肠。岁月如流怀往事，歌一曲，谢亲娘。

2008 年 5 月

念奴娇·登岳阳楼述怀

　　登楼纵目，水天处，渺渺迷茫空阔。巨舰云光浮动处，镶嵌青螺闪烁。轻艇飞波，白鸥掠影，风卷戏残雪。烟波浩渺，激起沉思难灭。　　遥想千古前贤，天涯漂泊，朝夕思忧乐。肝胆铸成冰雪洁，悲喜常知荣辱。感叹而今，豪华酒桌，几个谈民瘼。消除分化，不知何年何月？

鹧鸪天·秋夜作

白日归山暮色临，鸣蛰相更弄清音。轻寒冷了天边月，浓雾隐藏枝上禽。　　风细细，雨淋淋，写诗直到夜深沉。灯前改了千千遍，家国情怀慢慢吟。

摸鱼儿·接女儿电话称已领结婚证有忆并嘱

接铃声听传莺语，忍将泪水噙住。春风习习犹勾起，落地当时玉兔。精呵护。更忆得牙牙学语颠颠步。几经寒暑。注昼夜精神，灿阳润露，母女添情愫。　　戎装并、飒爽英姿威武，真诚信誓相许。精心描画鸳鸯谱，拂去杨花柳絮。谨嘱咐，人生路、山高水远多风雨。亦欢亦苦。望携手相持，蓝天比翼，振翅云中舞。

【中吕·十二月带过尧民歌】游大相国寺

远听得风铃声悠悠荡荡，遥望见琉璃顶亮亮堂堂。这皇家寺庭院宽宽敞敞，那大鼎里佛烟绕绕扬扬。这一殿大肚弥勒圆圆胖胖，那一殿千手观音手手双双。

（幺）

耳听得声声钟磬响铛铛，眼看见大僧小僧走忙忙。观光的来客喜洋洋，拜佛的游人意茫茫。头昂，看这中原丽日长，百鸟正飞翔。

张斌武

（1955—　）山西广播电视大学汉语言专业毕业。山西作家协会会员，现在政协宁武县委员会文史委工作。

九　龙　口

林深草茂鸟飞回，雾走云行天眼开。
九尾巨龙长卧处，奔腾汾水出山来。

万年冰洞

广寒宫殿远尘埃，玉树琼花一色裁。
为问芦芽山上月，嫦娥仙子几时来。

大水口古堡

往昔居身古堡旁，天长日久对高墙。
今回故地重游去，却见蒿丛瓜蔓长。

早　春

丝雨凌晨到管涔，山川净涤入林深。
开窗一阵花香气，飘落农家无处寻。

恢河送别

茫茫云雾起山城，秋尽风凉黄叶惊。
惟有水流知别意，声声呜咽送君行。

张瑞鹏

（1961— ）山西和顺县人，1982 毕业于山西大学中文系，1985 年 5 月加入中国共产党。中央党校在职研究生班学历。现任山西省委副秘书长、省委政研室主任。

思 父

1996 年 12 月草，1997 年 11 月重写，时父辞世五年矣。

又见秋清风坠叶，更思椿老劲如松。
德行撼地真君量，才略惊心严父情。
一辈最轻贪且软，五年常念笑和行。
铮铮硬骨苦中铸，吾子与吾有好根。

【注】
① 父亲笑声爽朗，步履有力。

读《瞿秋白与鲁迅》

遥思风雨如磐日，黄浦天缘铸弟兄。

慧眼洞识荐血志，残烛朗照苦心文。

同怀相待鬼狼伴，知己难求生死同。

抚卷泪潸叹感处，男儿命里有真情。

1997 年 11 月

【注】

①　鲁迅书赠瞿秋白："人生得一知己足矣，斯世当以同怀视之。"

周总理百年诞辰有感

故园欲坠泣风雨，天降人杰旷古稀。

大智竟缘诚早逝，高权不为鬼稍移。

功成盖世辉煌处，德立齐天酸苦时。

春到大江歌正劲，海棠花里笑容慈。

1998 年 3 月

【注】

①　中南海西华厅的海棠花为一景，邓大姐曾给远在国外访问的周总理寄赠海棠花。

刘公岛忆甲午战争

船未一匝已上岛，客行十步倍伤情。

海清难见烟飞渡，风劲偏闻鬼泣声。

壮士留名多战死，懦朝丢位剩偷生。

国人百岁太多血，天际云堆怨满膺。

1998 年 6 月

雨访邯郸丛台

平原千里垒丛台，雨树风墙访古怀。

雷起胡服骑射去①，云开曼舞轻歌来。

武灵自信成宏业，沫若豪情展大才②。

新麦飘香搀老酒，借得壮气把坛开。

1999 年 6 月

【注】

① 赵武灵王为战国时期赵国国君，其所推行的"胡服骑射"政策对赵国乃至以后中国社会的发展产生了积极影响。

② 郭沫若在丛台留有诗迹。

夜间办公室感言

盛夏之日，工作至深夜，观窗外万家灯火，思绪泉涌，即成一首。

万家灯火夜深时，孤坐高楼心意痴。
检点文章有使命，追抚岁月看生机。
谁人解我苦忧事，何处施才狂写诗。
自信成人唯寂寞，夏风灼面亦相知。

2000 年 7 月 12 日

张澍文

（1944 — ）山西汾阳市人。山西杏花村汾酒厂宣传部部长、汾酒集团公司档案文物馆主任。山西汾阳环保书画艺术研究会会长。著有《澍文墨竹选》。

环保主题诗稿 (新声韵)

情寄杏花村

予夏山前紫陌连，汾河西岸杏花天。
牧童指处如仙境，画意诗情似涌泉。

把酒临风唱酒乡

云过汾滨月上墙，风吹杏树路生香。
对花观景三生幸，把酒临风唱酒乡。

秋月松竹

昨夜秋风吹过来，红黄碧绿巧安排。
书生敢问绣花手，别样画图谁剪裁？

自　嘲

花甲等闲成小孩，余晖有用老怀开。

无聊寂寞清除净，墨韵呼风入砚来。

朱　竹

竹怜新雨后，山爱夕阳时。

熬过长宵苦，红霞映秀姿。

折电川

（1947 —　　）一水（笔名、网名），山西清徐县人。中华诗词文化研究所研究员，中国散曲研究会会员。

【南吕·瑶华令带感皇思带采茶歌】清明

和风细雨迎春笑，牛尾摆，柳丝摇，争鸣百鸟群花闹。杨树茂，桃树娇，梨花俏。　　（带）如画村郊，无限风骚。放风筝，听燕歌，说农谣。心怀祖念，路远云飘。望山青，看水碧，起春潮。　　（带）景中陶，乐逍遥，和谐盛世数今朝。踏遍春光人未老，余生怎不敬唐尧。

【中吕·十二月带尧民歌】并州曲坛

老西儿元明姣姣，散曲儿浪里滔滔。近百年勾栏悄悄，今日里欢乐陶陶。古晋贤长眠梦笑，当代人又领风骚。　　望太行山又起春潮，听汾水弯新唱民谣。摇篮里又筑新巢，古道中架起金桥。今宵、今宵，并州娱苑聊，弹起诸宫调。

【越调·小桃红】秋湖晚照

连天碧水共白鸥，远望飞云秀。一点夕阳似红豆，照轻舟，清风过后凉心透。烟笼暮柳，晚霞醉友，共享一湖秋。

【黄钟·昼夜乐】咏荷

碧水清清映画图，心舒，心舒在一望荷湖。嫩绿叶波中静浮，微风摆开轻莲步，展花容味散香途，醉了吾。景胜杭苏，景胜杭苏，似到了瑶池处。　（幺）忘乎忘乎了世俗，仙姑？荷姑？荷姑影似现还无。醉梦里携衣袖舞，凉亭笑谈观玉珠，饮香露共谱诗书。但愿那美景如初，美景如初，四季里侬常驻！

【正宫·鹦鹉曲】岳阳楼感赋

心怀天下忧留住，笔语纸中乐与父。急登楼展望江山，一幕神州春雨。　（幺）岳阳城波撼千年，浪打海鸥飞去。正迎来四海游人，看点在云中远处。

【双调·水仙子带折桂令】雪情

苍天挂下玉龙图，广野铺开雪片书，笔尖儿流出多情赋。千山鸟迹无，万车路阻人疏。寒江钓，糖醋鱼，香酒暖冰壶。　　（带）人虽远意相呼，我在深山，你在京都。同享丰年，共书美景，雪秀群庐。眼望茫茫韵舞，梅开点点心舒。一片银湖，四海和谐，八面通途。

时 新

（1946 — ）山西清徐县人。中共山西省委党校毕业。山西省社会科学联合会原秘书长。中华诗词学会常务理事，山西诗词学会常务副会长，《难老泉声》主编。著有《石砚斋诗抄》、《柳溪集》等。

三晋故事

中条麦秀雁门花，舜雨尧风汉柳斜。
汾水晋山多故事，说予游客忆桑麻。

过 固 关

四月太行天尚寒，长城旧史迹斑斑。
秦云汉树间相杂，细雨梨花过固关。

过 南 京

烟雨秦淮一梦遥，金陵旧事已萧条。
丹枫摇落秋江冷，谁忍遗人说六朝。

早春寻梅

汾河依旧暖冬阳，冰解南轩凝雪香。
未见枝头春有色，深知傲骨不须张。

访诗词网

小园未见碧垣遮，醉眼篱边一溜斜。
待到飞红燕过后，方知高处有人家。

紫丁香

满院绿茵堆紫雪，一帘倩影送香风。
深幽书阁吟声起，结子当于苦涩中。

短信贺年诗

夜雪不寒春气多，荧屏正唱祝君歌。
喜人最是指间信，满载深情伴梦河。

中秋短信诗

此时千里共婵娟，多少琴心因韵牵。
明月亦知情不绝，频随短信庆团圆。

母亲寿日所想

寒夜沉沉一烛明，飞针走线伴书声。

趋灯聚燎青青发，送读长牵缕缕情。

拥被推窗怜冷月，敲冰燃草煮糠羹。

亲亲慈母心中爱，热热烘烘暖一生。

风陵渡黄河

初舒大野激潼关，浪拥风陵渡口滩。

西出千山函谷秃，东留万木洛阳斓。

到河心死途难尽，临海人生天易宽。

谁个中条横玉笛，平添九曲半涛寒。

念奴娇·大槐树情结

大河南下，越青冥、带去乡音千古。槐老霍山，常记那、汾上白云飞絮。醉里悲声，吟边愁结，尽付洪洞路。驿亭锦缆，欲寻残梦归处。　　情洒海角天涯，飘萍游梗，恁个思乡苦。想起鹳窝犹映月，长泪滂沱如雨。遥嘱吴郎，斫除丹桂，依阙栽槐树。举头明月，绿风吹遍环宇。

永遇乐·登太行

苍岭青霜，寒风掠耳，蝉唱声绝。又上颠峰，俯看南北，大地纤云折。太华如戟，恒宗似壁，天际一弯清月。漫回眸、河汾三晋，犹如一片霜叶。　　今来古往，山高水急，消去多少人物。炼石西天，羊头尝草，谁替先民悦。长城望雪，太行立马，犹记激情如泼。数风流，仰天长啸，昆仑再叠。

念奴娇·晋阳天龙山怀古

远汾如线，任千年长泻、人间今古。高阁漫山云岭下，谁记峰前寒暑。悬水声凄，盘松影散，几缕迷浦潊。山前山后，怅然多少客路。　　回首岁月如歌，高欢曾筑，烟雨离宫暮。回顾倾城冯小后，围猎不知何处。立马秦王，誓师山寺，初定唐基础。英雄何在？一丝残照风露。

时寿之

（1924－2006）山西清徐县人，1945年加入中国共产党。受党委委派在太原从事地下工作。解放后在中共太原市委、市委党校工作，曾任中共太原市委党校校务委员、哲学教研室主任、副院长，教授。

苏州盘门怀古

空有坚关水陆门，尚悬旗斗招吴魂。
夫差忘尽越亡恨，半世英明半世昏。

写马致远《天净沙·秋思》词意十二章 （选五首）

枯　藤

枯藤绕树几多年，满目萧条古道边。
世事艰危谁可伴，孤身只旅奈何天。

昏　鸦

行人怕见暮鸦飞，老母茅堂盼子归。
底事欲归归不得，俯眉还看旧针衣。

流 水

流水无情伤客心，潺潺声似故乡音。
年年易逝年年逝，处处无亲处处寻。

西 风

西风乍起惹乡思，昨夜无眠想远慈。
幸有秋虫唧唧伴，翻身直到五更时。

瘦 马

人穷气短马毛长，日日相依行路忙。
踏碎明晨茅店月，晓鸡声里板桥霜。

李 立

（1949 － 　）山西永济市人。大专文化，运城市诗词学会会员。

荆山早春

千山乍翠暖风轻，万树春光带雨生。
蒙蒙不湿黄鹂翅，犹唱樱枝三两声。

春 望

虫声昨夜入窗纱，此际登楼沐晓霞。
忽见山河增秀色，似闻杨柳发新芽。
东风有意绿千树，春色无言到万家。
乾转坤旋风雪过，神州喜庆复韶华。

李 芳

女，（1969 — ）笔名方草，山西稷山县人。山西省作家协会、运城市诗词学会会员、稷山县楹联学会副会长。著有《月光下的芳草地》。

如梦令·秋夜

夜半月光窥户，楼下蛐声凄楚。翘首盼归人，常被酒家留住。无度，无度，何日醉夫觉悟。

如梦令·夜半

昨夜风声狂舞，掀起愁肠难诉。灯照不眠人，往事浮出心幕。心幕，心幕，拨散眼前迷雾。

如梦令·赏雪

轻踏白绒出户，野外茫茫青雾。哪里有嘀咕，原是雪花倾诉。回顾，回顾，不忍迈开一步。

李 桃

女，（1970－ ）山西山阴县人。毕业于山西大学中文系，中学高级教师，山西诗词学会会员。

西山森林公园

西山万树绿霞云，景色怡人空气新。
曲径时闻莺燕语，长廊常感蕙兰馨。
依依翠柳牵衣袖，郁郁青松拒土尘。
生态苍龙今造就，清风送爽护京津。

李 敏

（1971 — ）山西朔州市人。山西诗词学会会员、朔
州诗词学会秘书长。

蝶恋花·雅怡园

花赋诗章香四溢，雅韵冲天，蝶舞翩翩起。
芳草偷偷听窃语，青云鸟雀知何意？　　悄问玉
人通我意，盈袖丝丝，把爱悠悠寄。脉脉无言眉
暗递，春魂秋梦同天际。

李 瑛

女，（1946— ）晋机中学退休教师，系山西诗词学会、太原诗词学会会员。

晋西览胜

——2006年7月随市作协采风团赴五寨吟诗

七月晋西行，宜人爽惠风。
谷深观大树，草碧采花红。
涉水怡心静，攀山雅趣浓。
回头红彩处，丽日映岩松。

李　霖

女，笔名霖子，医学大学文化，副主任医师，中华诗词学会、山西省作家协会会员。著有诗集《面对城市的倾斜》。

登虎门靖远炮台

绿染苍山春意浓，清风送我望天门，
登高远眺凌云志，鸦片火焚一雾中。
签约议和蒙国耻，炮台犹在展雄风，
冲锋陷阵灭英寇，怒火硝烟警后人。

云海涛声

苍山如海水如银，远近奔腾各有因，
峦卧尘封甘雨沐，天公着意洗污尘。

李九林

（1939— ）山西柳林县人。吕梁市诗词学会副会长。著有诗词《雏凤集》、《翔宇集》，《李九林诗词楹联集》、《词海蠡测》等。

望江南·秋月夜

春雨润，喇叭倚屋栽。攀壁附墙花弄影，婆娑摇曳入窗来。秋月照心怀。

朝中措·盼归

残阳帘外乱飞鸦，天际抹浓霞。雨后垂杨袅柳，风前云敛烟斜。　　杏熟麦稔，打工正夏，人走天涯。妻在黄昏伫盼，工钱取兑回家。

李才旺

（1943— ）诗人，书画家，山西壶关县人，1967 年毕业于山西大学历史系。曾任中共山西省委宣传部副部长、省文联党组书记。现任省文联主席、省书法家协会主席。著有诗集《有伞的风景》、《无雪的冬天》、《丰收的季节》等。

读李白杜甫互怀诗有感

李杜才高共一巅，风流绝代两诗贤。
谪仙俊逸无雕饰，工部沉雄有妙篇。
鲁酒齐歌常念想，暮云春树久萦牵。
墨香隽永诚堪誉，砥砺情真万古传。

访 太 行

十月金秋访太行，欢歌笑语满山庄。
卖粮踊跃愁仓小，存款争先喜队长。
贫寨翻身换旧瓦，穷哥迎亲伴新娘。
客来未酒因何醉，只为山风带酒香。

南京夫子庙遇雨

云遮夫子庙，雨锁秦淮家。
风皱千池水，伞开一街花。

放歌母亲河

千里长堤万顷滩，旗卷朔风战犹酣。
尧乡锣鼓壮军威，当今大禹胆惊天。
固坝造地植杨柳，治污清淤种桑莲。
他年再来坝上看，左翻麦浪右行船。
渔歌唱晚碧波里，绿水青山影倒悬。
汗珠洒向母亲河，甘泉滋润三晋田。

题松鹰图

松涛育正气，风雪养浩然。
志在云天外，振翼越千山。

庚辰春日偶成

门铃不语客来稀，面向梅山闻鸟啼。
独步庭前吟冷暖，丹青伴我度朝夕。

李旦初

（1935 — ）湖南安化县人。山西大学原常务副校长、教授，中国作家协会会员、中华诗词学会理事、山西诗词学会副会长兼秘书长。著有《李旦初文集》12 卷。

山丹丹诗上网续吟（三首）

（一）

蓓蕾抽开锦绣囊，奇葩灼灼远闻香。
山丹丹亦多情种，红泪催人入梦乡。

（二）

粉红腮颊弄芳姿，独占青山第一枝。
伸手折她心不忍，深藏秘密有谁知。

（三）

血染山花血样红，硝烟散处觅芳踪。
移情绿野惊回首，旧梦新醅醉塞翁。

常德十景题咏 (选四首)

诗国长城

六里长堤饰画廊，诗潮墨浪涌沅湘。

芙蓉出水清词美，兰芷迎风丽句香。

泽畔吟怀迷谢客，竹枝词韵醉刘郎。

金声玉振三千里，铸就寰球第一墙。

桃源仙境

夹岸清溪古道斜，桃源标志是心花。

寻幽已过秦人洞，探秘还来野老家。

鸟语声中思浊酒，稻花香里品擂茶。

游人醉倒临仙馆，四望苍茫数落霞。

【注】

陶渊明《饮酒十二首》诗称"浊酒聊可恃"，《己酉岁九月九日》诗称"浊酒且自陶"。

灵泉悟禅

群峦叠翠到天涯，万木萧森挂彩霞。
塔影无声迎锡杖，松涛有韵理袈裟。
山深早入参禅境，寺古先煎觅句茶。
静坐闯王归隐处，风光胜过五侯家。

【注】

据传李自成兵败南下，归隐石门夹山寺为僧。

德山古韵

尧天舜日去悠悠，胜迹依稀此地留。
善卷坛前观日出，孤峰塔上望江流。
浪淘人物轻舟外，风扫烟尘古渡头。
极目洞庭思浩荡，晨钟敲散屈平愁。

【注】

相传尧舜时代武陵隐士善卷在此布德施善，故有"常德德山
山有德"之说。刘禹锡有题诗《善卷坛下作》。

村姑导游龙庆峡

春游龙庆峡，村女着时装。

船载红霞驶，心随碧浪航。

歌声传美意，笑语带京腔。

妙趣夸奇景，深情赞故乡。

峰悬明镜里，嶂列白云旁。

杂树参差绿，奇葩浅淡黄。

风微桃叶舞，雨细杏花香。

处处疑仙境，时时入画廊。

夜归游客乐，一梦到漓江。

2003 年获第二届杏花节有奖诗词楹联大赛三等奖

莺啼序·梦游江南八达岭

　　悠悠梦飞妙境，伴莺歌燕舞。临东海、一望汪洋，优游心醉何处？沿江岸、红情绿意，逶迤展卷花千树。叹神龙昂首，凌空吞吐云雾。　　仿佛京郊，居庸叠翠，似曾经目睹。正惊诧、欲问天公，长城何日南矗？猛然间、如雷贯耳，声声道、听吾细诉。夜茫茫、白发将军，目光如炷。　　沧桑岁月，倒海翻江，涛声催战鼓。抗倭寇、蜿蜒雉堞，敌台林立，铁壁铜墙，民心熔铸。满城馀勇，漫江豪气，奔流浩荡充寰宇。戚家军、怒发擎天柱。顶天立地，丹心血染灵江，壮志饥餐狂虏。　　登临揽胜，顾景楼前，任高瞻远瞩。浪花绽、新桥古渡。画挂巾山，镜嵌东湖，诗情缕缕。烟霞阁上，虹霓影里，雄关留得游人驻。老夫吟、一曲莺啼序。梦惊千里江南，海韵和谐，更亲鸥鹭。

沁园春·南山长寿谷畅想

　　峡谷深深，芳草芊芊，绿海茫茫。听枝头鸟语，声声清脆；林间泉唱，阵阵幽香。细雨催诗，微风助兴，好句拈来入锦囊。心如醉，读满山寿字，凤舞龙翔。　　儿孙早上高冈，我仍在山腰效楚狂。与青峰对话，回音袅袅；白云联句，得意洋洋。万丈苍松，千年古柏，道弟称兄共举觞。身长健，且优游胜境，莫负春光。

极品女人（套曲）

据媒体被露：被称为"极品女人"的丫女士，与中国银行南方某市支行丫行长成婚后，殚思极虑怂恿其夫大肆贪污挪用公款，进行炒股炒汇、豪赌洗钱，与同伙鲸吞银行资产4.38亿美元，成为中国头号巨贪。且经密谋，转移资金，假嫁洋人，偷渡出境。现巨贪夫妇已被美国警方拘捕，先后引渡回国受审。此案骇人听闻，古今罕见。因制套曲，以警世人。

【双调·夜行船】

人说俺好比出水芙蓉娇滴滴，又好比孔雀开屏、闭月羞花貌赛过仙姬。画蛾眉笑开了皓齿朱唇，披轻纱裸露着酥胸玉臂。乳房儿鼓鼓撒一路异香奇气。

【乔木查】

俺逛惯了酒绿灯红名胜地，也读完了名牌大学中文系。忽悠悠岁月如歌飘梦里，扑突突春心摇荡情窦开，巫山梦搅得俺神魂颠倒哭哭啼啼。

【庆宣和】

忽然间雾散云开见彩霓，端的是天赐良机。帅哥儿约会花间月影移，亲一回一阵阵狂喜，抱一回一阵阵狂喜。

【落梅风】

潭江畔，柳岸西，笑鸳鸯水中嬉戏，怎比咱兜风乘奥迪？一溜烟那么神气！

【风入松】

哎哟哟！俺吃厌了山珍海味弄熊蹄，戴尽了金银首饰弄珠玑，住惯了豪华别墅神仙地，摘星星也有天梯。堪笑西施傻气，貂蝉姐更不值一提。

【拨不断】

路高低，雾迷离，冷不妨俺一头栽进阴沟里。霎时间孔雀变成了落水鸡。只听得梧桐细雨声如泣，声声慢最难将息。

【离亭宴煞】

洛杉矶牢门紧锁高墙壁，夜沉沉凄凄惨惨寒蝉栗。啊呀呀！俺孤苦伶仃思前想后悔之莫及。悔不该絮叨叨枕上劝夫君，瞎嚷嚷银行捞暴利，闹哄哄赌场强打气。悔不该鬼迷心窍才玩舍车保帅棋，又耍暗渡陈仓计，到头来都枉费心机。悔不该找洋人和露做夫妻，飘洋行大礼，把酒玩游戏。想人生有限期，恶梦煎熬急。呜呼晚矣！即便俺再长出千个美人头，也还不清那笔贪赃枉法糊弄的美元五个亿！

2006 年 2 月 20 日
（2008 年获全国第二届"华夏诗词奖"一等奖。）

李正民

（1940 － ）山西隰县人。硕士研究生毕业。山西大学文学院教授、硕导。山西诗词学会理事。

庐山云雾

满目茫茫误认烟，随风款款漫山间。
轻纱袅袅拂衣过，丝雨盈盈润客颜。
冉冉流云溪面起，飘飘玉带树梢缠。
游人恋恋皆陶醉，我亦洋洋欲作仙。

1986 年

游河曲县望娘滩

冤哉薄后久，今访望娘滩。
水阔机船稳，风和坐客安。
口碑伐吕雉，民意敬慈颜。
公道垂千载，慎行善恶间。

1989 年

李永茂

（1971 — 　）山西榆次市人，大学本科学历。山西诗词学会会员、晋中市诗歌协会常务理事。

清平乐·民工

日薄西塞，挥手出村寨。舍业抛家无可耐，一背行囊在外。　　摸爬滚打三年，窝巢几度挪迁。到了娃儿上学，一时白发新添。

春游太行

千岭摩天百壑深，撷诗独爱太行春。
一梯绝壁锤闲骨，两眼清泉沐逸心。
天籁无弦空即韵，青山不墨朴为魂。
携篮俯拾皆佳句，何必关门苦作吟。

神六发射成功咏怀

箭指张空刹那间，五洲凝气共高瞻。
冲天一刺人寰沸，绕地千旋玉宇喧。
大圣拨云惊怪物，二郎遣犬探奇观。
嫦娥似识神舟面，轻舞罗纱带笑看。

感怀某些写手的浮夸

水上浮萍墙上藤，东歪西倒总随风。

娉婷纵带千般绿，莫过缚鸡一草绳。

李长华

（1948－　　）山西太原市人。太原来福集团工会主席，山西诗词学会副秘书长。

迎泽桥夜景

去隐霞飞不夜天，对排灯火映阑珊。
翠虹一道汾河上，便是长桥跨碧川。

中秋月

碧宇神舟驶，银河桂影新。
嫦娥乘玉辇，今夜会何人。

李年甫

（1935— ）山西离石市人，曾任吕梁电大书记。

绣花鞋垫

红丝绘绿针穿引，彩绣情长冠古今。

鞋垫一双酬暖意，凝成爱字送情人。

李成斌

（1954— ）山西朔州市人。山西诗词学会会员，朔州诗词学会副会长。

看电视剧《南下，南下》

南下烽烟动地天，同行战友几生还。
和平岁月真情在，血染军旗代代传。

李两姓

（1945－　）山西运城市盐湖区人。盐湖区诗联学会常务理事。

谒解州关帝庙

庙楼巍丽壮条麓，巨扁宏楹彰帝侯。
立马横刀匡汉室，夺关斩将震金瓯。
赤心岂伴爵财碎，碧血甘随江汉流。
亘古武臣独列圣，参天忠义炳千秋。

游普救寺

春花绿树沐明阳，游客如流朝庙堂。
自古佛门皆净土，独看普救辟情场。
溶溶月色绵绵意，寂寂闺阁妙妙香。
绝唱何言飘逝去，普天情侣恋西厢。

李国华

（1949— ）山西屯留县人，大学本科学历。中共山西省委保密委员会常务副主任（正厅级）、省国家保密局局长，山西诗词学会常务理事。著有《心声集》。

春 雪

三月桃红不足夸，依依银影落无涯。
谁言嫩柳报春晓，万树开成一色花。

春 思

轻暖轻寒情意绵，钟声隔断念家山。
晚凉坐对斜窗月，一片衷情四更天。

春 兴

花香四溢满珠园，旧友新朋共乐天。
学品春风浑似醉，桃红李白作诗泉。

壶口观瀑

烟雨团团怒浪鸣，石壶谷里蛰蛟声。
万般呼啸春秋谱，不唱谀歌唱不平。

山间听歌

隐隐林中放远歌，山南山北问谁多？
桑田曲水尽收去，醉得黄鹂坠梦河。

一剪梅·贺风陵渡黄河公路大桥通车

滚滚黄龙胆气豪，风浪滔滔，声浪滔滔。毗邻咫尺渡船摇，去也迢迢，来也迢迢。　　坦路扬威壮世娇，不似天桥，胜似天桥。北南两岸任相邀，你也逍遥，我也逍遥。

【迎仙客】新型农庄

田见方，树成行，绕村小溪雾飘香。几家耕，几户帮，里外真忙，好曲天天唱。

钗头凤·登华山

长松倒，云梯峭，太华山里精工巧。青峰剑，天窗栈，三千世界，九重天堑。险！险！险！　　黄鹂叫，流泉笑，入身天井情无妙。抬头叹，低头叹，半空寒阔，一生如愿。恋！恋！恋！

李昌福

（1949－　）山西太谷县人。晋中市诗歌协会理事。

悼素仁

　　一庶人净是绝技艺，统近代遥古。九州铺纸，握昆仑笔，取银河墨，吟太白句，写佑军书。时而屈子吊古，时而荆轲抽剑。最堪怜，英华凋零，早埋了文魂宝剑；凤凰寂寞，独留着绿野香坟。由此茫茫，肝肠寸断。笑仰伟峻，总依稀醉梦乡中。试从凌顶高呼：来、来、来，这半河山谁为识马伯乐？　　千年事无外奇文章，多鸿篇巨著。八面风光，演英雄谱，怀卧龙志，若凤雏才，降关中虎，伏天顶龙。忽然铁马金戈，忽然银箫玉笛。莫不如，换些活法，有少许离恨闲愁：曲折人生，消受得清风明月。嗟予惑惑，灵魄无归。聊看猢狲，终难脱乾坤套里。且向上苍俯首：去、去、去，那一片地汝是采菊陶翁。

李茂盛

（1958—　）山西泽州市人，大学本科。中华诗词学会、山西诗词学会会员、晋城市诗词学会副会长兼秘书长。著有《易植园诗稿》。

蒲公英

碧野青青一茎高，飞书天地胜仙毫。
随风飘逝留云影，驻足生荒作墨涛。
着绿皆成山水画，登高不费履丁劳。
秋过江上无多遇，推浪长吟弄大骚。

墨　兰

细叶零丁似麦寒，春秋著就一枝丹。
常牵画笔蹁跹舞，更惹诗情上下翻。
墨韵丰池知雅辈，幽香绕案续桃园。
由来献岁无需酒，但送新馨祝友安。

文 竹

纤纤玉韵伴书声，片片松云绕案横。
安共茶根真淡雅，虽持竹节不虚荣。
窗前冷暖皆能耐，舍下清贫亦足珍。
欲向高端书正直，每于弯处蓄腾情。

昙 花

云簪小缀玉人妆，单吐清芬慰夜忙。
仙影如妖惊魅子，冰魂胜酒献痴郎。
不争粉艳习琼露，却为情天忍悴肠。
佳遇随缘珍异福，千年一许梦留香。

赵树理文学馆奠基抒怀

太行冬暖艳阳奇，丹沁欢腾报海知。
老赵新居方破土，晋军后继再扬旗。
李家庄上黑哥乐，三里湾中烟价低。
土豆山珍皆极品，随风日靡大洋西。

李金玉

（1940 —　）山西太原市人，山西大学中文系毕业。
中华诗词学会、山西诗词学会会员。

蝶恋花·荷花赞

　　碧玉澄澄浮水面，漾漾清风，摇动银珠溅。
拨翠回眸轻勿唤，神然雅似瑶池见。　　濯淖自
疏芳志远，屈子史迁，光耀千秋殿。一代伟人廉
洁范，消尘刈秽花才艳。

一剪梅·滨汾漫游

　　岸柳婆娑喜舞秋，花径飘香，花语飘柔。湖
光滟滟映层楼，甥绘虹桥，孙指浮舟。　　谁不
扬情唱晚舟，手掬漪霞，歌酽鸿猷。蓦然灯灿似
星流，北烨京华，南烨琼州。

浪淘沙·怀友

　　往事复萦怀，笑靥朱钗。清风明月洒庭阶。
细语盈盈交臂舞，歌又重来。　　远上塞云台，
文慰孤斋。频频雁语月华开。料得玉楼花影动，
春发蒿莱。

临江仙·阿房残雨

秋锁千年荒苑寂，残垣雨泣阴空。渭流徒照
古秦宫。玉人曾舞，断送一朝风。　　烽火连天
刘项起，琼楼顷刻焦红。可怜代代醉淫中。萧墙
惊梦，含泪对遗踪。

吊　兰

陌室温馨书画围，一盆清朴送斜晖。
谁言晚叶垂金缕？应道豪情瀑布飞！

李金铭

（1939 — ）山西芮城县人。中华诗词学会会员、中国楹联学会理事。著有《寻吾集》、《诗文大家景耀月》、《魏东人物》等。

深秋题院中老来红

叶落花仍放，依然向日红。
不因时令改，痴立意融融。

赏 菊

累牍连篇说傲霜，铮铮铁骨不寻常。
我将秋菊比包老，唯愿官场多菊香。

李俊文

（1951 — ）山西榆社县人。山西师范大学副教授，中华诗词学会会员。

黄河遐想

黄河远去到天涯，九曲回肠叠浪花。
昔日狂哮多水患，今朝治理少泥沙。
高原绿遍终清澈，碧水扬波映晚霞。
喜看荒山新变化，轻舟上下捕鱼虾。

李拴望

（1942 — ）山西临猗县人。北京卿云诗词学会、山西诗词学会会员，唐明诗社副社长。

鹧鸪天

涉水跋山鬓毛稀，思乡确是老来痴，归心恰是汾河水，日夜南流无歇时。　　回故里，眼迷离，荒坡柿果压枝低，茅屋小学今何在？绿树红楼喜鹊啼。

李树恩

（1943－　）山西临县人。教授，国务院特殊津贴专家，山西诗词学会会员，吕梁诗词学会副会长兼《吕梁诗坛》主编，主编出版《吟咏吕梁诗词选》等八本书。

女英雄刘胡兰赞

浩气冲天震九州，从容就义美名留。
坚贞信念谁能撼，少女卧刀争自由。

李荣辉

（1956 —　）山西寿阳县人。寿川诗社社长，山西诗词学会会员。

长相思·雨中泪

天在流，地在流，流下轻丝流下柔，织成征旅舟。　行也忧，停也忧，冬雾茫茫满眼收，心如细柳抽。

临江仙·书香梦

自在书香寻旧梦，忽来小雨成溪。只身出屋伞中栖。苍天吟不断，落地引相思。　夜幕不知客路远，残风吹透单衣。沿途常有雀依枝。吾心清似水，他路总成泥。

满江红·中秋月

皓月当空，难照透，千山万水。这世界、峰峦叠嶂，森严壁垒，久违云开星可见，初逢雾去霞呈秀。借一束、红外线如何？平凡累。　中秋夜，情自贵，杯举，人犹醉。踩银光直上广寒宫寐，看过婆娑轻起舞，读通圣卷精神沛。愿驰骋天宇揽球光，群星萃。

李晓东

（1969 — ）山西古交市人，山西诗词学会会员，现任太原市金嘉实业有限公司执行董事、总经理，高级政工师、管理咨询师、助理记者。著有诗集《礼物》，合著过《邮票上的山西》一书。

长白山天池游感

瑶池摇月影，松柏一帘屏。
美景何人画，绰约温婉亭。

李泰来

（1930 — 　）山西文水县人。中华诗词学会、山西诗词学会会员，太原诗词学会暨桃园诗社顾问。

胡锦涛同志除夕访张家口农户

金猴塞外喜挠腮，难得锦涛村里来。
坐上坑头包饺子，阳光雨露润心怀。

李继塑

广西梧州市人，太原钢铁公司高级炼钢工程师。著有诗词集《雁绰集》。

插秧情结

梦断家乡小路泥，熏风碧草柳依依。
田间引水青蛙跳，空际催耕布谷啼。
健妇弯腰秧列正，壮夫捷步垅东西。
无愁最是小儿女，来往塍头笑目迷。

李莘田

（1923－　）山西襄汾县人。山西诗词学会会员。

夏日喜雨

笔燥砚干伏案难，为文焉得有波澜。

正愁溽暑欺人甚，好雨送凉入画栏。

李晨生

（1944— ）山西临县人，大学文化。山西诗词学会会员，吕梁诗词学会常务理事。著有《李晨生诗词选》、《李晨生新诗选》。

绵 山 行

绵山春景好，雾漫数峰高。
宝殿香烟袅，平台骏马骄。
沿溪寻水洞，问路过栏桥。
介子今何在？留名贯九霄。

登碛口黑龙庙

独立山头望大荒，眼中风物任收藏。
一门古刹千年秀，九曲黄河万里长。
远眺云崖如砌玉，近观民舍似蜂房。
夜阑会友敲诗韵，月色波声入梦乡。

采桑子·登南京阅江楼

阅江楼上春光好，俯览金陵，烟水空濛，无数楼台映日红！　　六朝宫阙今何在？不见兵戎，指点遗踪，虎斗龙争任尔评！

揪心一曲钗头凤，未吟肝肺已摧坏。

错归错兮莫归莫，诗词怎偿人间债？

纵扯钱塘万丈潮，库死心底不澎湃。

星转斗移八百载，会稽山川貌未改，

错男莫女早归土，沈园古景今犹在。

我问当年陆唐事，沈园默默口不开，

环顾左右无人睬，俯仰上下唯天籁。

忽闻冥处有歌声，如泣如诉不成拍，

快哉快哉利与害，哀哉哀哉情与爱。

反反复复歌不断，但觉渐强不渐衰，

令我珠泪滚满腮，搂定沈园久徘徊。

2004 年春

李福伍

（1942— ）山西运城市人。太原市政协副主席、党组副书记；著有诗书集《情趣》、《晴秋集》；主编《三晋名胜》。

山野秋枫

朔方寒露骤西风，野果晚秋频泛红。
枫叶不甘年事累，漫山着色染多情。

书斋一景

四壁书香留雅韵，一窗纳翠动诗情。
黄莺戏我无佳句，欢蹦枝头自在鸣。

李蒯兰

（1948 —　）山西昔阳县人。晋中市仰山诗社社员。

寄嫦娥号飞月

今日春思解不开，清光桂影费疑猜。
情知月里荒凉久，多带林花上月栽。

登楼偶感

爱追前朝事，空怀万古忧。
新诗春雨湿，老酒春风收。
片片花飞眼，悠悠鸟啭喉。
阴晴风雨暮，且醉昔阳楼。

李蔚东

（1961—　）山西定襄县人，大专学历。系中华诗词学会、山西省作家协会会员，山西诗词学会理事，定襄诗词学会秘书长。著有诗集《波光里的艳影》。

题《黄山云雾》图

浓雾锁真颜，山浮缥缈间。
犹临太虚境，赏景亦如仙。

华清池随想（二首）

（一）

池水悠悠荡碧漪，贵妃曾沐雪香肌。
而今御液波犹热，洗浴温泉多布衣。

（二）

烟尘滚滚破长安，竟是干儿安禄山。
宠信佞臣埋后患，国亡何必怨红颜。

李慧英

　　女，（1944 —　）字木子，室号半坡斋。中华诗词学会、山西诗词学会会员，晋城市诗词学会理事。中国书法家协会会员，山西省书法家协会副主席，晋城市书协主席。著有诗词集《半坡吟草》、《李慧英书法集》。

沐雨畅游武夷山

群峰经雨翠，满目色迷离。
瀑泻千山鼓，泉飞万壑雷。
扶岩穿险径，跳石越湍溪。
幽谷茶香溢，清诗浸湿衣。

赴广灵宴

和风拥小车，一路到黄家。
全席广灵菜，半楼君子花。
糕蒸恒岳味，室漫雁门霞。
堪庆一心社，春光育嫩芽。

纪念赵树理诞辰 100 周年

春风夏雨佐农桑，金色浓浓染太行。
二黑操机传喜讯，有才上网板新章。
李家庄谱小康曲，三里湾歌大有腔。
树理回乡惊巨变，数声梆子绕山梁。

丁亥九日霍山登高用小杜九日齐山登高韵

金风拂面叶纷飞，大雁南行一线微。
屡异流光嗟日暮，每怜衰草盼春归。
且依寥廓弘诗境，暂避喧嚣醉夕晖。
长恨茱萸难插遍，纵无烟雨亦沾衣。

临江仙·新年次仁德韵

兴起吟哦酬唱，茶余信笔池田。悠然自得度华年。娇孙欢膝下，童性一时燃。　　日月穿梭似箭，酸甜往事成烟。夜来灯下弄丝弦。春光留梦境，秋色入诗篇。

杜大成

（1952— ）江苏南京市人，大学文化。山西诗词学会会员、晋中市诗歌协会常务理事。与吴永生合著《集墨斋主书逸清山人词律草集》。

念奴娇·泛舟九曲

武夷山涧，九溪流，水出峻岗独秀。放棹竹筏疑旧路，梦幻少年时候。浪起蓬莱，金滩抢渡，应洞天仙友。轻篙击翠，杜鹃红缀青柳。　　峰转晒布高悬，云窝峭壁，曲径苍屏后。晚对烟霞天柱立，怒斥茶园陈垢。卧钓龙潭，镜妆玉女，拱月群星佑。水光石碧，晴川泊岸回首。

沁园春·江南归雪

翻越沂蒙，横跨黄淮，欲还金陵。见平原村舍，斑斑碎玉；江中倒影，颤颤寒星。几换桃符，未曾南下，今日归家榻古平。昨牵挂，竟身留百站，梦里常行。　　龙腾虎跃相迎，晨拱手、飞来全是霙。看清风缕缕，万般皆素；初阳昱昱，千里如晶。苦了梅花，含苞欲放，只待春回方尽情。长相忆，纵霜濒须发，难忘亲朋。

杜宇声

（1935 — ）本名王中庆，山西武乡县人。山西诗词学会会员。著有文集《紫风书笺》、《野翁侃诗》，诗集《龙吟瀑》和《痴情与自然》。

春游海金湖

澄泓万顷绿无边，梦幻如云荡此间。
若把平湖当稿纸，笔尖戳漏水中天。

赏文峰塔

玲珑宝塔入云深，饮露餐霞望北辰。
倒影漳河当酒看，一支醉笔撰奇文。

杜成春

（1946— ）大专文化，山西万荣县人。运城诗词学会会员、万荣县诗词楹联学会常务副会长。

颂万荣笑话 （新声韵）

万荣笑话始民间，智敏愚憨个性全。
讲至开心溅喜泪，读来捧腹绽欢颜。
河东父老人常谝，晋豫乡亲众爱谈。
庶吏工农怡体健，中华瑰宝九州传。

杜俊青

（1947 —　）山西榆社县人。农民诗人。著有《杜俊青诗集》，主编《云竹诗抄》一部。

鹧鸪天·新医保

瑞雪一场大地新，三农问题又传闻。今年岁月匆匆过，医保再加一倍金。　得大病，不担心。国家愿付七八分。穷人住院花钱少，胜切慈亲养育恩。

宝家沟

绿水青山抱小村，杏花谷里桃源人。
不知世外红装景，老妇歌随织布音。

杨　柯

（1940 — ）山西万荣县人。万荣县诗词楹联学会副会长，《万荣诗联》副主编。

浣溪沙·垣曲纪行

何处山川不是家？男儿足迹遍天涯。征程一路捲风沙。　　拂晓路边踏玉露，黄昏坡顶赏飞霞。灯前笑饮异乡茶。

鹧鸪天·城郊漫步

雨洗晨光耀眼芒，露凝秋草野花黄。果园鸟雀声声脆，池畔清风缕缕凉。　　离马路，远楼房，城郊近处漫徜徉。闲心最爱林间路，不觉徐行十里长。

杨 频

（1933 — ）河北高阳县人。北京大学毕业。曾任山
西大学副校长，学位委员会主席，化学教授，博士生导师。

谒聂耳墓

刀光血浪虐神州，四亿炎黄涕泗流。
国魄民魂凝一曲，长城再筑赖同仇。

菩萨蛮·布莱顿（三首）

（一）

人人尽说留洋好，留洋苦乐知多少。冷雨打
寒窗，孤灯秋夜长。　　锦衾独拥睡，枕上相思泪。
相思梦难成，无奈盼天明。

（二）

秋来此处风光好，萧萧微雨湿芳草。雨过出
彩虹，霞光照碧空。　　当年日不落，跨海艟艨泊。
瑟瑟又秋风，人间信不同。

（三）

风来漫卷滔天浪，一浪掀起高三丈。拍岸响
惊雷，珍珠万斛飞。　　岸边难伫立，海燕穿梭急。
雨弹铺地来，光鞭破天开。

杨山虎

（1942 — ）山西稷山县人。山西大学中文系毕业。中华诗词学会会员、山西诗词学会副会长、运城市诗词学会会长、稷山县诗联学会名誉会长。

太原春信

春到并州总是迟，清明杨柳绿才知。
嫩芽点点犹娇涩，正值围巾未解时。

漓江泛舟

一条玉带绕山行，载动南游三两生。
日照江心摇翡翠，船行浅底溅晶莹。
轻风拂面迎渔女，绿沫沾裳听笑声。
除却击舷歌唱外，江边唯有险峰横。

菩萨蛮·买蜂窝煤

开门瞅见人流泪，送煤不慎颠些碎：本可挣三元，反赔两块钱。　　看他煤满面，不觉心头颤。收起进门来，全依原价开。

菩萨蛮·哀菜农

　　一车嫩绿肥菠菜，老翁清早街头卖。三捆一元钱，市民皆笑颜。　　谁从泥满裤，想到园畦苦。更就得便宜，悯农收入低！

阮郎归·破车颂

　　破车已历十三春，咯吱声响频。走风漏气老牛奔，冬寒夏烤人。　　抛讪笑，碾风尘，赞扬时可闻。只因车内主人真，车才有了魂。

虞美人·夜放风筝

　　广场春夜轻寒里，橘色灯光美。携来孙子一同玩，直把风筝放上月明天。　　做过多少飞升梦，今夜风才送。喜看天色碧于湖，一尾鳐鱼嬉戏水晶珠。

一剪梅·西沟纪行

　　山垄行车类放舟。来到西沟，住在西楼。春光一派正风流。望去难收，说出难休。　　不愧声名播九州。农副兼优，林牧兼筹。勤劳男女满山头。正赶春牛，笑谱春秋。

江城子·重阳携侣登孤山

提壶带食去登山。兴昂然，笑声甜。石径松涛，一跃上山巅。金顶庙边朝下看，山四面，是人间。　　岩头野菊正斑斓。尽情玩，日西偏。一曲歌收，又摆野餐筵。凉水杯杯当菊酒，争对饮，爽如仙。

杨玉龙

（1952 — ）研究生学历。中华诗词学会、山西诗词学会会员。

黄山题诗

山陡疑无路，云飞似海涛。
只因豪气在，险处不为高。

神游张家界

　　丁亥深秋，考察湘赣，途经张家界一游。正值雨霁，恰遇云海。乘兴荡宝镜湖，登天门山，入武陵源，上黄石寨，奇峰变幻无穷，犹如仙境一般，令人心旷神怡，乐不思蜀。兴致所至，吟七律一首以记之。

秋风细雨洗群山，满目葱灵浮远烟。
十里奇峰留影去，百层胜景载梯来。
蒸腾云海峦缥缈，跳跃溪流林郁然。
登罢天门终不悔，武陵源里愿成仙。

杨有贵

山西盂县人。山西省作家协会会员，著有《仇犹诗选》。

春 景 （新韵）

芳原雨后香风轻，极目南山绿草绒。
隐隐前村闻叱犊，杏花深处闹春耕。

五台山桃花

几枝灼灼倚墙东，含笑轻匀缀嫩红。
却似武陵溪畔路，一番春雨淡烟笼。

杨怀胜

（1958 — ）大学文化，山西诗词学会会员。

中秋夜寄语汶川、玉树同胞

牵情寄意上重楼，欲望天涯海角头。
除去阴霾辉玉宇，依然明月照神州。

杨学功

山西运城市人。工程师，中华诗词学会、山西诗词学会会员。

自　勉

任凭日月转西东，七彩调和描淡浓。
春去春来人变老，花开花落果催红。
沉浮冰浪能磨志，壮纳山川为扩胸。
但幸夕阳无限好，白头羞作卧槽骢。

天安门断想

梦断皇权紫禁城，不闻万岁滚潮声。
颓然落叶秋风去，看似无情却有情。

回乡偶书

胜境仙踪吾眷尘，寒山土屋有娘亲。
他乡一叶归根梦，坡道弯弯识故人。

杨治国

（1962 — 　）山西和顺县人。西北大学经济与法律专业硕士研究生班毕业。现任和顺县委常委、副县长，晋中市作家协会副主席。著有《荷香斋诗草》。

述　怀

日经风霜日亦淡，一天秋雨一天寒。
岁至中年知凉热，收拾庭院好赋闲。

2001 年仲秋

烟台至大连海中

夜乘巨轮渡大洋，浊浪滔天欲断航。
铁甲堪壮游人胆，冷月孤照倍思乡。

1997 年夏

杨保青

（1963 —　）湖南宁乡县人，中华诗词学会、山西诗词学会会员。

颂抗雪灾烈士

搏雪雄鹰飘血羽，塔留浩气壮苍穹。
英魂化作灯千万，亮满灾民笑脸中。

谒介子推庙

千年介庙客如流，欲洗尘心步复留。
割股啖君勤晋业，辞封轻禄隐高丘。
深山奉母真纯孝，烈火焚身不拜侯。
腐吏汗颜廉吏敬，家家寒食荐珍羞。

难 老 泉

名泉日日漾银波，潭面缤纷映彩娥。
最赏芳渠鸣百里，千村唱醉小康歌。

梦　母

梦省慈颜夜月秋，浣衣人歇水悠悠。
院门欲扣轻回手，怕惹娘知涩泪流。

民工泪

打工外出脱贫寒，露宿风餐若等闲。
破晓赶宵嫌日短，弓腰负重恨身残。
楼高染汗追云易，薪薄归家望眼难。
梦里依稀妻女泪，心忧伤病盼工繁。

杨振生

（1947 —　）山西万荣县人。中华诗词学会会员、运城市诗词学会副会长。

飞 云 楼

一楼天外忽飞来，和月带云拔地裁。
犹记孩提攀斗上，乱群燕子扑人怀。

秦始皇兵马俑

千军万马气森森，始信中原胡姓秦。
剑戟寒光仍射斗，铜车宝座尚余温。
生前几溅荆轲血，死后深藏薛苈村。
墓道儒坑相去远，长城万里独留尊。

登岳阳楼

子美诗中水，范公笔下楼。
山衔太白月，浪拍湘君愁。
莫道蓬瀛远，今于海市游。
人间宠辱事，一任大江流。

题黄鹤楼

临江负险一雄楼，几度沧桑几度秋。
黄鹤排云来复去，青莲搁笔咏还留。
气吞云梦衔山远，帆缀烟波极目流。
千古英雄淘不尽，山河收拾待从头。

圆明园遗址凭吊

名园凭吊意如何，心事沉沉感慨多。
凤阙龙楼无觅处，残山剩水荡惊波。
风摧柱石岿然立，雨蚀烟痕兀自磨。
长梦千年一炬醒，废墟犹唱挽秋歌。

杨晋峰

（1959 —　）山西榆社县人。山西诗词学会会员，晋中市民间文艺家协会常务理事，晋中市书法家协会会员，县书法家协会副主席，县诗词学会副会长兼《漳源诗词》副主编。

戊子故乡春游

风和日丽物先知，竞向人间献美姿。
紫燕呢喃寻旧宿，黄莺婉转觅新栖。
桃花灼灼红千朵，杨柳依依绿万丝。
无限春光收眼底，骚人吟韵即成诗。

云竹湖晚景

云飞霞染紫波平，碧柳长堤暗复明。
情侣双双披彩至，心歌曲曲荡舟轻。

汪　洋

（1922－2004 年），河北高阳县人。曾任太原市文联副主席兼秘书长、《太原文艺》主编、山西诗词学会副会长。著有《汪洋诗文选》。

咏杏花村

慕名已久杏花村，千里酒香犹醉人。
有幸晚年来作客，三杯痛饮已消魂。

芦振基

（1943 —　）山西五寨县人。曾任山西省审计厅副厅长，山西省财政厅总会计师等职。现为中华诗词学会会员、太原诗词学会特邀顾问。

退 隐 诗

花开花落两由之，春去秋来我自知。
一树山桃皆结果，便当含笑待来时。

别　后

飞去天鹅杳不还，别时容易见时难。
瑶池那里托一梦，锁定佳期度万关。

送 某 君

细雨飘零好似秋，宜人气候待行舟。
君今远去云台路，来日相携此地游。

秋　思

暑热渐消秋际凉，思君夜里梦场场。
归来鸿雁是凭信，中秋圆月桂花香。

苏 澈

女，（1967 — ）山西平定县人。山西诗词学会会员、晋中市诗歌协会理事。榆社作家协会副主席，榆社诗词学会理事，榆中校园诗社社长。著有诗集《水银月亮》。

再游云簇湖

画船破浪荡悠悠，遥望梨花飞寺头。
昔日杜郎今尚在，扬州不下下榆州。

试和时新会长新作《鹧鸪天·元旦》

瑞雪飘香又舞新，梅花做韵绽奇闻。去年媚艳羞归去，谁叫诗风画月魂。　　思梦路，渐怀君，珠帘卷尽夜微熏。青鸿探看轻折柳，盼荡云湖再渡春。

苏再兴

（1948 —　）山西朔州市人。山西诗词学会会员，朔州诗词学会理事。

秋登雁门

驰目堞楼峦壑连，雄关曾此扼烽烟。
箛疑衰草风声里，松挺斜阳雁阵前。
战血今犹萦壮气，戍魂昔岂愧华年。
奔云最是回眸处，涌浪掀涛赴岭巅。

轩 峻

（1963— ）山西运城市人，大专文化。中华诗词学会、山西诗词学会会员，运城市诗词学会秘书长。著有《盐湖优美的琴》等。

华山日出

刺破云涛万里红，华山信美尽峥嵘。
目光如炬随时点，叠锦风光意趣浓。

拾雁粪

数九寒天骑垄行，雁鸣惊起两三声。
喜看绿粪盈筐满，难忍童心直扑腾。

绵山水涛沟

一入涛沟刮眼明，抛丝溅雾弄阴晴。
林柯染绿微蝉唱，漱玉满山皆和声。

关公锣鼓赴台

关公锣鼓赴台湾，空谷传音和韵全。
忠勇诚心关不住，春雷两岸一声连。

邵连成

（1947 — ）山西诗词学会会员、朔州诗词学会副会长。

翠楼吟（自由曲）

——吩咐管弦付侍候也者。

人生百年，大梦一场，蓦回首，两鬓飞霜。红颜少年，怎变成这模样？往事实堪伤，世态炎凉。纵不思量也难忘。不如把些酸甜苦辣，愁闷时浅吟低唱。

【琐窗寒】

说甚么平房楼房，画栋雕梁，富丽又堂皇；说甚么鱼香肉香，玉液琼浆，做饭有厨娘；说甚么古装时装，宝马尼桑，进出好风光。怎知俺抚着空床，守着空房，镇日价寻寻觅觅，冷冷清清，凄凄惨惨无心肠。

【淡黄柳】

听着那鸟儿虫儿含情相和唱，对着那花儿草儿无处话凄凉。数星星，盼月亮，耳听得一声街门儿响，急推窗，只见那柳絮儿飘，柳丝儿长。一双粉蝶飞过墙，庭院空荡荡。

【数黄瓜】

骂一声，负心狼，你喜新厌旧抛妻撇子丧天良！全不念同衾共枕恩爱长，全不念糟糠之妻不下堂。俺与你三媒六证鬓髻夫妻如今儿女已成行，俺与你三春六夏征南战北勒紧裤带盖新房，俺与你三茶六饭盘高碗低在家侍候爹和娘。一件件，一桩桩，你手拍良心想一想，那个垛儿对不住你薄情郎？

【醋葫芦】

就算你脑瓜儿灵，手气儿旺，胆量大，敢闯荡，正巧又碰上好时光，没多久混了个人模样。原以为俺苦日子看到了希望，没曾想，你红毛骡子学马走，一迈腿露出了驴儿相。有了钱，就张狂，包二奶，养偏房，五六年不登俺的床，抛闪得俺好凄惶。

【九回肠】

我人前装欢笑，背后暗悲伤。怨只怨心强命不强。守着吧，我看你回心转意没指望，越等等得没下场。走了吧，无奈我人已老，珠已黄，又抛不下儿女一双双。好教人，没主张。

【高阳梦】

早知恁么，想当初原是荒唐。没来由发个甚么财，葫芦提成了个老板娘。细思量，倒不如还做田舍郎：栽两亩青椒，种三亩朝阳，喂四个奶牛，养五个绵羊。累虽累，忙虽忙，也不愁箱有余钱，瓮有余粮。一家儿相依相傍，出门有个牵挂，回家有个商量。哪像这孤灯冷月良夜长，梦断巫阳，寸断肝肠。

邵裕仁

（1942— ）山西朔州市人,副教授,山西诗词学会会员。

谒司马迁祠

因才得士入宫廷，孰料直言受腐刑。
忍辱挥毫编《史记》，含冤奋力诉心声。
绘成历历英雄谱，铸就浓浓华夏情。
旷代雄文悬日月，史家绝唱客观评。

陈　涛

（1955 — ）山西原平市人。毕业于山西教育学院中文专业，山西作家协会会员、山西诗词学会会员，太原楹联协会常务理事、唐踪诗社副社长等。

晋祠稻田

沿途绿稻染汾川，乘兴驱车抵瓮山。
月照清流蛙唱曲，蝉啼碧树鸟鸣弦。
清音似赋源头写，雅韵如诗垄上传。
喜看荷乡萍蓼梦，今宵更带五湖烟。

登天龙山

晋祠游罢上天龙，磅礴青山一抹蒙。
满眼沟松流碧翠，半朝雪日耀晴空。
尊尊佛像悬绝壁，道道红墙嵌绿中。
喜绕流泉攀岭上，谁曾避暑住高宫？

陈　婴

女，（1927 — ）河北廊坊人。毕业于中国人民大学。中华诗词学会会员，曾任山西诗词学会副会长；现任山西诗词学会顾问、杏花诗社名誉社长。

题宗立《老子出关图》

陈迹先王说六经，道行无自不能行。
避丘我去无争也，出得关来紫气生。

题画梅

桥头初放两三枝，瘦影朦胧弄月时。
冰雪孕来春意透，何人雪里赏清姿。

题画兰

风裾月鬓美人来，碧蕊含香带露开。
堪叹人寰千种草，不如九畹一株栽。

题画竹

北国罕栽天地寒，纷给摇翠见江南。
偶思淡淡疏离影，奋笔疾书三两竿。

题画菊

谁家白菊开花早，报道东篱淡几枝。
恰似百川归海处，滔滔波浪涌神奇。

陈　锋

（1944－2008）山西芮城县人。曾任中华诗词学会、山西诗词学会会员，太原市桃园诗社理事。

重　阳

如牛负重喘苍山，默默耕耘四十年。
拼搏备尝千样苦，退休能值几文钱？
公平分配黎民愿，构建和谐社会安。
待举菊杯同一醉，桑榆把酒问青天。

陈 瑞

（1955 — ）山西榆社县人，大学本科。为山西省文联委员，山西省民间文艺家副主席，晋中市文联副主席，晋中市诗歌协会会长。著有诗集《不到黄河》、《生命如斯》、《陈瑞诗集精选》等。

故里榆社诗词学会成立感赋

骚坛风历路苍芒，诗赋从来笔是枪。
敢抵秦兵二百万，岂因成败论诗郎？
一曲民谣半玉壶，桑园唱出变迁图。
风歌雅韵一腔血，旨在与民鼓与呼！

陈大东

（1912 － 1996）河北省定县人。著有《耆年吟》、《老年吟》。

鹧鸪天·春行

晓月疏林烟雨风，曲篱春草小桥东。高翔归雁穿云朵，溪水潺潺绕古亭。　　汾水去，晋阳横，驱车越过碧湖中。叮呤一夜三更雨，唤起春歌遍地生。

陈永生

（1971－　）农民，山西榆社县人。榆社诗词学会会员。

山　果

山间凝赤果，累累压枝头。
艳尽无人采，悄然落末秋。

陈永胜

（1963 — 　）山西朔州市人。毕业于山西师范大学，山西诗词学会会员，朔州市诗词学会理事。

登应县佛宫寺释迦塔

今年农历六月初，陪同太原友人浏览应县佛宫寺释迦塔。途中细雨绵绵，待登上塔，雨住天晴，红霞满天，美不胜收。

六月金城万木荣，欣陪故友上佛宫。
巍巍木塔云中立，朵朵红霞雨后生。
极目苍山心欲醉，回头宝地气如虹。
中华瑰宝多奇丽，鬼斧神工日月明。

陈并芳

女，（1950—　）山西武乡县人。山西诗词学会会员。

丁香颂

古城春色招人爱，万朵丁香一夜开。
五彩斑斓织锦绣，幽香清淡沁心怀。

陈庆义

（1955 —　）大专文化。山西省晋中市诗歌协会理事。

高原写景

边关六月仍残春，大雨将临楼满风。
霁后斜阳戈壁暖，昆仑雪拥半云中。

读陆游《沈园二首》

梦里池台几处空，悲情未许良缘终。
园中老柳如知怜，应吐新绵慰放翁。

秋日偶作

深秋冷月映窗明，去雁哀声不忍听。
夜夜思君终未见，空留晓枕几多情！

陈志强

（1950－　　）山西潞城市人。《三垂冈》诗刊编辑部主任。

"嫦娥"九天揽明月

菠萝两岸雨缠绵，一发千钧箭扣弦。
滴翠苍松翘首望，镶金烈火破云穿。
环轨拍摄三维影，倒海轰鸣九合天。
探测星球睁慧目，遥程拜谒紫霞仙。

陈建义

（1953 －　　）

登秋风楼赋

又是天高云淡时，秋心廖落客先知。
南飞雁阵塞声远，西去黄河低雾迷。
一曲清辞留绝唱，九州后土仰宗祠。
莫因衰草添愁色，枫叶可题绝妙诗。

陈振民

（1937 — ）山西万荣县人。山西诗词学会、运城市诗词学会理事，万荣县作协主席。

夜上发云寺

夜上发云寺，青霄伴月轮。
顺将擒虎调，唱与广寒人。

雨中梨花

丝丝春雨罩如纱，举伞田园小径斜。
去赏前林一片雪，原来梨蕊尽开花。

浣溪沙·河滨夏夜

星斗阑干月影斜，村姑打麦放权耙，场西河畔话桑麻。　几段琴酣鱼入梦，数声笛脆水扬花，丰收小调赞农家。

水调歌头·中国的发言

莫道巡天事，只在美俄间，炎黄后辈骄子，也善驾飞船。早有嫦娥万户，做尽飞天痴梦，只惜暂难圆。圣代风光异，一跃出摇篮。　　群情奋，欢声动，遍人寰。科技台幕升起，中国要发言：华裔从来有种，自古龙飞九五，今日更加鞭。敢舀银河水，洒雨润人间。

冬日菜农

温床残梦尚朦胧，小巷频传卖菜声。
最悯田家农事苦，寒天犹自赶黎明。

陈桂花

女，（1952 —　）山西晋城市人，大专文化。中华诗词学会、山西诗词学会会员。著有诗词集《寒潭秋影》。

品　梅

冰魄雪魂韵几重，舞烟映月玉玲珑。
霜晨晓角君独秀，铁骨生春天地荣。

赏　桃

粲然一笑春枝秀，醉日流霞百媚生。
恍似香君扇底隐，薰衣插鬓彩云腾。

秋　影

岸远波寒动客心，心声心韵对谁吟。
沉沉漠漠秋光冷，寄语清流送好音。

小女出嫁日

杨柳青青映满窗，小家碧玉正梳妆。
琴鸣鼓点声声唤，披起婚纱回望娘。

念　儿

月魂月魄月华柔，天上人间处处幽。
魂在瑶台垂素影，箫声起处泪空流。

减字木兰花·探春

攀梅折柳，渡水穿云飞翠袖。觅觅寻寻，眉眼盈盈恁上心。　　碎红新绿，梦转纱窗添意趣。春若有情，残月晓星枕上明。

永遇乐·太行秋吟

隐隐峨峨，水长天远，横岭清绝。万木千峰，送青耸翠，把画屏轻折。流泉飞瀑，似歌如诉，多少春花秋月。步琴台，吟风作句，漫邀白云红叶。　　凌虚昂首，仰山之峻，还念英豪人物。咏古叹今，桃花源里，且慰忠魂悦。太行胜地，龙盘虎踞，处处奇才浑泼。秋声里，锦笺玉管，曲扬韵叠。

减字木兰花·重阳探荷

池心水面，色悴妆残形自散。露冷风凄，翠隐香飞无可依。　断红晚照，犹恋重阳画角好。流水知音，荷老塘寒谁在吟。

蝶恋花·表妹的果园

沉醉东风杨柳岸，红杏出墙，鹊踏枝头探。蝶舞蜂喧桃李艳，这边春色谁装扮？　且看美人两手茧，东剪西裁，夏圃秋庭满。依翠偎红别样倩，绿林深处藏人面。

【中吕·山坡羊】赵树理诞辰百年祭

山能不语，水能不诉，怕惊长岭人眠处。清风居，黄花菊，尉迟夫改仍如故。树理坑头情几许？情，系父母；书，百姓苦。

陈福喜

（1953 — ）山西太原市人。太原服装城集团常务副总经理、太原来福集团董事长。山西诗词学会副会长兼来福诗社社长。

草 原 行

茫茫云海望无边，催马奔驰大草原。
遥知天草相连处，一点思念在家园。

求知——赠陈燕赴英国留学

千年交替远飞西，万里求知轻别离。
儿女胸怀振兴志，莫叹异国故人稀。

千 岛 湖

富春江水溢淳安，湖色金秋映鹊山。
奔月嫦娥瑶林宿，三千西子下江南。

汾河有感

如烟碧水映蓝天，绿树成阴花草鲜。
日照汾河留晚渡，雁丘情种感人间。

玉龙雪山

遥看山下绿如春，倚索飞过夏秋冬。
脚踏流云奔日去，玉龙饱览十三峰。

小 三 峡

瞿塘石壁吐红霞，入峡清流泛水槎。
滴翠峰高云起处，半山红叶有人家。

大漠黄沙

塞外风光处处好，乘驼漫步信由缰。
连绵起伏千丘路，大漠黄沙万里长。

游美国大峡谷

溶岩变化造奇观，河水延绵谷底穿。
百里长峡分两岸，峰高千尺入云端。

陈嘉文

（1932— ）山西临猗县人。大学学历,省作家协会会员。

忆鹳雀楼

游目古名楼，人生不觉愁。
心随山势转，情逐大河流。

龙门石窟

游目龙门韵致多，双山共抱一伊河。
万形佛像坐崖壁，三孔长桥卧翠波。

周　力

（1927 －　）山西定襄县人。中华诗词学会、山西诗词学会会员。

赞衡宝战役

衡宝战役征腐恶，腰斩七军战功赫。
四野健儿军威扬，雄师震慑小诸葛。

1949 年 11 月 6 日雨夜于衡阳

【注】
七军系国民党白崇禧主力。国民党吹嘘白崇禧为"小诸葛"。

喜庆回归

一国两制显神威，四海欢呼香港归。
国耻民忧今已洗，神州一统尽朝晖。

1997 年 6 月 30 日

周长胜

（1939－　）山西新绛县人。中国楹联学会、山西诗词学会会员。

游普救寺

红墙月影弱竹风，疑是莺莺细语声。
故事虽随秋水去，西厢花草总含情。

秋风楼感赋

睢上鸥飞迎险浪，奇楼古道载情怀。
莫言汉武输文采，一曲秋风唱不衰。

浣溪沙·早菜市

韭嫩瓜黄豆角青，紫茄红柿比晶莹，珍珠玛瑙市街行。　　讨价嫂姑言似箭，菜农小伙语低声，高高秤杆脸红红。

浣溪沙·新居

　　小院白楼大客厅，向阳花木映阶红。窗含帆影远山亭。　　祖辈残垣围断壁，秋风茅屋伴寒灯，而今甜梦笑声轻。

孟　飞

山西临县人。

巴　蜀　情

长江已改旧时容，画里渝州日正红。
天府引来天外客，蜀川腾起蜀中龙。
心连锦水三千里，情系巴山十万峰。
梦笔频传诗韵事，浣花溪畔待重逢。

孟凡华

女，（1973 － ）黑龙江人，学士，工程设计师。毕业于黑龙江商学院（今哈尔滨商业大学）。

老友来访随笔

友自故乡来，恰逢桃李开。
茶呼君子意，酒满玉人杯。
引袂沽山去，歌舟狎水回。
芝兰仍有约，落日莫相催。

春　日

日上野烟轻，欣春弄晓晴。
风摇千树绿，鸟语一山明。
饮露花贪醉，辑舟人忘情。
此间真悦性，鸥逐两三声。

清明祭父

天地接苍苍，此间人独觞。

梨云一树雪，柳梦满阶霜。

雨落摧心碎，松摇哭冢荒。

干杯犹恨少，未得解阴阳。

老槐树下随感

冢身逐蔓莱，一令百年哀。

白发心归去，清风影倦来。

持香焚驿路，无语望碑台。

多少思乡泪，喑喑向古槐。

送　别

昨夜霜沉冷见欺，天涯零落故园枝。

凝心万语别离处，咽泪千言挥手时。

无欲投桃花下好，徒怀报李个中痴。

愁来翻觉思成絮，只道西风意不知。

孟庆雯

女，（1969 — ）山西太谷县人。山西诗词学会会员，晋中诗歌协会副秘书长、仰山诗社副秘书长。

邀月（二首）

（一）

盈盈水月浥轻烟，飒飒金声叩小轩。

且解珠环邀玉兔，竹间桂阕共无眠。

【注】

竹间：作者书斋名。

（二）

幽谷绕泉清，霓霞映晚枫。

遥遥枝影处，素素一盘冰。

孟宏钦

（1949 — ）河南偃师人。毕业于山西大学中文系。现任山西电台高级记者，山西诗词学会理事兼副秘书长。

游北山寺

索迹循图正渺然，路人指点向前山。
白云深处藏青塔，绿树丛中现赤檐。
道教疏山开净果，儒生镂玉谱金笺。
周游烟雨十八洞，步健心清身欲仙。

暮至西曲

风凋黄叶荒林瘦，雾锁青峰秋气浓。
细水蜿蜒萦似带，苍山耸峙屹如屏。
梯田迭绣金禾壮，岭树翻波夕照明。
日尽已改西曲镇，星灯灿烂暮烟笼。

春访山乡

春到郊西花气爽，驱车百里访山乡。
松杉遍岭接天碧，油菜漫坡铺地黄。
几缕青烟升瓦舍，一枝红杏露花墙。
扣门猎狗冲人吠，迎客房东里外忙。

尚振东

（1944 — ）山西万荣县人。山西大学物理系毕业，中学高级教师。中华诗词学会、山西诗词学会会员。

题壶口瀑布

奔腾万马下壶关，咆哮嘶鸣晋陕川。
回首云崖三百丈，不辞日夜报轩辕。

岳中先

山西诗词学会会员，太原诗词学会暨太原桃园诗社理事。

赴安泽参加《荀子文化节》

昨天才赋愉园楼，今又驱车安泽游。
远望蓝天云掩日，近观碧水雾遮舟。
常思先哲兴华夏，更念精英治冀州。
世上都求真善美，和谐社会话源头。

岳培民

（1945－　）山西柳林县人，大学本科学历。曾任方山县县长、县委书记，中共吕梁地委副书记。现任吕梁市人大主任。

刘胡兰纪念馆

英姿飒爽立茔前，瞻仰游人有万千。
北斗七星同不没，头颅换得五星妍。

庞泉沟自然保护区

万树参天翠色深，流泉响处隐珍禽。
莫言此地多幽僻，岩壁名家刻墨痕。

〖中华诗词存稿·地域专辑〗

中华诗词学会 编

山西诗词选

（三）

李旦初 编

中国书籍出版社

China Book Press

图书在版编目（CIP）数据

　　山西诗词选 . 三 / 李旦初编 . -- 北京：中国书籍
出版社 , 2020.8
　　（中华诗词存稿）
　　ISBN 978-7-5068-7887-6

　　Ⅰ . ①山… Ⅱ . ①李… Ⅲ . ①诗词—作品集—中国
Ⅳ . ① I22

　　中国版本图书馆 CIP 数据核字 (2020) 第 107985 号

山西诗词选·三

李旦初 编

责任编辑	李国永
责任印制	孙马飞　马　芝
封面设计	采薇阁
出版发行	中国书籍出版社
地　　址	北京市丰台区三路居路 97 号（邮编：100073）
电　　话	（010）52257143（总编室）　（010）52257140（发行部）
电子邮箱	eo@chinabp.com.cn
经　　销	全国新华书店
印　　刷	北京虎彩文化传播有限公司
开　　本	710 毫米 ×1000 毫米 1/16
字　　数	21 千字
印　　张	20
版　　次	2020 年 8 月第 1 版　 2020 年 8 月第 1 次印刷
书　　号	ISBN 978-7-5068-7887-6
定　　价	698.00 元（全 3 册）

目　　录

庞友益

（1928— ）山西清徐县人。天津师院肄业。原任山西人民广播电台文艺部副主任、高级编辑；中华诗词学会、山西诗词学会会员。著有《晚笑诗集》、《河汾吟草》、《冬荣腊果》。

南歌子·大理洱海颂

大理风光好，玉雕工艺精。观光琼彩羡珠莹。神药"冬虫夏草"，健诸生。　　洱海游船渡，《洞经古乐》鸣。琴弦舞蹈伴筝声。白族风情多彩，志胸膺。

2002 年 6 月

沁园春·咏石林

绝世奇观，异境天开，神秀出群。眺千峰竞秀，群岩碧涌；人间仙境，鸟类瑶林。石笋朝天，瀑泉激地，世界奇珍难觅寻。人钦仰，慕岩溶地貌，鹿阜琼津。　　奇雄俏丽清森，俱夸美，清殊列国琛。又大三弦舞，《阿诗玛》片，精良技艺，淳厚贞纯。民族风情，人寰胜景，希罕神奇万国歆。休声赫，得国家保护，环宇垂芬。

2002 年 6 月

庞巧莲

女，（1966－　）山西榆社县人。榆社诗词学会会员。

月夜情思

乌云压顶日沉西，霜染蜗居独影低。
我醉夕阳依古树，谁披暮色去心泥。
冬寒昨夜陪星月，春暖今晨印马蹄。
莫道沧桑多变幻，扬鞭奋起筑诗堤。

雪晴图

天地茫茫素线连，柳丝缕缕舞翩跹。
枝头戏雀鸣声翠，惊落梨花仙醉园。

庞励刚

（1944— ）山西榆次市人，山西诗词学会会员，晋中市诗歌协会常务理事。

观梅葆玖先生演出感怀

小城有幸大师来，素面清音亮满台。
媚态三摇拂细柳，秋波一点叩心怀。
《别姬》舞剑身难老，《醉酒》吟歌韵不衰。
国粹传人今应在，梅花朵朵伴君开。

2005 年上元节夜

方山吟（二首）

（一）

寻诗觅画寿川行，神入方山绿态中。
欲问春光何处有，桃花一笑醉人红。

（二）

方山艺道有丰碑，咏叹桃花妙韵飞。
儒脉缘何偏此地，祁公故里尽诗魁。

庞宏亮

（1963 — ）阳泉市文联副秘书长、市文联文学艺术创作研究室副主任、市文学艺术发展促进会会长、山西省书法家协会理事、阳泉市书法家协会副主席兼秘书长、石舟印社副社长。

秋　风

叶落惊飞鸟，行人步履迟。
风沙遮丽日，疑在暮归时。

忆江南·思乡

山依旧，岭上望青松。蝉噪鸟鸣林欲静，晨光锁雾路无踪，情在梦乡中。

易海清

（1934 —　　）湖北黄冈人。毕业于黄冈师范。太原西山矿务局中学教师。

故园盛夏

微雨群芳薄薄纱，熏风皱水隐鱼虾。
千层稻涌黄金浪，万朵莲开红白花。

林　昶

（1948 —　）山西临县人，大专学历，中学高级教师。

石州夜

暮笼石州舞凤凰，千姿百态意飞扬。

数行弱柳悠闲地，几处霓虹热闹乡。

两岸华灯融夜色，一湖镜水入星光。

凌空忽见飞龙动，势欲长吟向远方。

【注】

① 石州之凤山顶设置霓虹数百米，夜晚彩光流动，若长龙跃空飞动。

中　秋

又是中秋月满圆，清辉舒洒润人间。

高楼笑语飞天外，陋室祥云绕树边。

梦里依稀思玉兔，花间缱绻傍金泉。

今宵皎色怡然入，明日朝阳更艳天。

武正国

（1940 —　　）山西交城县人。大学本科毕业，研究员。曾任中共山西省委常委、秘书长，山西省人大副主任。现为中华诗词学会副会长，山西诗词学会会长，中国作家协会会员。在诗词方面编著出版的专集有：主编《民族魂》、《新田园诗词三百首》、《论新田园诗词》、《论诗千首》、《从洛杉矶到北京——中国奥运冠军风采录》等；著有《拾贝集》、《三晋咏怀》、《三春集》、《抗震救灾群英颂》、《北京奥运群星赞》、《植物王国记趣》、《动物世界探奇》、《武正国短诗选》、《武正国诗词选》等。

平遥双林寺

彩塑上千尊，多姿各有神。
耳犹闻笑语，孰谓俱泥人！

无　题

撇捺向心立，相扶情笃真。
不争长与短，合力写完人。

金丝燕

人爱燕窝美，谁知营造难。
呕心岩壁上，沥血一团团。

山庄窑洞

冬天温暖夏天凉，崖是篱笆山是墙。
欲找邻居聊趣事，登梯径上自家房。

山 村 夜

星星瞧我我瞧星，花草隐身尤觉馨。
静坐溪边听浪语，乾坤心底两空灵。

雅鲁藏布江

雪山溶下万条溪，曲折迂回路不迷。
广纳百川成浩荡，眼光向海岂为低！

再游普救寺

莺莺入殿步轻摇，惹得众僧偷聚焦。
师傅回身怨徒弟，将头误作木鱼敲。

谷熟时节

一色金黄艳胜春，无须粉饰自迷人。
恰如少女初丰满，俯首低眉别有神。

逢山西书画研究院剪彩致诗友王东满院长

国粹诗书画，同胞骨肉亲。
三妮先聘富，二妞正辞贫。
大姐嫁妆塞，寒闺待字辛。
开张研究院，尚记苦吟人？

苏州园林

赏景何须大，心闲情自殊。
借来他处塔，妆点自家湖。
步步流诗韵，层层涌画图。
悠哉成对鸟，水上并肩凫。

赌　徒

白日黄粱梦富豪，夜间蹿入禁区捞。
从狼嘴里挖腥食，向虎腮边拔汗毛。
忽赚忽赔赔盼赚，越挠越痒痒催挠。
方欣割得对家肉，转瞬心窝血溅刀。

回乡葬母（三首）

（一）

惊闻母病入膏肓，汗浸单衫背透凉。
本望归来求侍药，焉知探视变奔丧。
曾熬孤独百般苦，未享温馨一面祥。
轻抚慈容空自悔，为何不趁早还乡？

（二）

肃立灵棚思绪纷，如今相聚竟相分。
盼儿夜夜儿终返，呼母声声母可闻？
蜡泪已随人泪淌，灯心更伴我心焚。
潸然细雨由天降，星月无光尽入云。

（三）

灵车缓缓向前趋，景物依然情却殊。
曾是送儿求学路，今成引母不归途。
途经枣树您勤植，身纳阴凉我愧图。
坎坷行程终点现，肝肠寸断步踟蹰。

相见欢·登成都望江楼

雨中健步崇楼，洗烦愁。翠竹葱笼争绣锦江秋。　草堂影，古祠顶，眼中收。能不缅怀工部武乡侯！

浣溪沙·春到山乡

柳绿桃红连翘黄，麦苗青翠菜花香。清风细雨润山乡。　春燕轻歌穿树顶，耕牛小憩卧田旁。农家下种抢墒忙。

虞美人·离石汉画像石博物馆

千秋艺术文明馆，精品厨窗满。星移斗转一天天，怎奈门庭冷落导游闲。　莫非门票三元贵，也算高消费？请君抬眼望邻居，总见豪华酒店座无虚。

行香子·除夕放炮

　　焰火喷光，五彩飞扬。万家人、共奏华章。欢欣最数，膝下孙狂。竟乱抓鞭，还抓炮，更抓香。　　追思我幼，日寇嚣张。炮声中、杀戮烧房。跟随父母，连夜逃荒。恨肚儿饥，鞋儿破，道儿长。

采桑子·游重庆

　　两江弯曲穿城过，江在城中，城在江中，来往车船四面通。　　琼楼密集梯形布，楼在山中，山在楼中，高处夜观灯火红。

罗连双

（1949 — ）山西五台县人。山西财经学院毕业，长治诗词学会副主席。著有诗集《君山集》。

五台山二首 (选一)

千亩松林万亩坡，辉煌寺庙竞巍峨。
凡心常得沐明月，俗眼休教窥欲河。
天下红尘三寸气，云间碧水亿年波。
但留一片真纯在，世上无人不佛陀。

上党水乡（二首）

（一）

出诗入画胜江南，一例风姿欲逗天。
山影安然人影乱，小鱼忙煞大鱼闲。
忽如气壮阵云白，又若心平曲水蓝。
待到秋深霜染后，可来摘取一枝还？

（二）

不知何处有神仙，寻到茫茫山水边。
山抱青松同不老，水涵芳草共为鲜。
秋波升作清清气，霜叶幻成颗颗丹。
举目皆为心里物，何须羽化上青天。

申纪兰二首 (选一)

华夏几人称国宝，君为麟角与凤毛。
一身土色光天地，半世风华羞艳娇。
官本轻时民本重，利根弱处义根牢。
年年昂首北京去，大会堂中论国韬。

罗晓龙

（1956－ ）山西榆次市人，晋中市诗歌协会副秘书长。

初游梅苑山庄（二首）

（一）

依山傍水雾朦胧，夏日初荷逗钓翁。
湖面轻舟驰似箭，倏然已在画图中。

（二）

昔日山村难觅踪，楼台水榭没林丛。
荷塘映日鳞波闪，又见东湖卧半峰。

范丽才

（1949— ）四川成都市人，曾任太原市南城区教材
编辑室编委。

午 梦

午梦初回淡若仙，茫茫人海自年年。
流莺唤起离人思，又值江南二月天。

春 行

乍寒乍暖试春衣，郭外清流映翠微。
一路鹧鸪声不绝，锦囊得句却忘归。

范胜利

（1947 — ）山西新绛县人。山西师大中文系毕业，高级教师，山西诗词学会会员。著有诗文集《听雪集》《大明十六帝》。

燕 儿

久居台岛感凄凉，春日登高望故乡。
捉个燕儿旋放手，北飞捎信告亲娘。

踏 青

麦苗青翠菜花黄，莺子翻飞燕子忙。
何处花儿飘艳味？引来蝴蝶采春光。

赠 友 人

清清白白度人生，无职无钱无显名。
剩有嶙峋傲骨在，敲来犹自带钢声。

一剪梅·兰舟曲

　　一桨春风碧水流。阿妹阿哥，共上兰舟。湖光似镜月华幽，红豆拈来，相偎船头。　　软语商量笑语稠，哥愈欢欣，妹愈娇羞。佳期算定结良俦，早在今春，迟在今秋。

郑 重

（1926 — ）山西襄汾县人。中华诗词学会、山西诗词学会会员，太原诗词学会、桃园诗社顾问。

赞抗震小英雄林浩

九岁顽童天胆量，临危不惧救同窗。
犊牛敢抵凶狼虎，家国将来好栋梁。

有感诗词精装巨册泛滥

编审贪财不重文，东寻西觅乱拉人。
有钱即聘主编位，授罢"诗星"又授"神"。

郑福太

　　（1957 —　）山西盂县人。高级经济师，研究生毕业。山西省农行直属晋阳支行党委书记、行长。中华诗词学会理事，山西诗词学会副会长兼虹巢书画院院长。

情　望

　　天高时节水悠悠，万里清香总是秋。
　　情酿半杯今生醉，一轮明月挂心头。

乔家大院

　　檀院九重悬旧月，驼铃五代逐长风。
　　世间多少斑斓梦，霞映楼头落日红。

醉乡春·觅同舟

　　大梦莫寻头绪，微醉几多心语。世间路，总崎岖，谁与旷途遥旅？　　我以胆肝相予，可换真情几许？托生死，觅知音，举帆彼岸同舟去。

清平乐·早春赋

东风融雪，清气凝惊蛰。满目朝霞添喜悦，信手掀撕旧页。　　水流百折澄明，时空不移真情。万物应春萌动，我先布谷啼鸣。

沁园春·贺五台山申遗成功

五鼎摩天，岭曲星河，好个幽渊。望雪封北嵒①，云横崖畔，雾飞麓际，岚淡沟川。叠翠松峰，飘香花岸，浪卷清凉②汇百泉。钟灵秀，铸非凡圣地，景象怡然。　　萦怀梵宇琼田；令神佛禅耕万顷莲。那铜亭白塔，金明玉显；陡阶螺顶③，法结皇缘；僧客如流，磬烟袅袅，一善雄浑造大千。君知否？沐无声至爱，心系魂牵。

【注】
① 北嵒：指北台，是五台山最高峰，海拔 3058 米，号称"华北屋脊"。
② 浪卷清凉：指清凉河，由众多泉水汇聚而成；
③ 螺顶：即大螺顶，为皇家寺庙。

沁园春·清泉一泓《难老泉声》刊行百期赋

　　难老神泉，一脉清流，独映嶙峋。释剪桐必诺①，当询周柏②；太宗问鼎，可数槐轮。深谷腾蛟，摩崖现佛，几度尧天舜宇新③。此西岸，人道风水地，紫气氤氲。　　唐诗万卷分陈，半三晋④、半天下杰人。慕柳州⑤摩诘，田园得道；子安之涣，笔落无垠。岭外云峰，红霜青主⑥，以节镌诗字万钧。续长韵，我辈高肩立，再揽星辰。

【注】

① 剪桐必诺：周成王剪桐封弟之典。

② 周柏唐槐：难老泉周围之古木，现仍茂盛。

③ 几度尧天舜宇新：山右史上曾多次出现帝王。

④ 半三晋：山右古代文人辈出，唐时尤众，故有"一部唐诗半三晋"之誉。

⑤ 柳州：柳宗元人称柳柳州；摩诘乃王维，子安乃王勃，之涣即王之涣，皆为山西唐代人杰。

⑥ 红霜青主：指清初近圣大贤傅山及诗集《红霜龛集》。

太原解放六十年祭

长风直起破关山，欲引春晖换纣天。
义骨横坡萌玉竹，忠魂绕岭化岚烟。
松涛厚重千秋颂，隼啸高空万仞传。
叩约英灵碑首眺，无边盛象可安眠。

爱　晚　亭

岳怀万木郁葱葱，峡曰清风别样雄。
人道楚才鸿翼劲，亭前汲露便凌空。

洞庭八百里

烟波浩淼极南垌，四水三江入洞庭。
秋近鱼肥船棹密，晚涛芦语任君听。

降大任

（1943 —　　）1967年毕业于山西大学历史系。原任《晋阳学刊》主编，中国元好问学会副会长。山西省社会科学院研究员，山西诗词学会常务理事。著有《元遗山新论》、《咏史新注析》、《黄河古诗词》等。

四十年母子重逢感旧（六首）

（一）

四十年来思母泪，梦中惊起总惘然。
时逢暇日常余憾，每恨清光不共圆。
膝下承欢成断念，床头侍问失前缘。
飘零惯见孤鸿影，敢怨天公作意偏？

（二）

旧梦西川逐逝波，儿时嬉戏傍山阿。
阿婆惠享锅巴饭①，慈母欣闻老虎歌②；
失手栏干惊命绝③，回生针药庆春和。
谁知长大成悲忆，更历艰虞风雨多！

（三）

江南访讯到姑苏，踏遍虹桥旅况孤④。
遗迹难寻思仿佛，留真细认泪模糊⑤。
岂知世味亲情减，那计风尘布履污。
灯火万家何处是？檐间应羡燕将雏。

（四）

忽报云间有书来，乍见翻疑急急开。
初惊舅氏还邻海，更喜亲慈尚滞台⑥。
块垒难抒心志苦，伶俜顿了半生哀。
无言把笔何由答，但仰高天意转回。

（五）

乱离岁月事纷纭，仓卒徒身踏浪行。
家计操持柴米累，乡情眷顾货财轻⑦。
遥怜隔岸存儿女，幸得通邮罢戈兵。
祈愿神州归一统，重来团聚泪如倾。

（六）

蕉风椰雨度昏里，剩有亲朋似散星。

最苦中年殇孺子⑧，当怜老去仗阿屏⑨。

人情谙练名心淡，素志坚诚圣意灵⑩。

天理产公崇博爱，循知嘉运卜康宁。

【注】

① 保姆阿婆知予喜食锅巴饭，每饭预留供取。

② 儿歌："两只老虎，跑得快……"

③ 居重庆时，偶戏犬堕楼下，沿坡滚落江边，一时气绝，急送医院救治始苏。

④ 文革间专赴苏州访母踪迹未果。

⑤ 随身带有吾母玉照一帧。

⑥ 1989 年春，由台湾江津同乡会得舅氏来函，得知老母尚居台中，乃有日后重逢之幸。

⑦吾母初至台生计艰难，多赖乡亲照应度日。

⑧母亲在台育有一子，早夭。

⑨母亲 43 岁后独居，惟小妹阿屏侍侧。

⑩母亲皈依基督教，礼拜甚勤。

安泽黄花岭即景

崎岖夹道看黄花，璀灿迷人醉锦霞。
满目深深兼浅浅，横枝整整复斜斜。
莫因俗务常乖愿，但得偷闲稍驻车。
共约荀卿赏好景，何辞仆仆路途赊。

读林鹏先生《蒙斋读书记》

九死惊回百战身，萧然依旧布衣轻。
权门乞势惭无术，浮世沽名谢不能。
思想当年曾化虎，风华此日欲骑鲸。
鸡鸣催舞倚天剑，吟罢离骚意未平。

侯外庐

（1903 — 1987）山西平遥县人。历史学家。

贺新辉同志寄示《平遥双林寺游记》感赋（四首）

（一）

游记依稀眼暂开，故园千里梦萦回。

双林五百阿罗汉，多少降龙伏虎才。

（二）

攒眉怒目四金刚，龙女扶持在士旁。

都是世间真实相，人情物态此中藏。

（三）

乡邦风物又新清，白社双林旧擅名。

多谢人民勤护惜，瑰琦婀娜各峥嵘。

（四）

游戏禅房花木深，儿时结伴过双林。

庭中老柏能相忆，七十年前总角人。

侯玉平

（1949－　）山西左权县人，左权宏远学校办公室主任。

十六令·麻田春色（五首）

（一）

春，漳水柔歌万象新。
微风起，碧水映彤云。

（二）

春，叠翠峰峦怪石嶙。
连翘艳，岭壑洒黄金。

（三）

春，麦浪轻吟柳絮纷。
呢喃燕，衔绿剪风尘。

（四）

春，马叫人欢笑语频。
牛鞭响，犁下播黄金。

（五）

春，塞上江南月一轮。
思乡梦，醉觅画中人。

侯振发

（1950 —　）山西河津市人。中华诗词学会、山西诗词学会会员，运城诗词学会副秘书长。著有《心海豪唱》、《涧水情长》、《情志直抒》等。

鲤跃龙门

桃花浪暖化龙欢，胜地铿锵战鼓喧。

三跳心潮齐虎胆，攻坚连克勇争先。

姚　华

（1935—　）山西大同市人。毕业于山西大学。大同市诗词学会副会长。著有《清心集》、《清心集续编》等。

暮秋登恒山

蜿蜒百里上恒山，云绕千峰好壮观。
雁过惊君同翘首，风吹笑客欲扶冠。
轻霜盖地行人少，热汗淋头举步艰。
动问何人攀北岳，相随旅伴尽华髯。

晚年乐诗

归来十载半诗魔，似傻如狂可奈何？
梦里常思谋对句，灯前遐想乐吟歌，
山河壮美撩人醉，花木幽香促我和。
莫道暮年情自减，七旬老骥不蹉跎。

姚丑年

（1953— ）山西芮城县人。中华词学会、山西诗词学会会员，芮城县黄河诗社社长。

思　念

清明将至泪涟涟，肠断孤坟夜不眠。
昔日偕妻归故里，今年子影送冥钱。

一道人防保太平

病毒艾滋肆意行，犹如魔鬼祸苍生。
潜藏血液张传李，贻害胎儿母染婴。
韵事风流多隐患，洁身自爱永康宁。
神州飘动红丝带，一道人防保太平。

姚仁承

（1948－　）山西阳泉市人。太原十五中学高级教师。

秋　夜 (新韵)

残阳半掩挂青峰，空谷悠悠闻暮钟。
扶杖归敲寺门晚，清泉朗月已秋声。

姚奠中

（1913— ）山西稷山县人。山西大学文学院教授。曾任中文系主任、古代文学研究所所长、山西省政协副主席、山西古典文学学会会长。现任中华诗词学会顾问、山西诗词学会首席顾问、山西书法家协会名誉主席。著有《姚奠中论文集》、《姚奠中诗文辑存》、《姚奠中书艺》。

泗县感时

1938年春，同门柏耐冬等组织抗日游击队，余往参加，赋此。

儒生流落依戎马，故国飘摇风雨间。
一片丹心伤碧水，两行红泪哭青山。
梦中沉痛诗和血，觉后凄凉月满圆。
志士英雄应即作，从头重整旧江关。

绝刘真如

1940 年盛夏，国民党安徽省党部主委刘真如，邀余相见，以示笼络。余甚鄙之，即以书与绝。爰赋此章寄慨。

何物刘公子，窃居要路津。
胸中无国难，眼底只私恩①。
遍野烝黎苦，满朝豹虎尊。
谁能屈亮节，跣履向朱门！

【注】
① 刘谓余，只要追随他，就前途无量云云。

过禹门

1976 年暑假返里葬亲，过禹门有作。

不见家山十二年，归来满目尽凄然。
烝民乃立思神禹，古渡斜阳哭逝川。

晚翠园①

五月滇池水，临风起浪涛。
妖魔衢路舞，文采府墙高②。
又洒江湖血，如闻天地萧。
园居非隐士，花木正娇娆。

1948 年春，昆明

【注】

① 云南大学教师宿舍之一。园门署晚翠园三字，为胡小石所书。

② 时"反饥饿、反迫害、反内战"斗争非常尖锐，遭到血腥镇压。云大东围墙，成了当时的"民主墙"。

中秋明日国庆

1955 年 9 月 30 日，首都正开青年积极分子大会，十元帅、十大将也将于此日授军衔。

佳节中秋连国庆，人间处处尽笙歌。
京都累日风光丽，大地今宵明月多。
奇迹千般推少艾，功勋百代铭山河。
前途展望无边好，只为工农有斧柯。

昆明文论会

1979 年春，中国古代文学理论会于昆明召开，并成立学会。
与会专家多曾受"左"害。

满目江山无限忠，劫余历历见苍松。

春城胜会春如海，文苑峥嵘赖好风。

京　华

金台未足延多士，献曝重来古蓟丘。

午夜飞车惊晓梦，清晨旭日照高楼。

八方丕变催三世①，百废俱兴遍九州。

不动干戈真革命，前途忧乐聚心头。

1984 年 6 月全国政协会上

【注】
① 公羊家言：由据乱世到升平世太平世。

题王木兰仕女图

不必从军不姓花，木兰笔下生烟霞。

珠帘绣户多知己，侧耳如闻笑语哗。

1996 年 1 月

九十抒怀示兰（五首）

（一）

三十四年飘泊身，南明河畔得相亲。
不期五十六年后，尚有刚强两老人。

（二）

黔山风月滇池花，三载已成四口家。
喜见新邦如日出，北归骋望一天霞。

（三）

孜孜兀兀矢忠诚，劫难频临路不平。
风雨晦明无返顾，相知相濡更相撑。

（四）

浩劫十年磨炼久，妖氛一扫见朝阳。
苦中甘苦四儿女，展翅腾飞各自强。

（五）

满眼江山满眼新，平生志气一朝伸。
一言衰老循规律，国富家兴遍地春。

2002 年 5 月

水调歌头·北戴河

　　我欲观沧海，先唱阿瞒歌。时当三伏炎夏，不等秋风过。登上联峰山顶，遥望茫茫渺渺，远水似陵坡。山麓层林静，沙岸海风和。　　阴云降，浊浪滚，雨滂沱。天昏地暗，仿佛溟海出妖魔。读罢古今史籍，阅尽沧桑变故，天道有常科。只要身心健，不怕浪涛多！

1979 年 7 月

宫殿玺

（1944 — ）山西应县人。毕业于山西大学。中华诗词学会会员，山西诗词学会理事。著有诗词集《山水牵梦》等。

卦 山 行

独辟卦门锁翠微，河汾望断几依稀。
梵音悠远成春梦，城阙凄迷送夕晖。
春动物华随意点，人依虬柏带香归。
古来人事谁求得，节物风光梦里催。

大同题记

太行直北拽云中，云惹沙尘草惹风。
野树几丛争薄土，长城百折上高空。
苍茫龙虎辽金异，梦幻烟云汉魏同。
留得云冈风物在，古情思恋可曾终？

题兵马俑

枕山复践水，始皇安然寐。
陵孤凌厉起，突出占高位。
迷宫巧为伏，兵马穿地隧。
幽冥十万众，四方充守卫。
瞠目犹揎拳，舒腰成振臂。
击鼓亦吹角，弯弓还揽辔，
刀剑已出鞘，车骑列战队。
前锋短兵接，后卫督主帅。
冲陷发雷霆，三军锋凌锐。
烟尘裂地出，杀声振山碎。
设险有如此，惊非人力粹。
雄雄兵俑魂，奇迹动心肺。
祖龙虑后事，空留征失泪。

柏扶疏

（1940 － ）山西浮山县人。曾任晋东南专署教育局长、文化局长，中共晋城市委宣传部副部长。现任晋城市书法家协会名誉主席、晋城市老年书画家协会副会长、山西诗词学会副会长、晋城诗词学会会长。著有《晋城旅游文化丛书》、《晋城历史文化丛书》、《晋城诗词选萃》、《晋城风华》等。

太行早春

春令何遽早，淑气雪中催。
沁水轻舒柳，丹林劲发雷。
一犁膏雨过，六合野香来。
更有墙头杏，冲寒破蕊开。

太行红叶

一夜白霜后，满山红叶飞。
摘来薰美酒，裁去织罗衣。
风起仙子舞，境幽情侣偎。
游人狂复醉，知兴不知归。

观壶口瀑布歌

来之于太古，去之于未知。
迫人生之一瞬，可乘势而纵之。
读大块文章，独壶口一笔。
载厚德之洋洋，行自强而不息。
迎不见汝首，随不见汝尾。
藉壶口之浩然，壮天地而匡世。

山 菊

绿衣白冠衬秋霞，行旅苍松石径斜。
山艳也迎重九节，荒坡独放两三花。
喜看嫩叶遮娇面，笑折新苞插鬓丫。
莫怨冷香人不识，无妨开向野翁家。

观雀会

淑气朝阳雪霁明，雀儿满树万千声。
莫非国度征高士，许是心头有不平。
啄噪纷争如海啸，引吭对阵似天崩。
倏时悄卧间关语，又见颉颃扇薄翎。

游普救寺感人间真情

千年古寺几经摧，金石真情不可违。
白马扶危持大义，红娘递简作良媒。
梨花院落琴声细，杏树墙头月色微。
冷雨酸风任行虐，春前依旧展芳菲。

临江仙·秋雨

夜雨潇潇秋寂历，行人倩影参差。桥前情绪
却如丝。还将怜汝意，暗里递虹霓。　　相伴相
偎移湿履，间关低语迷离。梦魂迢递已长随，今
宵红豆结，无语亦心知。

永遇乐·沈园题壁

池阁亭亭，柳绵袅袅，人在何处。但念绸缪，
频倾缱绻，哪管风雨妒。殷勤添酒，低眉掩泣，
难尽万般凄楚。梦魂断、斜阳似血，染成稽山遗
句。　　山阴春永，一园芳草，绿了无垠爱圃。
红豆兰襟，青云彩翼，盟誓应如许。叠云裁月，
天涯问路，相托相亲相护。又吟向、钗头墨缕，
日丽凤翥。

陌上花·雪中晨月

东方渐白时分，高处泛蓝凝冽。楼角西边，挂着半轮新月。披襟举目临窗看，一看一回明澈。任纤云、几朵飘来荡去，总持修洁。　　记青莲、并东坡笔下，把酒曾伤圆缺。影印荷塘，映出自清华节。绮词丽语江湖涌，写尽黄昏娇魄。有谁人、识得晓来丰韵，只莹莹雪。

暗香·寒夜梦母

一窗明月，有几回照我，枕边凝咽。白发孤灯，谯鼓清寒二更彻。点读唐诗晋字，更评说、千秋忠烈。勤叮咛、立世男儿，未肯傍人热。　　磨涅。竟寿折。问厚土高天，如此情绝！胆肠郁结，我蓼哀哀泪成血。又是西风紧逼，黑云压、雪飞冰叠。要化作、冬生草，护垄上穴。

一剪梅·偶遇

客舍华灯玉槛秋，不道离愁，只道同舟。重逢绵语满东楼，窗外悠悠，窗里休休。　　非到机缘莫可求，一样倾投，一样绸缪。者番情意许常留。欣在眉头，甜在心头。

殢人娇·索溪峪

　　云做衣裳，雾为螺髻。烟波里、恣情摇曳。小晴初放，轻阴才止。忽眷盼、宛如闺中处子。　　竟有丹青，媒词一纸。从嫁了、几多风靡。千姑娇妒，万夫尤殢。只指望、更探索溪神秘。

永遇乐·太行秋吟

　　初辟鸿蒙，莽苍苍弥漫，遗世横绝。扰扰尘机，争来夺去，将太和损折。长平烟雾，东瀛毒瘴，搅了满山风月。身边事、忽成过去，浑似眼前秋叶。　　金瓯永固，宝钟开纪，唤起融融春物。王莽峰头，锡崖沟里，一片天人悦。凭高望远，心随目喜，千里红飞绿泼。更佳日、群贤联唱，锦章缀叠。

段　云

　　（1912－　）山西蒲县人。曾任国务院财贸办副主任、国家计委副主任。著有《旅踪咏拾》。

登恒山

　　巍巍恒岳众山中，千仞凌云半壁空。
　　策杖攀登张果路，苍松红叶笑秋风。

云　冈

　　秋爽风轻喜艳阳，寻芳问古访云冈。
　　大佛巍伟高凌宇，小像雍容聚满堂。
　　昔日能工雕石窟，今朝巧将夺煤藏。
　　辉煌瑰宝经千载，今看物丰民小康。

段永贤

（1945— ）山西晋城泽州市人，山西大学中文系毕业。系中国作家协会、中华诗词学会会员，晋城市文化发展研究会常务副理事长。著有《心泉》、《心虹》、《远山》等诗文集。

浣溪沙·小草

万绿丛中有我家，不辞娇小托红花，敢随鸿雁到天涯。 莫道无名空老去，也开五色似朝霞。居然一朵绽奇葩。

渔家傲·鲜花

姹紫嫣红招人爱，谁家少女横斜戴？掐朵野花君莫怪，休伤害，小心呵护春常在。 百样芳姿千样态，妆成美丽生成帅。根在心田开不败，赠所爱，相思蓓蕾无人卖。

更漏子·春雷

海中生，云里长，平地一声天响。摇杨柳，鼓东风，请君侧耳听。　　三两点，渐绵衍，雨脚不知深浅。频闪电，快门嚓，老天拍照啦。

南歌子·好书

开卷如访友，翻书似赏花。对窗斜躺品香茶。有道个中情趣笑哈哈。　　夜半风来吻，含羞恼月牙。黄金玉女俏冤家。笑请书中各位，出来吧！

【注】

黄金玉女——"书中自有黄金屋"，"书中自有颜如玉"。

忆王孙·青春

初升旭日染春光，黑发红颜胜锦装。正是华年日月长。竞芬芳，哼曲情歌满口香。

青玉案·情爱

千金难买星河渡，恨王母，当年误。牛女思归无返路。鹊桥一日，肝肠寸断，泪湿葡萄树。　　两情相悦多倾慕。细嚼姻缘胜甘露。有爱人生春永驻。万般珍惜，把人藏在，刻骨铭心处。

【注】

葡萄树——传说农历七月初七牛郎织女鹊桥相会，在葡萄树下能听到二人久别重逢时难分难舍的窃窃私语。

段惠民

（1941— ）山西河津市人。著有《西河庐诗集》、《西河庐续集》。

感　时

四海英雄入彀中，神州又起拜金风。
补天孰炼前山石，射日谁弯后羿弓。
人有宏图先致富，我无远虑喜雕虫。
平生懵懂青蚨事，诗到穷时未必工。

谒荀子雕像

稷下归来少水行，停车酹酒吊先生。
千山万壑松涛响，疑是当年劝学声。

过红叶林

荀乡秋色画难工，谁染妖娆九月枫。
我自留连看不厌，白头翁对满山红。

自题壶口小照

壶口龙槽观瀑台，涛声应证我曾来。
此间虽至心难死，未见河清亦可哀。

皇甫束玉

（1918— ）山西左权县人。曾任国家教育部研究室主任、高等教育出版社党委书记。中华诗词学会会员。著有诗集《束玉吟草》、《左权抗战歌记》、《凌晨集》等。

归 乡

秋来又见雁南翔，三十六年归故乡。
曾记当年兵火地，喜观今日米粮仓。
老翁拉我炕头坐，小伙说他田里忙。
莫道十人九不识，相逢个个热心肠。

1982 年 10 月

登泰山

岱岳巍峨步步难，清风扶我上南天。
玉皇顶上云头立，不是神仙也似仙。

1992 年 9 月

访西柏坡中共中央旧址

决战三大役，运筹一小村。
昔时人已去，今日景犹存。
山水思先烈，图文示后昆。
警言还记否？陋室有余温。

1993 年 9 月

胡永鹏

（1948— ）辽宁兴城市人。太原诗词学会会员。

南 湖 水

——纪念建党 85 周年

烟波浩渺南湖水，悦目红船映日辉①。
一盏明灯生古夏②，东方巨子已腾飞。

【注】
① 红船：即第一届党代会所用的游船；
② 古夏：中华古国。

胡晓琴

（1918— ）山西太原市人。曾任中共山西省常委、组织部长、省顾问委员会副主任。现为山西诗词学会名誉会长。著有诗词集《朝夕集》。

贺山西诗词学会成立十周年

秋鸿春燕十周年，高筑咏坛汾水边。
共舞椽笔书众愿，同歌盛世集群贤。
淘沙琢玉传新韵，立意言情唱大千。
汾水滔滔碧波涌，喜看诗海浪连天。

《难老泉声》百期题贺

一注汾河水，骚风千载流。
毫端传雅韵，难老写春秋。①

【注】
① 山西诗词学会会刊《难老泉声》。

祝万家寨引黄蓄水

地处高坡虑水荒，引黄何事费评章。
今人喜了前贤愿，敢造天河过晋阳。

浪淘沙·瞻仰响堂铺战斗英雄纪念碑

趋步小山冈，无限风光。松青柏翠柳丝长。春水如蓝腾细浪，鱼跃鸢翔。　赤液换炉香，功在沧桑。神兵天降灭妖狂。最是群花争艳处，威镇八方。

浪淘沙·祝航天英雄凯旋

梦幻五千年，展翼飞天，中秋岁岁望婵娟。我欲乘风归去也，先哲狂言。　大漠彩云旋，亿万腾欢，神舟霄际凯歌还。利伟穿云腾雾日，喜会婵娟。

陌 岩

（1969 — ）本名荆升文，山西阳泉市人，大专文化，山西作家协会会员。著有《陌岩诗歌精选项》。

娘 子 关

雄关分晋冀，瑞瀑挂悬琴。
雪落峰着帽，云来水色新。

百团大战纪念碑

禅岩生正气，恶犬九州行。
热血刀出鞘，狮山种铁兵。

翠枫山挡马墙遗址

万手织长障，狼蹄此处埋。
九龙生神勇，铁骨满山栽。

贺新辉

（1937— ）山西永济市人。毕业于西北大学中文系。曾任山西省委宣传部文艺处处长、省文联常务副主席、山西诗词学会常务理事。著有《中条室吟稿》，主编《宋词鉴赏辞典》、《古诗鉴赏辞典》。

题杏花村

春温竹叶浆，四海白汾香。
飞渡天风远，三杯入梦乡。

登新修复鹳雀楼

雄姿再现条山秀，千载悠悠鹳雀楼。
千里欲穷楼再上，黄河滚滚说风流。

赵　仁

（1940－　）山西太原市人。大学文化，高级经济师。
山西诗词学会会员、太原诗词学会理事，《桃园诗草》副主编。

迎庆党的九十华诞宣传（顶针）

华灯灿烂群欢唱，唱段红歌又献花。
花草向阳春永爱，爱心助党福常加。
加强信仰丹心畅，畅想明天赤县佳。
佳作多多网络颂，颂扬盛世绣中华！

唐多令·《太原网络》颂

双塔永高昂，并州网络良。众人员、日夜繁忙。
情暖万家欣服务，美意境，正宣扬！　　汾水久
流长，沿途咏盛唐。古名称、文化呈祥。民富国
强须实现，令规划，耀辉煌！

赵 元

（1957— ）山西兴县人，大学文化。现任吕梁高等专科学校历史文化系主任，副教授。

点绛唇

一夜春风，杏红柳绿风光好。曙光初照，人语炊烟绕。　　叱叱黄犊，振翅乳鸭闹。田间道，放歌欢笑，山乡春来早。

赵 铁

（1938 — ）山西太原市人，毕业于山西艺术学院，太原市广播电视局退休干部，高级职称。

椰岛游兴

航机夜下五云端，贯耳涛声大海澜。
海气蒸人晴亦雨，碧虚极目水浮天。
椰子果累槟榔秀，奇葩芳菲兰芝繁。
琼岛春色红胜火，熏风醉我久留连。

赵 愚

（1937 — ）正名赵曰林，山西汾阳市人。大专学历，中华诗词学会、山西诗词学会会员，唐槐诗社副社长兼《唐槐吟苑》副主编，《当代散曲》编委。著有诗集《磨砺集》与《耕耘集》、《卉芥集》。

入川掠影

绿水青山入四川，竹林深处有人烟。
夕阳洒下插秧影，笑语歌声荡稻田。

镜海映物 (新声韵)

鱼在空中戏，云于水底生。
风尘无染处，映物最清明。

扎嘎大瀑布联想 (新声韵)

千条哈达挂，风静亦飘然。
天上银河泻，人间盛事繁。

鹧鸪天·故乡春景镜头忧（新声韵）

一树梨花满树春，可怜洋井水无心。黄尘荡起三千尺，田野农民七窍焚。　　耕旱地，盼甘霖，苍天不悯地墒深。声声布谷催肠断，花开瓣落乱纷纷。

【双调·骤雨打新荷】旧事重提三曲（新声韵）

幼稚之年，正阳春绿柳，双燕纷飞。垅头犁耙，四处闪银辉。未料烽烟骤起，更难晓刀枪频对。遍野里，看兵荒马乱，背井啼悲。　　天时莫嗔命舛，叹人生恶季，学问难追。救星安在？无奈盼钟馗。世事沧桑在望，感民血映出朝辉。解放了，兴由意牵蓄智，冬去春回。

【前调】

弱冠年间，喜登梅鹊唱，星帜飘飘。牡丹亭外，朵朵绽花苞。露水如珠似玉，愿香色争奇夺俏。骤雨倒，有斜风助虐，叶落花抛。　　洪钟荡音颤抖，梦珍珠化泪，神醒滔滔！世间诬枉，左岁怨声高。或是冤成右派，或投进鬼蛇监牢。尚有幸，管他黑文在档，书内逍遥。

【前调】

耳顺年轮，阅尘环物事，心态平平。觅诗敲韵，字字切民生。美酒华车不羡，又行贿嫖娼难行。见惯矣，半吾虞尔诈，几个贤英？　　金钱取之有道，要良心正义，食寝安宁。世人私欲，自古永难停。日月行天照地，载风雨万千情形。莫叹悔，一生输赢胜败，且抚筝鸣。

赵专正

（1944 —　　）山西晋城市人。第一中学语文教师。

咏历山迎客松

千载伟然身，擎天染绿云。

鞠躬迎远客，坦臂奉殷勤。

有爱忠天职，无私葆节贞。

深山多圣木，远垢不沾尘。

赵云峰

（1924— ）山西盂县人。全国联坛十老之一。现为山西省人民政府参事室文史研究馆馆员、中国楹联学会、山西诗词学会、桃园诗社、黄河散曲社顾问，中华诗词学会会员等。主要著述有《隐芝轩漫钞》、《松涛集》等。

赏永祚寺牡丹（二首）

（一）

美艳曾赢国色夸，真容原不尚铅华。
天生丽质终难弃，喜入平常百姓家。

（二）

巍巍双塔展雄姿，似惜群芳谨护持。
但愿邦宁人永祚，百花齐放万年斯。

登归绥望月楼

不有来宾雁，谁知是暮秋。
遥瞻山骨瘦，俯瞰水痕收。
叶落怜风荡，枝残惜火流。
金瓯何日补？惆怅独登楼！

乙酉冬至日感吟

冬来到处朔风寒，感念关山迄未安。
奋翅每疑凌汉易，厕身始解做人难。
嗷嗷野彻哀鸿唳，楚楚朝浮策士冠。
独叹苍生逢战厄，凭将何术慰辛酸。

赵玉兰

女，（1938 —　）河北定州市人。现为中华诗词学会、山西诗词学会会员，太原诗词学会暨太原桃园诗社秘书长，杏花诗社常务理事，《桃园诗草》副主编。著有《春照憩园》等。

中秋夜

树荡金风玉镜升，如银汾水映瑶琼。
此时仰首人皆望，一碧牵思万户情。

咏牡丹

朱唇微闭未曾开，浓艳衣裙紧系怀。
嘻戏瑶池新浴罢，嫣然一笑世惊呆。

赵生才

（1957— ）山西盂县人。大专学历。著有《墨池烟雨》《低吟浅唱》《夤夜泉》及诗书合集《名家书赵生才诗选》《珠联璧合》等 5 部。

三峡观鬼城

鬼城何有鬼，人鬼本难分。
莫问阴间事，阳间做好人。

咏　柳

枯容随日月，绿影护神州。
雨季折新伞，春风扫旧愁。

赵克诚

（1944—　）山西五台县人。1967年南开大学汉语言文学系本科毕业。山西焦煤集团公司西山煤电集团公司退休干部。中国煤矿作家协会会员，中国楹联协会会员，现任太原市楹联家协会副主席。

游晋祠

秀木欣欣夜雨晴，沧浪流水送琴声。
七级宝塔迎朝日，十亩荷塘荡晚风。
古柏虽苍心未老，幼松已劲叶初丰。
登临极目山河壮，云海心潮各不平。

1970年

忆江南·晋源好（四首）

（一）

晋源好，史迹似繁星。桐叶分封唐叔地，董臣始筑凤凰城。大佛证峥嵘。

(二)

晋源好，柳色染平畴。晋祠千年流碧玉，稻花万顷饰金瓯。宝地任君游。

(三)

晋源好，代代有高贤。豫让桥头怀义士，云陶洞内颂傅山。人杰古今传。

(四)

晋源好，盛世谱华章。智水仁山呈异彩，平川绿野换新妆。把酒话沧桑。

赵明亮

（1942— 　）山西诗词学会会员，吕梁诗词学会副会长。

咏庞泉沟

壑深松柏茂，谷静鸟虫叫。
褐马笼中嬉，悬崖瀑布罩。

赵育言

（1926 — ）河北定县人，1965 年从北京迁移到山西忻州地区。1985 年进驻太原市总参 57303 干休所，正师职。

春日偶笔

雨后鲜花竟日开，清香树上暗飘来。
偷看包蕊林枝叶，问讯春光有几回？

赵树忠

（1955 — 　）毕业于山西大学。现任太原市文物局副局长，山西诗词学会常务理事。

观晋祠公园《龙兴晋阳》雕塑感怀

隋炀暴虐祚基伤，公子挥戈起晋阳。
怒卷河汾沉旧戟，欢承华夏颂新唐。
千年身后口碑雅，一日祠前铜塑庄。
盛世欣逢当努力，中兴庶不愧炎黄。

遇沙尘暴感怀

序忏阳和春色哀，黄云壁立扯天来。
横空虎啸尘迷日，卷地蓬飞羽堕埃。
老树依依怀旧景，娇芽恨恨睹新灾。
停哭厉问谁之过，整顿乾坤赖我侪。

读唐太宗《晋祠之铭并序》

龙兴为报草雄文，凤翥鸾翔泣鬼神。
毕竟君王戎马客，兰亭笔意莫邪魂。

赵美萍

女，（1963 — ）山西阳曲县人，大专学历，教师。中华诗词学会、山西诗词学会会员，杏花诗社副社长。著有《诗韵随心》。

杏花飞雨

谁家庭院暗飞香，枝上娇娥着淡妆。
最是销魂成一醉，微微花雨落池塘。

中 秋 会

丙戌中秋前二日夜，几书画诗友会聚迎泽公园悦心苑楼台赏月吟咏作画，余余兴未尽，后以诗记事。

楼台高古境，入画几闲人。
长夜星无影，中秋玉一轮。
朦胧花睡去，飘洒雨来新。
坐看云天景，清谈兴废因。
开樽欣助兴，举箸乐生津。
足下爬藤蔓，眼前枯水鳞。
心存真性美，意欲俗风淳。
寄调琴声古，说辞谋策仁。

谈锋时敏锐，月色共轻匀。

泼墨留余兴，挥毫记永辰。

襟怀多朗豁，情态老天真。

回望中天月，依依万里亲。

夏日与夫君房屋劳作有兴

炎凉不过一晨昏，薄汗些微透渍痕。

来往衔泥如紫燕，陈新布院弄花盆。

闲来独对夕阳景，忙罢相期蓬草门。

最是蓝天成境界，翩翩群鸽也迷魂。

浪淘沙·无语对轻风

无语对轻风，且看从容。丝丝缕缕遍花丛。却是匆匆来去也，谁伴芳踪？　　闲处觅诗空，未许心慵。无端思绪触愁峰。料得千重云雾锁，笔下难工。

霜天晓角·路畔见芦苇

诗意年华，草疏无际涯。曳舞风中独秀。柔媚好、认蒹葭。　　休嗟，非玉葩。对融融晚霞，漫插一枝妆点。追梦影、笼轻纱。

赵彩英

（1956 — 　）山西榆社县人。榆社诗词学会会员。

"清明"感怀

阳光普照地升温，墓地坟头细雨纷。
世上诸多难料事，冥间冤案有谁伸？

2008 年 4 月 4 日

赵望进

（1940 － ）笔名素石，山西临猗县人。中华诗词学会会员，山西省书法家协会第三届主席、第四届名誉主席、艺术指导委员会主任。山西楹联艺术家协会主席。享受国务院特殊津贴专家。

建党九十年抒怀

红星志帜率长征，火箭飞船游太空。
辟地开天九十年，转型跨越上新程。

梅琴女士朵梅集出版志贺

诗藏头为梅琴诗词格调高雅

梅吐冷艳傲雪开，琴参妙理伴春来。
诗潜新句无闺态，词填古韵有气派。
格追虚竹拔劲节，调寄山水抒胸怀。
高手品评论平仄，雅语和风赞女才。

庚寅元宵观 18 省戏曲迎春晚会

北调南腔会一台，梨风梅韵百花开。

名段群芳呈异彩，嘉伶荟萃展奇才。

戏推物理理明世，曲尽人情情满怀。

铁板铜琶迎虎岁，阳春白雪乐剪裁。

题中国宣笔

宣笔源流远，始秦兴盛唐。

万毫呈七彩，"三兔"写辉煌。

【注】

"三兔"指中国三兔宣笔有限公司。

赵鼎新

（1935－2006）山西襄汾县人，太原卫校毕业。主治医师。原任中华诗词学会员，山西诗词学会理事。著有《赵鼎新诗词选》。

香港回归感赋

地属中华土，天飘米字旗。
百年悲俯首，一旦喜扬眉。
未见兵戈动，遂教政柄移。
邓公谈笑里，香岛起朝晖。

登 太 行

纵目太行巅，峰峦接远天。
朔风吹峻岭，枯草染荒烟。
雁影寒云外，羊肠险壁间。
潺潺流水急，呜呜诉当年。

无　影

兴云布雨赖苍龙，何以天天只刮风。
此龙想是通人道，贿赂丰时始办公。

王莽岭半枯松

铁骨龙鳞岭上生，半边憔悴半边荣。
劲风任是无情刮，不改擎天向日情。

【正宫】塞鸿秋·某官之死

时来运至官星照，春风得意花枝俏，夤缘攀附寻依靠，今日画了惊叹号。无人说可惜，却道终须报。只落得，街头巷尾人嗤笑。

郝敦明

（1931— ）山西盂县人，大学毕业，离休前任山西纺织印染厂科协专职副主席。现为中华诗词学会、山西诗词学会会员，太原诗词学会暨太原桃园诗社理事，唐渊诗社社长。

题海棠白头翁画

正是芳菲景色新，白头双卧海棠春。
无边锦绣情难尽，生活和谐更入神。

闻 林

（1961—　）中国书法家协会会员，阳泉市书法家协会副主席，石舟印社副社长。

百尺楼主自咏一

危楼独立白云边，绿竹幽兰茉莉妍。
不慕功名虚混世，歆追翰墨享真年。
陶公南亩亲耕粟，愚子东堂自诵禅。
但愿浮生无浪度，平心慰意伴书眠。

原振华

女，（1970 — ）山西长治市人，毕业于山西大学，中学教师。山西诗词学会会员，杏花诗社常务理事、副秘书长。

水上人家

碧水绕山村，蒹葭梦一痕。
惊鸿芳影渺，冷露浥清心。

菊

斜倚东篱日又昏，含霜饮露泡心尘。
清姿只待知音赏，独抱寒香一缕魂。

小儿春游画画

柳阴静坐小顽童，漫画轻描少稚情。
彩蝶翩翩迷花眼，飞身扑入画图中。

蝶恋花·故园枣树

漫漫时光犹未老，秋去春来，魂梦家山绕。雨雪风霜八月枣，天涯望断如烟渺。　　逝水如斯声悄悄，记否当年，翘盼枝悬宝。忽见泛红眉眼笑，分甘啖蜜芳园闹。

鹧鸪天·访雁丘

露染兼葭水一方，依稀箫鼓袅斜阳。情真意切缠绵句，牵尽人间九曲肠。　　云聚散，月茫茫，死生相许尺难量。千秋双雁同寒暑，谁念西风独自凉。

蝶恋花·夜吟

夜雨敲窗残梦扫，检视灯前，满纸闲烦恼。锦瑟无端眼底老，余魂销尽谁人晓？　　秋月春花随意好，鸿影心痕，淡淡指间绕。水穷坐看浮云渺，尘心偏爱梅花调。

徐晋芳

女，（1946— ）山西绛县人，县诗联书画协会理事，
著有《晓角吟风》集。

书楼寻趣

清闲日子未清闲，倒柜翻箱腰总弯。
拣就诗书摊就海，小舟一叶觅三山。
痴心倩影有谁怜，涑水关河两地牵。
北去南来鸿雁苦，还飞几次可团圆。

徐德新

（1942— ）山西山阴县人。毕业于山西大学，曾任山西省检察院副检察长。山西诗词学会常务理事。

汾阳杏花

红杏出墙千百年，欣逢时雨更娇妍。
清汾永注根弥壮，好酒绵绵醉九阡。

白云观吟

白云率观阅行年，福祸人间从不怜。
日出扶桑灵似动，华光普照大同天。

柴万锁

（1939 —　）山西河津市人。中学一级教师。山西诗词学会会员。著有《诗游三晋》。

鹧鸪天·情思

最忆大槐魁伟姿，流连几度梦谁知。吟哦诵咏浓阴下，鸟雀欢嚣舞老枝。　　风啸啸，雨丝丝，千年洪洞正逢时。炎黄赤子情无限，好向苏三寄小词。

2003 年 5 月

栗文政

（1959— ）山西襄垣县人，研究生学历。山西诗词
学会会员，唐槐诗社副秘书长，《当代散曲》编委。著有《诗
游三晋》。

太原·太山寺

太山古寺茂林藏，圣水龙泉曲韵扬。
僧女专心听暮鼓，英雄无意沐春光。

忻州·元好问墓

秋情一路到韩岩，大墓圆圆在眼前。
八百年来天下事，潇潇细雨落亭前。

代县·雁门关

大雁徘徊愁过关，春来秋去几能还。
古今多少兴亡事，尽在苍山云海间。

永济·五老峰

石梯千转过空桥，玉柱春来分外娇。
一日匆匆别五老，七天仍在雾云飘。

殷 宪

（1943 — ）山西太原市人，毕业于山西大学。大同高专党委书记、教授。中华诗词学会会员，山西诗词学会副会长，大同市诗词学会会长。著有《殷宪诗文书法集》、《持志斋吟草》。

迎春花（二首）

塞北有花名迎春，三月如开，其状酷类腊梅，然梅分五瓣，迎春则四出耳。

（一）

四瓣迎春五瓣梅，凌寒瑟瑟带羞开。
江南江北风情异，信是东风分别裁。

（二）

春雨连风送夜寒，新苞晓破嫩姗姗。
垂垂蜡瓣着香未，可胜梅园腊月天？

赠熊鉴先生

屈子苦行吟，离骚天地心。
便便无远韵，清瘦是诗魂。

秋日游云冈石窟

气序清和叶满阶，寒泉一胜绝尘埃。
定中草木有真性，望里郊原无俗胎。
鹫岭每临如出世，灵台未指已虚怀。
临时佛足人犹抱，菩萨焉心买路财。

庭院艺盆景

庭院艺盆景，草生苗变生。
今年春事晚，谷雨夜霜凝。
临夏强耕稼，经旬未动萌。
破阴天似鉴，当午气如烹。
炽炽新芽萎，哀哀赤子鸣。
遮天云泼墨，砸地雹连声。
雨骤泥还跳，花柔茎自倾。
云收忙检点，意蹙岂能平。
日夕犹厮守，蓬茸看满盈。
专心无所得，率意任天成。
花草齐风发，春秋共比荣。
于是思老子，大道不经营。

秦瑞杰

（1943 —　）山西稷山县人。毕业于山西财经学院。山西省人大常委会副秘书长、山西诗词学会理事。著有诗词集《白水集》。

鼓浪屿折相思花

远游万里到天涯，浩渺烟波千步沙。
西望青山乡路远，日光岩下折奇花。

汉俳（四首）

池塘小景

小儿戏岸边，村女浣衣波涟涟，笑语
飞树巅。

小院阳春

桃红渐如云，杏花带雨落纷纷，小院
一脉春。

瓜 园

晨雾薄如纱，碧叶田田掩黄花，老翁摘新瓜。

洛桑雾里

轻纱遮玉颜，绰约倩影有无间，朦胧诗一篇。

袁济德

字骥安（1936— ）山东济南市人。高中学历。曾任阳高县文物所长。

游晋祠 (古律) （二首）

（一）

耳边犹听话剪桐，悬瓮山下古祠空。
横舟笑鱼本无意，随澜起伏一任风。
去穷碧落澄千里，日尽青山影万重。
因问石舟舷畔水，波涟沧浪几时通。

（二）

游鳞穿梭明鉴中，泉涌波泓水鸣风。
祠下滢光满曲槛，庭间掩映几株松。
古柏攲斜易新狎，枯槐槎桠天机穷。
膏泽汩汩流三晋，叔虞灵德第一功。

袁崇虎

回族，山西阳城县人，53 岁，1982 年毕业于山西大学历史系。晋城市书法家协会副主席。主编晋城市诗词系列《析城诗词》一集。

读滕王阁序感怀

滕王阁序诵千年，勃勃才情逼眼前。
无路请缨非自弃，有怀投笔又谁怜？
古来才大难为用，长见书生备受艰。
沉咏落霞秋水句，浩茫心事接云天。

忆江南三首

其一

阳城好，相府最扬名。不独危楼夸气势，更兼名相耀才情。惊羡众来宾。

其二

阳城好，还忆蟒河行。谷淌清泉贪野趣，鸟鸣深树逗闲情。更作短消停。

其三

阳城好，砥泪古城奇，十大街坊丁字巷，暗门连院有玄机。横顺诱人迷。

贾百卿

（1931－　）山西原平市人。毕业于山西师范学院。中华诗词学会会员，山西诗词学会理事，副教授。

三九初雪

晓来满目冻云平，瑞雪飘摇半尺盈。
过路女郎如鹤舞，汽车款款似牛耕。

唐多令·垂柳（二首）

（一）

青帝步芳郊，嫩黄着柳梢。意绵绵、拂面轻摇。乍暖还寒初睡醒，舒秀眼，露妖娆。　　盛夏赤乌骄，蝉声似海潮。贮清凉、不避辛劳。河畔街头垂碧幔，明月夜，影逍遥。

（二）

万木渐萧萧，此君叶未飘。任深秋、绿满柔条。睥睨霜威怜夕照，情脉脉，韵摇摇。　　四野朔风号，莽原百草凋。弄枝敲、非为时髦。铁骨钢筋迎瑞雪，看树挂，胜琼瑶。

贾效文

（1941－　）山西榆社县人。山西诗词学会会员。

【正宫】小梁州·榆邑之春

柳绿花红竞吐香，满目春光。飞翔小燕唱芬芳，天蓝亮，大雁两三行。　　（幺篇）文峰塔顶高高望，大街长，漂亮楼房。看水塘，鱼肥壮。城乡开放，榆社步康庄。

郭　云

（1943— ）山西晋城市人。大专文化；曾在部队和
晋城供电公司工作，已退休。中华诗词学会、山西诗词学会、
北京市诗词学会会员，中华当代文学学会诗词研究会副会
长，《诗词世界》杂志社主编。

下棋牌

湖边柳下布棋牌，耆老休闲结伴来。
一日三餐温饱后，煞车跳马阵容开。

踢毽子

剑罢拳停又一招，轮番脚击两三毛。
精神抖擞松风下，白发还童踢也高。

荧屏观新农

一湾溪水一湾虹，野杏摇头细数蜂。
无际梨园收不尽，田姑信手采春风。

民工饭菜

两个馒头清素汤，油花偶尔冒腥香。

若非亲口尝尝看，谁为苍生说短长。

连战访问大陆（二首）

（一）

冰冻尘封六十春，逆流岂阻破冰人。

渊源古韵流芳远，蓬勃新诗融海深。

两岸相赢急需策，三通互利迫成文。

连公今日开端好，携手明朝意更真。

（二）

流光霓彩满江虹，绿水兰舟景致中。

六十春秋化今夜，万千民众壮潮风。

旌旗旖旎挥星月，瀛海滔滔绕大同。

往事茫茫成梦影，新声新韵伴连公。

环卫工人

浩荡三轮穿绿衣，英姿飒爽醉人迷。
清风复活萋萋草，浊水翻新瑟瑟溪。
添彩桥头挥帚笔，弄泥闾巷理容仪。
真情扫净人间垢，绘就丹青志独奇。

水调歌头·电之韵

危塔连天际，回首彩霞间。四时风骤狂雨，自胜暑和寒。迢递高楼百仞，袅袅虹裙妆扮，不是旧人寰。琴瑟弦音远，河汉夜流澜。　　涉川谷，爬雪岭，卧云潭。龙蟠虎踞，骐骥浩荡过江南。竞技"三优"砥柱，驾驭湍涛巨舸，篝火壮星蟾。多少苍生事，协力满扬帆。

郭　柱

（1949－　）山西应县人，大专学历。山西诗词学会会员。

游青龙山

驱车九曲越巅峰，林海森森百鸟鸣。
苍壁龙峡云影绿，蓝天涧水草丛青。
赏花香气袭人面，观景怡神动雅情。
胜境险高多梦幻，无愁大路到天庭。

郭　瑜

（1940－　　）山西太原市人,毕业于晋中师专,后在山大、北师大进修。中华诗词学会会员、唐风诗社副社长。著有《燕鸣集》等。

中秋月色

万里晴空月似金，万家灯火映河汾。
龙腾鱼跃轻舟荡，柳暗花明笑语频。
太白举头吟丽句，嫦娥归里赋诗文。
九州尽舞升平乐，遍饮杏花少一人。

太原之春

春风又绿两青峦，汾水潺潺桃杏丹。
大厦连云红日暖，长街织锦彩流欢。
黑龙潭里群鱼跃，卧虎山前众鸟喧。
雁阵双塔顶上过，龙城更上一重天！

郭士星

（1940 — ）山西孝义市人。大学毕业。曾任山西省文化厅副厅长、山西省文物局局长。现为山西省收藏家协会会长、山西省三晋文化研究会副会长、山西诗词学会顾问。主编出版有国家重点科研项目《中国戏曲志·山西卷》、《中国戏曲音乐集成·山西卷》等著作。

春节有感

爆竹响破五更天，斗转星移又一年。

儿孙绕膝天伦乐，世路艰难苦亦甜。

岁月无情催白发，精神有兴自加鞭。

人生苦短须珍惜，莫待老来空悲惭。

写在 2001 年退休后的第一个春节

参观陕西兵马俑（三首）

（一）

秦俑列长阵，束发正襟待出征，犹闻战马鸣。

(二)

秦俑列长阵，三军浩荡气若虹，秦皇
好威风。

(三)

秦俑列长阵，千古杰作慑人魂，中华
根脉深！

2001 年 4 月 14 日初试汉俳三首

在呼市看晋剧

2002 年 8 月 5 日，随山西戏剧职业学院内蒙表演班毕业生返
呼和浩特。当晚毕业班学生与呼市晋剧团在剧场同台演出《黄鹤
楼》、《教子》等剧目。在呼市看晋剧，别有一番感慨。

朝辞汾水汗横流，暮宿青城凉似秋。
夜听晋腔流水板，错将呼市当并州。

郭少之

（1938 — ）山西孝义市人。1961 年毕业于晋东南师范专科学校，山西诗词学会会员。著有《古诗苑》、《返体诗苑》。

春末山行

松阴淡淡柳依依，花有精神鸟劲啼。
荆棘亦难耐寂寞，伸枝时欲拽人衣。

水 仙 花

可餐一枝秀，逗我久徘徊。
解引愁情去，知携春色来。
欣欣茉莉韵，脉脉玉兰腮。
青帝何偏妒，不教三月开？

郭文福

山西榆社县人。现为榆社诗词学会会员，北寨霸王诗社副社长。

春 (竹枝词)

玉树碧容竞比高，泉河两岸绿涛涛。
是谁描绘仙人境，雨是彩油风是毫。

郭永斌

（1970 — 　）山西太原市人，毕业于山西师范学院。山西诗词学会会员。

游王莽岭

巍巍太岳奇峰耸，碧海苍茫映日红。
最爱山巅寒柳翠，冰凌玉裹报春浓。

铁　树

披翎茎顶如屏放，拢萼枝心似蕾藏。
沐露千年方吐艳，知音有几赏孤芳。

郭玉恩

（1955— ）山西榆社县人，山西诗词学会会员。著有诗集《烛光心语》。

咏 秋

秋日气寒凉，风吹树叶黄。
晴空大雁过，万里谷飘香。

思 乡

登高翠绿意尤浓，欲伴嫦娥上太空。
眼望田园风景好，思乡尽在不言中。

郭光明

山西太谷县人，晋中市委常委、统战部长。中华诗词学
会、山西诗词学会会员。

香港太平山观夜景

十里维多百万楼，星光满眼碎欲流。
名湾景色人心醉，一派繁华望里收。

郭齐文

（1937 —　）山西榆次市人。晋中史志研究院原副院长、编审。大专学历。中华诗词学会会员、山西诗词学会理事；中国书协会员，晋中市晋商诗书画研究院院长，晋中市诗歌协会名誉会长，晋中仰山诗社社长。著有《兰草集》、《兰亭续吟》、《郭齐文书法艺术》、《论书诗一百首墨稿》等。

游越秀公园

一览羊城越秀姿，繁花如画亦如诗。
小舟摇碎斜晖梦，身染烟霞傍岸迟。

雨后荷花

玉露浮虹雨后妍，污泥不染品为先。
曾经一段荣枯事，且枕秋风惬意眠。

瞻千手千眼观音

此处观音手眼多，神通广大一身荷。
人间若请此君去，贪贿肃清奏凯歌。

黄崖洞印象

铁壁铜墙万仞嵩，昂然一剑向苍穹。
巍巍飒爽英豪气，凛凛雄强壮士风。
栈道犹铭流血战，塔身尚记镇倭功。
将军小屋今还在，峡谷松涛忆挽弓。

谒包公祠

包公祠里访包公，铁面紫袍凛凛风。
蜡像逼真铡美案，长缨系紧爱民情。
三咄鬼蜮能丧胆，一笑黄河可澄清。
近日欢呼包老大，只缘硕鼠太横行。

【水仙子】·笔中趣

挽袖儿开出一砚田，蘸水儿研得黛云旋，顺手儿铺开锦色宣。　莹神处，笔如椽，满纸飞腾晋山烟。天姥洞中景，五峰傅公篇，一气儿情牵。

【中吕·满庭芳】不老歌

玉湖春暖，嘤鸣又起，酒趁诗豪。眼底青山挂雪，江海波涛。　寰宇苍茫何渺渺。山重水复走一遭。尘烟里，此情未了，还作老儿俏。

郭利民

（1956— ）笔名：毛牛，山西太原市人。山西诗词学会会员，唐踪诗社副秘书长，雪玉书画印社副社长。与吟友合出《拾萃集》。

秋日重访太山

万木重阳拥太山，秋凉日暖苦登攀。
龙泉一眼霜枫隐，佛殿双层阶石弯。
释伴皈依香有火，仙翁得道面无斑。
地宫舍利通迷界，远望都峰倦鸟还。

贺《难老泉声》出刊百期

双塔文宣噙翰墨，金风伴我读华章。
清词丽句琴声远，律语诗心晋韵长。
梦里吟哦花有味，书中笔垦草生香。
镜台水系泉难老，夕照溪前画锦堂。

郭宏伟

（1956 —　）笔名野泉，山西太原市人。大学本科计算机专业。山西诗词学会会员。

忆游昆明世博园

神州景致际无涯，圈点江山聚物华。
北漠风烟承白露，南疆秀水漫金沙。
移瞳又见胡杨柳，迈步还回紫竹家。
四季穹庐云影净，随心看遍梦中花。

五丈原怀古

白幡蔽日泪沾巾，汉室无缘寄此身。
智取西川三国策，兵屯陇上两朝臣。
江头赤壁东风破，竹上文章墨迹新。
忽坠长星君大恸，云遮蜀地不司春。

荆州怀古

寻踪断迹步芳郊，一世功名此地抛。
结义三雄扶蜀汉，流芳千载顾青茅。
魂归小陌将军叹，虎落平阳骏马咆。
雾里依稀金鼓动，狼烟已去雀还巢。

正月十八戊子年初雪

复卷乾坤入夜来，临窗描画数枝梅。
霜凝万树梨花放，蝶舞千山玉屑堆。
几处焦桐摇暗影，半边弱柳罩孤台。
莫言残絮遮天日，二月春光任尔猜。

太原碑林公园

绿荫石碑前，登阶访圣贤。
江山千载梦，社稷一方田。
好字名传世，奇文韵有篇。
古来多少事，转瞬已成烟。

夜　读

静坐屏前觅友朋，翻书小隐案前灯。
清茶半盏凉如旧，韵落纱窗沐晓风。

柳意三咏

（一）

拂尽人间是与非，凭它雨冷共风凄。
一朝发奋先生绿，好令莺鹂二月啼。

（二）

沙草未萌花未开，丝丝吐玉唤春回。
新黄解尽霜尘寂，一羽清音枝上来。

（三）

莫向章台引怨痴，隋堤楚岸自由之。
春风试剪裁新绿，未必伤今悲古时。

郭志宏

（1965 — ）山西山阴县人，大学文化。山西诗词学会会员。

岁 暮

世事纷纷愿总违，又将岁暮叹时飞。
韶光已去霜侵鬓，寒气重来雾锁眉。
云幕低垂天色暗，枯枝冷落鸟声悲。
狂飚惊起九霄外，扫却阴霾大地晖。

郭述鲁

（1940— ）山西汾阳市人，大学本科学历，高级政工师。中华诗词学会会员，山西诗词学会副秘书长，《难老泉声》副主编，著有《自珍诗词》、《求索集》、《履迹诗痕》，与张四喜合编《春催桃李》（丁芒师生诗词曲选集）。

煤 炭 吟

火种深埋不计秋，一朝睡醒再难留。
乌金滚滚带歌出，化作能源暖九州。

竹枝词（二首）

城市收破烂者

早起油条一碗汤，夕阳西下再温肠。
风中雨里拉车走，串巷穿街觅小康。

城市清洁工

为避车伤衣色橙，严冬酷暑伴灰尘。
芸芸城市美容者，细问不无苦寒人。

【中吕·山坡羊】

你猜他是什么官天天开会，花销凭税，歌厅泡妞不知累。昧心肝，肚肠肥，猴头燕窝无滋味。敬酒姑娘嘴对嘴。生，似土匪；亡，是色鬼。

老　妻

岁月蹉跎雪染丝，浓情不减少年时。
秋深莫道芬芳淡，心底依然花一枝。

新春抒怀

金鸡喔喔骤停喉，戌犬随声便领头。
丽日溶冰春曲起，好云化雨柳丝抽。
江河归海谁甘歇，帷幄通宵早运筹。
堪笑西风不知趣，总吹冷气向全球。

永遇乐·太行秋吟（步柏扶疏先生原玉）

宇宙洪荒，地维横崛，成此佳绝。几处青峰，数湾碧水，淌去还回折。看松涌浪，喜枫染赤，更挂一轮明月。可曾经，东瀛作孽，铁蹄踏碎红叶。　妖邪荡尽，烽烟平息，气象更新万物。漳水扬帆，锡崖凿壁，天地人心悦。太行岚淡，陵川玉翠，沃野流光彩泼。群贤聚，撩人咏叹，曲长韵叠。

临江仙·惊闻四喜突发心脏病

电话惊闻身有恙，顿时汗落衣襟。缘何天眼竟昏昏，好人偏不佑，赐福向豪门。　不拜神仙不乞佛，勤疗善养宽心。"唐风"琐事少劳神，家常交弟妹，《新韵》我操琴。

2007 年

郭郅都

（1937 — ）山西山阴县人，1964 年山西大学毕业。中国楹联学会、中华诗词学会、山西诗词学会会员。

梅

朴素幽新性秉真，秀无妖艳满斯文。
寒驰腊月香如故，雪打干枝品自珍。
伴月悠闲情志远，和邻无忌义恩深。
风云苦度千余载，惯看庭园烂漫春。

登浑源悬空寺

断崖峭壁彩云间，庙宇辉煌映日悬。
艺湛精深横大气，思宏跌宕涌山泉。
身临圣境非为梦，步履云梯缓上天。
最感人心三教殿①，以和为贵大团圆②。

【注】
① 三教—指佛教、道教和儒教；
② 大团圆—三教的思想、主张各不相同或对立，但悬空寺设计者能把三教的代表人物塑在一殿，确为全国仅有，所以称"大团圆"。

永济铁牛

黄河自古汛无常，百姓逢期必祸殃。

力助神牛驱水患，威扬瑰宝辅新唐。

一朝盛世书间觅，千载文明土下藏。

时有开天今胜古，惊雷一现又重光。

小将丁俊晖

平台两米纳乾坤，久寓英伦霸主魂。

天外飞杆能打破，神童原本是华人。

【注】

2005 年 12 月在英国斯诺克台球决赛中，18 岁的中国小将丁俊辉战胜常青树戴维。这是继中国公开赛首次夺魁后再次摘取了这项仅次于世锦赛的桂冠，并成为英锦标赛历史上第一个夺得冠军的非英国选手。

悼念母亲

佣手穿针线，怀中喂乳干。
一生多苦累，天道亦横蛮。
泪满桑干水，风盈大漠寒。
痴情难改变，折齿愈心甘。

【注】

折齿——齐景帝与儿子喜戏，口悬绳子让儿子拉着走。儿子倒地，景公齿折。比喻父母为儿女再苦再累也心甘情愿。这个典故书上称为"儒子折齿"。

原韵敬和李旦初迎春诗

迎新玉树笑花迟，鸡犬相闻正此时。
夜里依稀春日好，晨来梦已尽成诗。

郭栋材

（1933 — ）笔名华丹，山西潞城市人。中华诗词学会会员、山西诗词学会理事、太行诗社荣誉社长。

访井冈山

南去三千里，慕名访井冈。

诸峰穷碧落，五哨尽苍茫。

长夜燃星火，先师导远航。

当年鏖战处，河岳换新装。

鹧鸪天·神头丰碑①

八路雄风振国威，当年战地树丰碑。丹心碧血垂青史，武道神明化死灰。　　明善恶，记欢悲。居安当应复思危。硝烟散尽笙歌起，春满人间识所归。

【注】

① 神头：在潞城境内。1938 年 3 月 16 日，陈赓率部在此伏击日军 1500 余人。徐向前元帅题写碑名。

郭晓瑞

（1961－　）山西盂县人。

秋逢白露

夏暑重回热浪翻，秋逢白露夜缠绵。

农家祈盼收成好，仓满盘丰乐在天。

郭翔臣

（1945 －　）笔名子翊，山西平定县人，大学学历。中国散曲研究会、山西诗词学会会员、副秘书长，唐槐诗社副社长、《当代散曲》副主编。

深秋红叶

老树恋根虬干舞，红颜未驻宁悬牵。
曾经几度霜风扫，好客闲云约有年。

【中吕·三山寺】杜工部游长安（自创套数）

【三山寺】

文运开妆大唐海纳千川，西部仔蓬莱客老外谁罕？冬不拉胡笳乐响彻云天。笙与箫笛和管再谱新篇，今日里杜工部遍游长安。

【水底莲】

组织部贺尚书街面行船，掉进那井口里呼噜不断。

【朝天子】

汝阳王灌三瓯敢去朝天，碰上了曲车儿口中流涎，求皇兄派咱家驻守酒泉。

【思避贤】

左丞相职称高兜中揣钱，管他们我先喝长鲸吸川，甩官帽想把那后生推荐。

【玉树风】

小宗之长得好美媚待见，举酒盅翻白眼看都不看，恍如那临霄风玉树翩迁。

【斋绣佛】

苏老晋假虔诚长跪佛前，见喜帖不请假功课全免。

【酒中仙】

李先生干一杯新诗百篇，找不到派警员查街问店。皇上让写稿子御河有船，咱是那酒中仙不听调遣。

【如云烟】

求张颠写幅字先摆酒宴，脱破帽露秃顶醉王公前，泼墨池摇玉管龙游云烟。

【惊四筵】

演讲赛咱焦遂全凭酒练，有三寸不烂舌吃遍长安。

【百卉开】

杜老师旁边站肚饥眼馋，自小里挺正统人称圣贤，为甚就不能够位列仙班？老朋友常见面不分贵贱，称老兄叫老弟也爱少年，诗坛里才能够百花争艳。

【满苑乐】

入酒肆进茶房规矩全免，诌几句涂了篇《饮中八仙》，还想请众方家贵手高悬。

郭熙禹

74 岁，山西寿阳县人。山西诗词学会会员。

【正宫】叨叨令·孝子世风

这壁厢鼓乐喧天高声唱；那壁厢老妪老汉凄凉状；这壁厢花天酒地新时尚；那壁厢寒窑冷炕拄拐杖。乐哈哈也么哥，乐哈哈也么哥，宝宝生日老鬼能比上？

高中昌

（1945－ ）山西清徐县人。中国诗歌学会会员，山西诗词学会理事兼副秘书长，现为企业总工程师，清徐县政协委员，兼任县文联副主席、书法协会主席。著有《拾暇集》。

夏 思

花树多成昨夜香，柳绦争与日华长。
蝉声未待秋风起，已向青阴催落黄。

题奥运举重夺冠

铃杠横沉静气舒，五洲鼎士视如无。
千钧一奋英雄吼，不许夷儿说病夫。

威海谒邓世昌像

浩气悲歌万世尊，我来犹痛旧伤痕。
边城苔印骄师迹，碧海潮驰甲午魂。
揖礼三施寒泪下，仰天一啸暮云屯。
当年若遂英雄志，岂许胡夷乱国门。

文水则天圣母庙

江山功过此无声，荒庙空题圣母名。
宫主大明多罹梦，寺沦感业几余生。
蛾眉但使三朝振，心事何曾一夕平。
同是华旒悬日月，须眉奚重尔奚轻？

过代县

雁门故道几沧桑，今我来时又趁妆。
度韵池台春远近，含章村寨绿芬芳。
靖边楼共关山在，忠武祠同日月长。
士气不磨兵气散，千年画角挟丝簧。

题牺盟会成立七十周年

抗倭八载历寒多，奈我铮铮国士何？
不使愁眉凝血泣，起将恨剑倚天磨。
千军统战虽难得，三晋牺盟尽可歌。
赤帜英雄同忾日，大行烽火正降魔！

咏　菊

桂雨方收昨夜香，金风醉老万英黄。

何家院落婷婷秀，谁处篱边淡淡妆。

不妒流莺啼粉蝶，待催春梦入秋窗。

临霜每有从容意，忘却明朝一段凉。

高连旺

（1954 —　）山西临县人。大学本科学历，吕梁高等专科学校中文系副教授，吕梁诗词学会常务理事，《吕梁诗坛》副主编。

农 夫 谣

农夫千年忧，田赋重如山。
苛政猛于虎，夫子发长叹。
五柳对天问，王税何时完？
居易观刈麦，寡妇匿深峦。
宁受毒蛇苦，不为稼穑男。
前贤历历数，血泪痕斑斑。
今朝逢盛世，喜讯天下传。
税亩成往事，农夫尽开颜。
偶遇一田翁，叨叨与我谈：
种地犹补钱，自古未曾见。
修路上医保，摊派一概免。
好事频频添，远胜贞观年。
闻此心中喜，恍惚奇景现。
牛郎携织女，同耕桃花源。

冬日喜雪

朔风劲吹冬云翻，苍狗黄狮卷巨澜。

玉龙飞起三百万，败鳞残甲散满天。

水晶砌成银世界，素女霜娥舞翩跹。

一幅白绫遮大地，千里麦苗露笑颜。

柳絮飘洒情悠悠，梨花盛开影淡淡。

红梅须输一段白，青松应耐十分寒。

将军马上添神勇，诗人笔下多壮观。

山中高士增逸韵，江边笠翁钓渔船。

六角精灵纷纷落，八方宇宙迷漫漫。

庄生不辨蝶和我，而今难分地与天。

阴暗污浊皆消逝，浑浑沌沌成一片。

寒流滚动春潮涌，腾腾瑞气遍人间。

高志刚

（1944 —　）山西临县人。山西大学毕业，高级讲师。

读江泽民致临县城庄乡复信感赋

1994 年 1 月 29 日，江泽民同志视察了临县城庄乡，2001 年
3 月 18 日，又给城庄乡复信。

> 春风未到雁先鸣，淑气绵延满凤城。
> 时雨遍浇杨柳绿，沃田长育薯苗青。
> 云山北去留珍迹，湫水东流入远瀛。
> 莫道穷乡歌下里，且看白雪谱新声。

高建中

（1947－　）山西芮城县人。大学文化，中华诗词学会会员。

重　逢

重逢欲语却低眉，难理心头万缕丝。
若使缘分从此了，泪痕红豆诉谁知？

一剪梅·自题

难卜红尘感渺茫，尝个恓惶，享个甜香。平生淡泊竞争强，留取天良，抛却荒唐。　　泪曾抛在旧家乡，难了牵肠，暖了凄凉。尧天舜日恋春阳，身在官场，心在文章。

临江仙·老树

老态龙钟年月久。洪洞故土迁来，难忘泪洒望乡台。小槐成大树，思恋萦心怀。　　时代翻腾曾见证，几多欢笑悲哀。狂风骤雨苦相摧，庇荫总万缕，莫负栋梁才。

游观洪洞县明代监狱

蒙冤落难恨沉沉，昭雪红妆续旧姻。
明狱无情成古迹，至今戏演玉堂春。

高海生

（1957 —　）山西蒲县人，大专学历，高级教师。蒲县地方志编辑。中华诗词论坛"海上清音"版主。

吊晋文公祠遗迹

湿雾烟岗锁翠屏，荒台落寞叹凋零。
苔封断瓦成陈迹，蒿卧残啤说旧亭。
远古晨钟云外度，前朝松壑醉中听。
文公寺庙今何在？四野凄凄草色青。

剑门怀古

漫说金牛事已遥，崖间故垒站云霄。
雄关于此护西蜀，栈道何时接圣朝。
谷底风残天漠漠，峰前秋暮雨潇潇。
多情最是剑门月，长引嘉陵江上潮。

黄河旅怀

浊流恣意写苍茫，西决昆仑万里长。
远水孤云掠雁影，瘦山峡谷锁洪荒。
渔樵饮醉兴亡酒，箛鼓吟残幽怨肠。
亘古悠悠华夏事，沧桑岁月诉河殇。

题　图

难得渔樵趣，怡然敲子闲。

听风秋日里，煮酒古松间。

流水吟清韵，浮云唱远山。

古今多少事，都在弈中谈。

高爱辰

（1948 —　）山西定襄县人，山西师院中文系毕业。副编审、二级作家职称。山西省作协、书协会员，中华诗词学会会员。曾任县文联主席。著有诗集《纳腋集》、《日余草》、《远偏庐吟草二集》、《晚香诗钞存稿注释》等。

散步偶得（三首）

（一）

柳丝轻摆暮烟微，怅望老妻倚板扉。
莫怨衰翁迟步武，黄莺不肯放人归。

（二）

雪未全消细径斜，漫游偶至野人家。
柴门紧闭扣无应，且待桃开来乞茶。

（三）

林中杨柳间稀稠，斫尽粗高胡脑留。
寄语手操生杀者，斧斤多赦出云头。

【注】
胡脑，俗谓不成材之小老树。

游恒山

八卦山围阵，河流太极图。

曲阳飞巨石，磴道上仙都。

天外钟声远，云中道客孤。

欲归谁与去？人月两冰壶。

【注】

恒山有飞石窟。《尚书·舜典》载：舜帝巡狩至北岳（河北曲阳），忽有一石飞坠帝前。据言，那块石头即从此窟飞出。

观大同九龙壁

震耳久闻雄，影波曾毙童。

阶明蛇尾秃，游遇晚霞红。

池涸潜身水，晴含破壁瞳。

腾云宜早去，致雨济民穷。

登得一楼

尘埃涤雨净高空，得一楼登忆逝翁。

三晋云山驴影瘦，九州烽火昊穿红。

望河不见滹沱阔，眺海难寻舟岭崇。

故国而今风物改，魂归不识恨何穷。

高履成

（1942— ）山西祁县人，大专学历。中华诗词学会会员，山西诗词学会理事、副秘书长，唐踪诗社社长。

浣溪沙·春郊纪行（二首）

（一）

柳絮飘飘柔似棉，并州五月艳阳天。几家门上试新帘。　　心喜今春多好雨，蛙声稠处草芊芊。行人相与话丰年。

（二）

小路沿堤碧草连，轻风不乱水中天，枝头篱上蝶翩翩。　　路断寻芳进院宇，殷勤主妇起炊烟。人生乐处即桃源。

【自度曲】神舟五号发射成功

　　对荧屏怎按捺心跳，魂儿早随了神舟号。碧澄澄云开船起，光闪闪月晖日耀。五千年梦了，十三亿眉翘。那宇外纵有无穷碧，咱脚下劈航天道。叫小杨此一番打个前哨。　　见飞船戈壁稳降，又一回鲲鹏展翅出昆岗。泪流出两行，手拍痛一双，放声儿叫嚷：辉煌伟大，伟大辉煌。犯痴狂，急急急，开联网寄语牛郎，忙忙忙，按鼠标送话织娘，快快快，渡银河再莫靠鹊桥上。喜喜喜，有船儿可航，地艄公姓杨，初掌桨，自家人好商量，没零钱尽可赊帐。

房山峰头揽胜

　　与天结党太行南，绮逦山河逗眼宽。
　　映面霞升东岳外，落晖影抻玉门关。
　　峰联恒带岚光幕，城布华棋紫瑞盘。
　　难捺诗情摧雅韵，雁声相伴到毫端。

崔玉龙

（1949— ）山西夏县人。中华诗词学会、中国楹联学会、山西省作家协会、山西诗词学会会员，运城市诗词学会理事、运城市楹联学会常务理事、夏县诗词楹联学会会长。著有《苦吟集》、《破土集》、《绿茵集》等。

农村感事

自古农耕为税愁，轻徭薄赋梦中求。
而今反哺桑麻事，大地胸怀大地酬。

张志新烈士祭

敬畏神明跪者多，斯人兀立显嵯峨。
岂容迷信掩真理，何惧国奸掀逆波。
身陷铁牢安屈志？喉封刑场足悲歌。
已知碧血化霞彩，更有精神万古磨。

贺新郎·咏爱情

　　情字教人醉。古人曾以生死许，艳生凄美。孔雀徘徊东南去，梁祝双飞化翠。游琬恋、桃花落地。更有红楼惊艳梦，两玉情、铁石闻生泪。每念及、心如坠。　　今人为爱身心累。看鸳鸯、有成佳偶，有难成对。情到深时无尤怨，惟有心祈福气。人生梦、多难如意。且把痴迷留深处，向前奔，浮幻皆摇碎。沐雨露、天风舐。

崔亮云

（1957 —　）山西盂县人，大学学历。山西省作协会员，阳泉市作协副主席，盂县文联主席。著有《长虹诗萃》、《盂县楹联》等。

初夏黄昏喜雨

久盼东风卷雨星，未闻呼饭手双迎。
北山老父喜云重，酒醉鼾沉夜梦耕。

常永生

（1960 —　）中华诗词学会、山西诗词学会、山西省作协、太原市楹联家协会会员。著有《常永生诗词选》。

游敦煌莫高窟

一有心泉濯大荒，便闻九域荡清香。
苍苍洪漠达青岸，漫漫溪流润野芳。
画案千章情苦涩，鸣沙万古曲悠扬。
几多洞窟风烟事，谜在绿洲深处藏。

大岩村访农家

大岩村里访农家，门外梯田门里花。
坡半青葡排沓沓，槐头乌鹊叫喳喳。
空调彩电互联网，龙井福烟哈密瓜。
最数小儿急报喜，今年高考中清华。

晋阳怀古

风雨沧桑逐逝川，晋阳残影梦牵牵。
劈波龙驷种春草，开国安于筑铁垣。
可恨闻鸡沾戟泪，难淹纵火噬城烟。
中原屏障皇家燮，却把皇袍换马衫。

永遇乐·平型关

　　劲草吟仇，残崖遗恨，关隘千里。六十年前，饥餐日寇，血染青峰壁。桥沟迤俪，阴风飒飒，犹见弹痕斑迹。见斯情危岩寒谷，板垣贼旅哀泣。　　苍黄风雨，昨天惊梦，人类干戈羞史！寻径而行，溪边老树，犹在寒风唳。东京城里，靖国神社，老掉几滴恶涕。可悲矣，沧桑铁证，岂能涂笔？

踏莎行·夏晚雨后乡村

　　雨沐晴川，风梳绿浪，汾河两岸香波荡。菜花蝶闹晃秋千，稻田晚照金蛙唱。　　歌舞乡村，年节模样，七旬老者更衣裳，寻声夺步看"卡拉"，出门忘带龙头杖。

常玉生

（1941 — ）山西武乡县人。中华诗词学会会员，曾任桃园诗社社长，《灯火文集》主编。著有《常玉生诗词选》、《常玉生诗书选》、《常玉生书法艺术》。

书　法

浸心翰墨物华春，纸阵城兵耐苦辛。
放马书山酬日月，泛舟艺海乐乾坤。
精临百次灵犀现，巧勒千回魄力臻。
广拜良师增气韵，功夫字外笔来神。

常保玉

（1949 －　　）山西榆社县人。山西诗词学会会员。

云竹湖 <small>（新声韵）</small>（两首）

（一）

碧波荡漾映春晖，林茂花繁百鸟飞。

潋滟湖光山水秀，游人眷恋不思归。

（二）

春风拂动万千波，碧水蓝天景象和。

湖岸渔翁添快乐，轻舟激荡伴山歌。

常崇安

（1945 — ）博士，1968 年毕业于北京大学物理系。

浣溪沙·日月潭

梦里相思数十年，而今方到贵池潭。满含热泪快登船。　　绿水青山如美画，双湖姐妹海蓝蓝。碧涵楼外做神仙。

常箴吾

（1937— ）山西清徐县人。大专毕业，曾任教师、校长、文联主席。现为中国散曲研究会理事。与中华诗词网共同创办了《曲苑论坛》。

【集曲·驻马听歌醉扶归】美哉集曲

原生态曲美花奇，驻马听琴声四起，游仙梦里。

（满庭芳）

粉蝶儿来追你，金蜂儿舞遍花畦，园丁醉，桃花蜜里，曲韵满天飞。

（水仙子）

大观园选了涟漪，小桃红择了芳菲，天然集美成佳丽。

（醉扶归）

妙曲甜如蜜，香阵染君衣，沉醉东风已忘归，再品其中味。

【仙吕·寄生草】觅曲张家界

原生态，归去来，清流湿了一双鞋，奇峰绿
了苗家寨。　　书斋怎比张家界。云梯送我过千
阶，曲儿更在天门外。

【注】

界与阶读 gai；鞋读 hai。

【双调·折桂令】黄河散曲社成立感赋

天高好个凉秋，丹桂枝头，墨菊香留。三晋
芳洲，四杰长吟，七俊歌喉。　　金盅举，人醉
后，相扶上层楼，看黄河汾水共长流。烟雨神州，
无限河山，曲径通幽。

【注】

四杰：元曲四大家，其间三家，关、郑、白皆为山西人。
七俊：元代临汾七位散曲作家。

【仙吕·醉扶归】菊花歌

　　散曲之美，若山野之菊。画家梅生先生因以《菊花图》赠《当代散曲》而贺其创刊五周年。手捧大作，观其花色之诱目，品其曲味之袭人，写意写到了抒怀的极致。喜之至极，作曲一支，涂于画尾，与画家曲家同乐。秋月黄花秀，恰是梦中求。戏把黄花插满头，笑煞铜豌豆①。一缕清香似酒，谁说黄花瘦。

【注】
曲坛领袖关汉卿戏称自己是一粒"响当当"的"铜豌豆"。

【仙吕·醉中天】读梅琴《朵梅集》

　　未曾展卷人先醉，梅画梅书梅影梅香满天飞。好一个风流一朵梅。云山听活水，雾地观花美。　　品不够的诗林韵味，赏不完的词苑芳菲。读曲儿正徘徊却惹得窗外梅花三弄笛横吹。

【集曲·宣和折桂】美哉，散曲！

【庆宣和】如此天然似此娇，对景魂销。【折桂令】漫山红羞煞樱桃。俗美花招，俏美风骚，韵美神摇。【小梁州】鬓发上插一枝黄花更好，唱曲儿笑歪了渔樵。【庆宣和】戏罢元朝乐今朝，瑰宝，瑰宝！

【黄钟·红锦袍】题杜甫草堂

访先贤过了古桥，柴门儿那样小，屋檐儿都是草。冷飕飕秋风把落叶扫，兴冲冲览胜一片荒郊。厦广楼高，三吏们都住了，怪哉乎这草堂飘摇诗未老。

【中吕宫·十二月带过尧民歌】致丁芒先生

久闻丁芒先生大名，又听苦丁斋曲坛高论，有感于南呼北应之状，欣欣然灯下填曲，遥致金陵丁老。

枕席边江流滚滚，梦魂中曲苑茵茵。窗榥外寒风阵阵，北国里落叶纷纷。菊花轩伤痕隐隐，苦丁斋呼唤殷殷。　看龙门金鲤跃龙门，觅知音当代遇知音。南呼北应曲相闻，至此人生不算穷。销魂，销魂撩它一缕云，理我霜丝鬓。

康文斌

（1946 — ）山西柳林县人，大专学历。山西诗词学
会会员，吕梁市诗词学会副会长。著有诗词《浪花集》。

凤山仙境

寻春趋步愚情催，梦断琼瑶揽翠扉。
夕照三阳寻羽士，朝行千客辨青碑。
希夷老祖丹成隐，浩远真人宝就飞。
殿宇轩昂酣榻处，名山俯压入仙微。

香严胜境

伦世纷说铁树花，剑麻斗艳谬频夸。
砖雕鬼斧苔沾露，殿锁神工壁映霞。
俯望暖珠清水育，仰观紫气宝宁发。
欣闻古寺崇"国保"，敢问仙鸽入哪家？

康兆忠

（1953— ）山西文水县人。毕业于山西省教育学院，现供职于文水县政府教育督导室。

剑　兰

是叶皆如剑，锋芒怒指天。
休言为草木，也解刺贪奸。

康金声

（1939 — ）山西盂县人。山西大学文学院教授，中国赋学研究会副会长，山西诗词学会会员。著有诗词集《梦翼心琴》等。

贺新郎

山西诗词学会成立，恰值中秋，反太白东坡意赋之。

问月真痴绝。值清平，百篇一斗，应羞夸说。底处黄河坚冰塞？太行纤毫无雪，尽兴骋，青天驰彻。玉宇琼楼今复始，效人间，校舵改航辙。弄清影，太萧瑟！　摩天巨笔倚虹捉，恨东瀛，杯中蘸尽，淡清无色。东夫黄河豪情荡，流水行云堪泄？借点读，嵩华最切。中圣谪仙狂颜敛，唤东坡，摸我诗中铁。九万里，正腾越！

1984 年 9 月

青玉案·庆贺中国载人飞船首试成功

　　嫦娥奔月凌虚步，但想象，何曾赴？屈子骖鸾西海去，飘风屯聚，彩云来御，终未登天路。　　鼎湖谁见乘龙度？黄鹤楼头叹声苦。盼到飞船冲帝户，火龙腾骛，九州同庆，歌舞抛红袖！

1999 年

康琛宝

（1977 — ）山西柳林县人。大专学历，吕梁市诗词学会理事。

咏中阳剪纸

远看青山景色浓，近观人物更从容。
谁持金剪双龙造，一纸堪称绝世工。

曹凤英

女，（1942 — ）山东临朐县人。中华诗词学会、山西诗词学会会员。

秦 淮 河

秦淮明月岸无沙，仿古新楼筑万家。
入夜店门齐闭户，几声叫卖白兰花。

巫山神女

巫山十二雨菲菲，独立江峰等驾归。
过尽千帆都不是，为谁持镜画娥眉。

过 雁 门

残烽缺堞夕阳中，月照雄关万岭丛。
鏖战当时埋骨处，年年春到杏花红。

雨后山行

春山雨霁出朝阳，碧岭千重阵阵苍。
触蔓林深衣湿翠，摘花经暗履粘香。
桥平水满无兰桨，岸曲人闲静草房。
偶有幽禽啼绿树，微风菜亩蝶翻黄。

鹧鸪天·高原秋色

车进高原览素秋，黄花红叶雨悠悠。羊分草
地如云朵，稻谷迎风乱点头。　　金土地，水流油。
家家窑洞万层楼，鞭花锣鼓谁家娶，红盏红裳定
自羞。

鹧鸪天·过吉县

暮宿黄河晓返程，千山烟雨洗新晴。桃花初
放农家舍，幽鸟时鸣一雨声。　　山色碧，水波明，
一丘一壑也含情。不知旅兴凉多少，只觉登临脚
力轻。

曹效法

（1936 —　）山西汾阳市人。山西诗词学会会员，唐踪诗社《诗踪曲源》副主编。

和时新《南京》

烟雨霏霏路旅遥，秦淮河畔柳垂条。
钟山峰顶萦浓雾，扬子滩前涌小潮。
唯见渡头流过客，不闻曲径走荷樵。
苍黄风雨夜来事，不忘荣衰说六朝。

第二届晋祠菊花节

去岁黄花今又开，寻芳觅韵我重来。
东篱疏影悠悠梦，北圃繁云密密堆。
锦户厅前吟醉月，名园座上别青苔。
闻馨独步高君韵，放胆舒怀乱剪栽[①]。

【注】
① 高中昌先生有句"叔虞宫外盈盈菊，静待诸君细剪栽。"因步其韵。

梁 柱

（1948—　）山西运城市人，盐湖区诗联学会常务理事。主编《三打运城》。

浪淘沙·秋雨

八月少晴天，阴雨连连。乡村泥泞步行难。天釜谁人捶破洞？沥漏没完。　　希望满帆悬，秋水冲捐。农夫色厉奈何言。借问女娲何处去？彩石来拈。

梁大智

　　山西省作家协会、山西诗词学会会员，山西省吕梁市农机局局长。著有《梁大智诗词选》、《清韵雅赋》、《踏月疏影》。

莺啼序·人生岁月

　　春来柳邀紫燕，趁清风入户。东逝水、涟碧潺潺，静流日晚西暮。云烟绕、山乡秀丽，黄莺落岸情无数。望斜阳、湖畔飘零，心摇芳絮。　　夏夜明空，流星凝月，似轻烟柔雾。恍如梦、却悟银河，嫦娥舞袖衣素。倚亭楼、临风把酒，听歌赋、瑶琴弦缕。曲悠悠，横笛竖箫，飞鸥鸣鹭。　　秋岚雀跃，枫叶松涛，轻装踏远旅。步小径、溪边追蝶，香韵沾襟，瀑落泉潭，又见虹雨。群山蒙黛，河川含秀，竹排悠荡渔灯处。忆当年、号子声声渡。红霞晚照，偶然孤雁啼鸣，分明难舍乡土。　　冬寻霜玉，雪染琼花，看漫天银舞。巧妆点、田野披素。两只寒鸦，几朵红梅，冰凌挂树。苍茫大地，清新明朗，波如琼海潮赶浪。叹人生、一盏清茶煮。还留笔墨温馨，聚雅凝神，自陶乐苦。

梁五义

（1966 — ）山西定襄县人，大专学历，定襄诗词学会会员。

东峪一线天

谁将峭壁两分开，石径洞穿引客来。
借得骄阳一线影，崖间绿合见苍苔。

忆旧游

波涛阵阵值金秋，宾友相携齐鲁游。
楼立海滨新客至，潮来蟹贝浅滩留。
远天飞鸟临礁憩，近岸渔民结网收。
回望水天联璧处，斜阳欲坠入孤舟。

梁希仁

（1934— ）河南濮阳市清丰县人，中专文化。中华诗词学会、山西诗词学会会员，中华诗词文化研究所研究员，唐槐诗社副社长、《唐槐吟苑》常务副主编。著有《濮风斋诗草》。

童谣（四首）

挖野菜

提铲肩筐顾八荒，寻剜野菜垫饥肠。
深层刨出薯三块，蹦跳忙回孝敬娘。

哭板凳

问娘小凳去何方，你爸将它换米糠。
泣立进餐思坐友，菜团和泪入饥肠。

堆雪人

雪堆含笑小新娘，红布披肩遮乳房。
家弟巧推兄跪地，三声吆喝拜花堂。

放村哨

烽烟岁月漫天寒，三尺红缨似火燃。
稚目圆睁昂首立，岂容鬼子近庄前。

夫妻恩爱

聚少分多四十年，光荣解甲得团圆。
花前月下重谈爱，笑逐春光上皱颜。

【越调】天净沙

咏菊

劲枝铮骨奇葩，凉秋独绽黄花。艳冶清香典
雅。风侵霜踏，节间又吐新芽。

梁志宏

（1945 — ）河北井陉县人。曾任太原市文联副主席、太原市作家协会主席、《城市文学》月刊主编；现为中国作家协会会员，中国诗歌会理事，太原诗词学会会长。著有五卷本《梁志宏文集》，著有长篇自传《太阳下的向日葵：一个正统文人的全息档案》。

花甲抒怀（三首）

（一）

少小情萦向日葵，乘风逐日几迂回。
备尝俯仰人生味，再舞夕光鼓翼飞。

（二）

少出寒门沐旭霞，精忠报国竞风华。
秋风银发情未了，老骥春心望海涯。

（三）

沧海云帆遐想多，为文从政几抉择。
此生随遇而安过，来世当吟潮汛歌。

虎年春节二题

（一）

每遇年关爆竹声，便思老友与新朋。

窗前春日融残雪，我捧心花谢惠风。

（二）

又闻爆竹闹春声，最念家园四世情。

岁月斜阳人渐老，再奉慈母度余生。

问　春

春节不见柳条新，欲问春天何处寻；

春在人间冰释处，应植春信驻心魂。

破阵子·红军东征

　　铁血长征奏凯，挥师旋又东征。领袖高瞻铺战略，将士扬威砺剑锋。筹粮忙扩兵。　　国难深如夜坠，铁流闪耀红星。血燃烽烟驱日寇，臂挽长城倡统盟。凤凰蹈火生。

临江仙·电视剧《红军东征》片场探营

凛冽风寒心却暖，探营渡口辛关。浮冰浩荡叩征船。周公劈浪过，导演把关严。　携友激情编史剧，而今梦想将园。还须合力锦花添。荧屏播彩日，祝酒再言欢。

2011 年 1 月作

【注】

作为电视剧《红军东征》编剧之一，余 2010 年冬日赴石楼县黄河辛关渡口探营，剧组正在拍摄周恩来副主席渡河一场戏，因以记之。

续八宝

（1948 — 　）山西定襄县人，中华诗词学会、山西省作家协会会员、定襄县诗歌协会主席、诗词曲学会会长。著有《院外杂咏》、《院外耕耘录》等。

敲句达旦偶得

三更不寐蹙眉思，半若疯癫半若痴。
一夜耘来霞满纸，晓风入户睹新诗。

观某小吏盛大葬父场面

一只花圈半亩田，农夫几月背朝天。
长街纸扎遮高壁，都是公家帐上钱！

吕布池夏景

郁郁蒙山下，暖茵铺牧滨。

雨来荷淀碧，日出稻田新。

芳树鸣欢鸟，清波闪戏鳞。

温侯杳如鹤，纹柳尚迎宾。

【注】

吕布池，在山西定襄县蒙山之麓、牧水之阴。相传东汉末吕布在此提良马，马蹄刨坑成泉。池畔有柳，树干呈绞纹状，俗谓当年吕布腿夹奔马、双臂抱柳而致。

东峪秋色

逶迤八十里，奇景亮双瞳。

绿瀑喷寒玉，清流映翠峰。

丹椒耀谷底，黄雀闹林丛。

喧噪于今世，幸斯存古风。

【注】

东峪，在山西定襄县东80里，气候温和，风景秀丽，民风古朴。

阎凤梧

（1936—　）山西省稷山县人。山西大学文学院教授，山西诗词学会副会长。著有《唐宋八大家文译注》、《河汾诸老研究》等。

赠友人

惆怅寻芳塞北游，闲情黯黯水悠悠。
听君一奏伶仃曲，无奈同心百岁忧。

忆旧友

漠漠风沙未见春，平城三月觅芳魂。
芳魂已去诗魂在，梦影花阴尽海伦。

致友人

千里银绳一线牵，又凭电话诉心田。
芳颜恨不常相见，瞠目终宵忆万年。

赠玉芝

摇荡春心不自持，相逢却恨我来迟。
留得一片真情在，当作珍珠赠玉芝。

望月怀人

娇小身材婉转喉，清歌一曲令人愁。
冰心遥对玲珑月，白发思君浊泪流。

致琴君

冰骨雪肌白玉心，人间最美是琴君。
孤灯抱影断肠泪，血乳哺婴育子恩。
华彩能追清照笔，高情不应相如琴。
何时惠我青丝缕，留待来生补旧衿。

黄文中

（1941 —　）河北乐亭县人。中华诗词学会会员，太原诗词学会理事，《唐槐诗社》秘书长，太原诗词学会《灯火文集》副主编。

拜谒柳侯祠

柳侯祠里仰尊容，荔子碑前颂柳公。
手种黄柑知庶苦，心忧蛮地恤民生。
十年潇水兴新域，九赋壶城扫旧风。
今日寒江无钓雪，罗池桥畔正抒情。

侗乡茶社小憩

别样阁楼竹作梁，侗乡三碗热茶香。
人生自古多磨难，苦辣酸甜细品尝。

黄文新

（1940 —　）河北乐亭县人。大学毕业。中华诗词学会、山西诗词学会会员、唐槐诗社副社长兼《唐槐吟苑》主编。

咏　蚕

不厌餐餐桑叶青，涌泉相报献绡绫。
春蚕丝尽原非死，金蛹身僵却是生。
酣睡茧房圆美梦，力穿牢网展双旌。
蕃传后代千千万，全似银河织女星。

欣向苍穹问利伟

遥向新星问暖寒，　神舟现在几重天？
牛郎织女可相会？玉兔嫦娥谁与谈？
何日银河修铁路？多咱蟾院扣铜环？
家乡远望朦胧美，　最美当推哪座山？

忆锦西飞行

葫芦宝岛据雄关，海燕高飞渤海湾。
一色水天红日跃，三维图画白云闲。
眼前点点船帆影，翼下巍巍笔架山。
心系金瓯勤励志，行空铁马兔加鞭。

致高压线上敲冰电工

敲冰戛玉奏何琴，十面埋伏曲欲喑。
一片丹心酬赤县，两只铁臂挽湘郴。
勇挑重担拍胸上，不怕寒风透骨侵。
跳跃高空五线谱，启明弹出最强音。

核　桃

绿装脱掉骨嶙峋，满脸坑洼布皱纹。
若为好人增智慧，粉身碎骨愿成仁。

【仙吕】一半儿·丁亥上元观灯

鹅毛玉屑降龙城，十五奇观雪打灯。爆竹烟花穿雾升。跃白红。一半儿温来一半儿冷。　　风吹云散雪方晴，出浴冰轮圆又明。倒映池中玉璧晶，縠纹萦。一半儿真来一半儿影。

黄江贵

（1940— ）山西新绛县人。县诗词楹联学会常务理事，
山西诗词学会会员。

春　燕

空明二月燕儿斜，掠入篱笆落杏花。
为报春风轻世态，呢喃满院唱农家。

中　秋

月华如水透窗纱，玉露无声湿菊花。
今夜酒醇诗兴好，不知妙句醉谁家？

浪淘沙·乡居乐

独自览篱笆，满眼韶华，万千脂粉染梨花。
桃李枝头蜂蝶闹，鸭戏塘洼。　　门外水哗哗，
杨柳哈哈。阿母窗外吊丝瓜。小女隔篱呼路妇，
花下烹茶。

傅安才

（1939 —　）河南济源市人。中华诗词学会、山西诗词学会会员。

天宁寺夜读

避暑天宁坐晚凉，清风拂案展诗章；
谁云此处花灯少，难得清幽好地方。

【黄钟】昼夜乐·谒元好问墓怀古

好问诗人一代骄，萧萧。萧萧地游历荒郊，写野生搜罗去了。亲劳胼胝采摭闻钓，曲折友顿不辞劳，逐鬼哮。称赞声高，称赞声高，大业束葳身倒。

【幺】

黎民，黎民皆泣嚬。遗山功鳌。功鳌勋绩世崇襄。卓荦荦超群慧矫。想传教授道才华翘，魁星落魄断魂消。痛夹文豪，痛夹文豪，彦士泪珠儿抛。

寓 真

（1942— ）本名李玉臻，山西武乡县人。1966年毕业于北京政法学院，曾任山西省高级法院院长，国家二级大法官。中华诗词学会副会长，山西诗词学会顾问。著有《四季人生——寓真抒情诗选》、《寓真绝句二百首》、《寓真律诗小集》等。

远 行

疏浓斜燕雨，寒暖落花天。
行远歌三叠，感伤聆二泉。
青春将去矣，身世只飘然。
窗月移花影，思君又未眠。

叶零吟

晚露初凝白，晓园忽染红。
春光忆烂漫，世事觉迷蒙。
生活淡中好，诗文闲里工。
叶零待捡取，题句赠西风。

京华感事

重读秋声赋，深知时势艰。

观风什刹海，访道妙峰山。

公务益繁重，我心宜静闲。

城南怀旧事，落叶满长安。

新院落成

艰辛何足道三年，崛起如同在瞬间。

郊野遥青秋色好，高楼洁白剑光寒。

双悬天镜清于水，两臂民情重似山。

仰望国徽誓宏愿，鞠躬法治献忠肝。

春节省亲途中

驱车又蹈旧行踪，起伏高原雪半融。

无奈相思人去远，还教岁月水流东。

京城惊骇闻奇案，市井哗然议腐风。

峰岭皑皑如鬓白，忧思尽在不言中。

听　雨

窗檐雨滴铮铮落，阶上飘芳点点寒。

抬眼豪情思万里，躬身事务感千端。

勤研大法公心在，受制多方独立难。

不愿等闲头已白，还将泥路更登攀。

秋感之一

满衣尘土忽西东，咏唱何须倩小红。

短志苦于充大理，余才乐得做诗翁。

一腔曾为生民热，两耳却因时事聋。

偶梦潇湘结山鬼，窗帷不觉起凉风。

秋感之二

空存万卷一胸中，跋涉风霜路欲穷。

北寺月来花影乱，西厢人去艳词空。

诗心孤独草虫噪，情爱凄凉秋树红。

总为双飞无凤翼，寄言只向故墙东。

年末怀旧

久束樊笼始脱身，百年梦影看环循。
山前明媚融残雪，河上芬芳过丽人。
曾为葬花怜命薄，每聆化蝶羡情真。
温馨一刻堪回念，俯仰之间迹已陈。

元宵在京

欲把箫声引凤凰，恰逢盛况在高冈。
三分荣耀小人物，十足风光大会堂。
国事闲中听爆竹，友情深处共壶觞。
归来雪夜好书读，除却作诗无更忙。

又是春光

绿树神魂活画图，鸣禽情意好邻居。
曾怜芳草轻鞭马，不羡浮名直钓鱼。
小戏诙谐三岔口，大家浑雄八分书。
此中趣味尝无尽，清淡餐盘只菜蔬。

满江红·观瀑

大瀑凌空，飞落处，涛声未歇。令诗家，情生汹涌，韵添刚烈。眼底缤纷红锦雨，梦中漂渡银澜月。念人生，何得壮如斯，期心切。　　征途上，风与雪；忽悟了，生和灭。把文词，空写阴晴圆缺。记得痴狂鸿鹄志，几曾激荡青春血。却回眸，红杏又纷纷，飞京阙。

摸鱼儿·春思

又登楼，怅然遥望，生涯浑溟长路。家乡小燕呢喃里，满院落花飘絮。空自许，纵陶菊开时，只恐难归去。此番风雨。已梦境吹飞，世情凉透，堪写断肠句。　　京都夜，绿酒红灯到处。升平耽乐歌舞。少年同学今何在，伏枥之心谁诉？芳草渡，垂柳绿，云英莫使重相遇。春留不住。虽梅鹤情痴，美人迟暮，此意最难语。

西河·青海日月山有怀

空旷里，风飙四野狂恣。飞云落月挂楼亭，崔嵬垂地。昆仑远眺雪巅连，孤鸿影影天际。　古道边，残痕处，犹闻公主车骑。当时海色映容辉，明眸皓齿。霜襟风袖玉鸳鸯，更添风许凄美。　驼铃野径响迤逦，芳时误，空怀剑履。谁解瑶琴心事。叹英豪，过客如烟，只把千古伤怀，诗中寄。

景仙会

（1941 —　）山西运城市人。运城市诗词学会会员。

种菜曲

　　小院多隙地，买种植菜蔬。提水浇墒透，深翻细耙酥。黄瓜西红柿，可口营养丰。架豆能省地，芫荽味道浓。各样种少许，苗发衬境清。劳作坚意志，勤动享遐龄。不惮动劳累，誓当自经营。果实累累挂，风摇绿间红。晚来呼老伴，开炉细调烹。遥招伐桂客，轻唤隔篱翁。把酒叨敦睦，酣醉话清平。

景北记

（1957— ）山西洪洞县人。中华诗词学会、山西诗词学会会员。著有《一是斋诗稿》。

原玉和阿丁《新春漫笔》

报道春风又一回，欢呼岭上野梅开。
已知赤县多秦火，宁信昆池尽劫灰？
海市撑天夸暴富，蜃楼匝地掩荒垓。
围炉怕话桑麻事，鬓白那堪岁月催！

感　事

敢问神州谁获麟，徒然岁岁物华新。
海风昔日曾开禁，禹甸而今愧姓秦。
人入龙龛鲜治水，鸡飞淮国屡腾身。
悲歌犹自从天落，热泪百年空湿巾。

愁　思

节近重阳拭远眸，身非王粲枉登楼。

逶迤秃岭夕阳下，萧索长天雁字浮。

已厌迂儒穷古道，漫从海客幻瀛洲。

去留无意白云淡，心绪无端叠作愁。

荆州关羽庙

白云千载自悠悠，忠义高标天地秋。

鼎立隆中允绝对，失衡江夏欠良谋。

归荆谁负当时诺？还债君偿项上头。

槛外长江东逝水，涛声长伴挽歌流。

景国亮

（1941— ）山西洪洞县人。原农行临汾分行金融研究室主任，现为中国楹联学会会员、中华诗词文化研究所研究员、山西诗词学会理事、姑射诗社社长。著有《景国亮诗联选》。

浮 萍 赞

亮丽泉池上，萍开玉瓣花。

几滴风动露，一朵雨停霞。

娇嫩灵光面，绵薄淑气颊。

欣然浮绿水，自在竟芳华。

山村赏杏花

院上村头竟万枝，晴烟淡看绽无迟。

春妍点点红花见，萼嫩莹莹绿叶摛。

无赖东风时相戏，有心梦雨夜潜施。

才怜欲白仍红处，无意留连怕太痴。

景昆俊

（1935－　）编审，山西芮城县人。中华诗词学会会员，山西诗词学会理事，芮城诗联学会会长。

时贤杂咏 (六首选二)

马 寅 初

人口危言警世钟，逆鳞忠告语铮铮。
好心岂是驴肝肺？当以黄金铸马翁。

梁 漱 溟

延水燕园师友情，美芹长策献明庭。
劈头诤语无端起，赢得先生骨鲠名。

智先才

（1932 —　）山西定襄县人，山西诗词学会会员。

深秋夜闻雨

飒飒袭窗冷，叮咚檐底声。
弹琴声细细，鼓瑟韵铮铮。
风扰腾云梦，寒惊越海情。
晨光洗霄碧，野老羡翔鹰。

晚秋登遗山

红塔迎风立，漫秋霜柳荣。
孤峰横地出，双水接天潆。
欲咏元翁句，不闻钟磬声。
怅然咒文革，浩劫胜灾兵！

【注】

遗山亦称神山，在定襄县东，孤峰突兀，如群山之遗，前有牧马河，后有滹沱河。旧时寺庙林立，元好问曾在此读书，自号遗山，并有《神山古刹》诗。"文革"中寺庙尽毁，后仅存一砖塔。

渔家傲·赞女农机手

　　堤柳含烟天欲晓，雄鸡引颈催人早。耙地女娃哼小调，机声叫，晨光映得娇颜俏。　　熠熠朝晖披碧垴，蓝天雁字寻原道。卅亩瓜田侍弄好，开怀笑，忽闻远近林莺闹。

烛影摇红·忆

　　初展春花，淡妆亮发桃腮脸。娇柔婉笑自娉婷，嫩蕊芳香绽。引得蜂追蝶恋。傍青枝、频频约见。老槐作证，新月含羞，清风扑面。　　怀想佳期，柳丝倩影依依伴。明眸回首望夫归，热泪莹莹串。喜鹊飞临碧院。别村前、情深言短。如今成梦，醒后迷蒙，枕寒夜半。

温 幸

（1938— ）山西文水县人。毕业于山西大学。曾任
山西省委宣传部副部长、省文化厅厅长、省文联主席。山西
诗词学会顾问。

忆秦娥·刘胡兰烈士就义五十年祭

漫天雪，大河侧畔朔风烈。朔风烈，星辰黯淡，
山河泣血。　　农家女儿心如铁，驱狼逐虎头不
折。头不折，乾坤翻覆，同天朗月。

1997 年 1 月 12 日

农家客栈

——书赠孔宪信同志

依山绿坡新农家，田禽朝鸣草径斜。
牛羊青丘争相食，蜂蝶来去忙采花。
池畔垂钓饶雅兴，篱傍对弈品清茶。
来客最是尝野味，村姑夸尽甜南瓜。
稻黍粒粒香喷喷，主宾把酒话桑麻。

2003 年 8 月 26 日

温　祥

（1932－　）四川长宁县人，中共山西省委办公厅退休干部。中国作家协会会员，山西诗词学会第三届会长，现为名誉会长。著有《寸心集》、《片羽集》、《滴水集》、《朵云集》、《五情吟草》、《温祥诗存》等。

移栽月季绽花蕾

萎干萌青沃土中，根舒叶展孕新红。
寻常一棵闲花卉，移出盆栽便不同。

赠校园诗社

结社号校园，歌吟笼太原。
诗成夸老骥，夕照染云天。

外甥千里来访翌日又别

紧促乡音乱耳边，儿时朋辈半登仙。
病瘫娘舅诗犹艳，买票辞行急返川。

读张一之老诗稿并谢其偕夫人过访

寒冬并驾访愚翁，百六高龄二老人。
近迹遥踪舒爱恨，桃园情系万家春。

丙戌春梦成一律谢老伴

病击瘫翁日薄西，又增十岁足称奇。
常寻好药疗残疾，更备佳餐喂肚饥。
校稿盈箱劳素手，扶轮满院听金鸡。
人夸后福谁堪敬？贤德昭昭我赞伊！

【注】

"校稿"句，指病后所写诗作，大多由老伴送打字室逐一打印校对。"扶轮"句，指1997年底到1999年在家养病二、三年间，每天早起天刚亮，老伴就推着轮椅在大院里转，促我锻炼走步。

敬答马大哲吟长赠诗

敬领先生七绝诗，余生又喜得相知。
吟程亦是艰辛路，莫卸征鞍纵马驰。

【注】

（马作《赠吟长温祥》载《桃园诗草》第十二集）

悼任锦翠

唐渊组建费心神，病笃犹传唤早春。

雅韵高腔天召去，抬头见面更思君。

【注】

（任君以自裱所画牡丹图见赠，至今仍悬于客厅。见物思人，不胜感慨。）

焦丽萍

女，（1967 —　）山西晋城市人。山西诗词学会理事，杏花诗社常务理事。著有《始近黄山》。

永遇乐·王莽岭琴台

叠嶂千重，绵延万里，云海深处。师旷辨音，伯牙悟美，《白雪》《阳春》路。高山摞谱，流水传韵，引得凤凰频顾。余音在，萦萦袅袅，清响随风成赋。　　凭栏远眺，抚弦人杳。莫问个中缘故。妙曲天成，峰回谷应，唱和青山瀑。太行不语，琴台依旧，谁对丝桐如树。松涛问：知音何在？横绝亘古！

渔歌子·咏锡崖沟村（二首）

（一）

世代躬耕不记年，铧犁划出好桑田。愁暴政，避烽烟，至今留得一桃源。

（二）

喜得山中几日闲，峰峦列嶂阻尘烟。水似玉，云如棉，清茶半盏醉篱边。

绍兴沈园随感三阙

减字木兰花

桥边柳老，壁上怨词无处找。绿水悠悠，依旧春光无限柔。　　枉言恩爱，可奈因缘托世外。相遇相知，不过断肠几首诗。

忆秦娥

观云霭，碧霄欲敛山如黛。山如黛，感伤颜色，苦情姿态。　　痴心难越红尘外，做人慎勿言恩爱。言恩爱，两肩责任，一腔无奈。

一剪梅

清晓临窗觉露寒，瘦月残星，憔悴如前。文章知己友兼师，梦里涂销，复上心间。　　夜有所思怎入眠，想与人言，难与人言。为人谁不盼真情，情到深时，却更添烦。

杜鹃花

何用啼痕掩旧伤，一经风雨冠群芳。
生灵际遇谁能料，幽谷山花雪后香。

茉莉花

一簇一层缀满枝，幽香漫溢夜深时。
花开雅朴如云朵，素净清馨渗小诗。

桂　花

摇落仙葩伴月光，遐思入梦影投窗。
肌骨洁白如冰雪，挪借广寒一缕香。

牡　丹

霞作霓裳月作心，晓来绿艳衬红深。
婀娜未负东君意，绽向春光带笑吟。

咏王维

诗中有画画中诗，禅趣盎然寄月知。
莫问空山新雨后，春芳红豆几人痴。

程志忠

（1944— ）山西绛县人，中华诗词学会、山西诗词学会、山西省作家协会会员，运城市诗词学会名誉会长。著有《政法干警修业歌》、《心灵集》。

洪洞大槐树 (新声韵)

晋南古地大槐名，传遍神州满是情。
树老重发枝叶茂，人繁几去魄魂灵。
移民四海寻根祖，纽带五湖恋圣容。
家谱续来香火旺，宗亲代代故乡行。

程步云

（1940 — ）山西太原市人。山西大学毕业。高级讲师职称。系中国楹联学会、山西诗词学会会员、唐踪诗社常务理事，太原市楹联家协会副主席。著有《怡道心声》等。

晋祠难老泉

悬瓮山前晋水流，泉声难老尽情讴。
晶莹荡漾向东去，广润稻田成绿洲。

程素仁

（1956－2006）山西祁县人。研究员，中华诗词学会会员，武术协会主席。著有百万长篇小说《形意宗师》，合著有《形意拳术大全》、《孔祥熙宋霭龄年谱》。

小 桥

细雨霏霏上小桥，涓涓九曲出烟坳。
牧童河畔牵牛走，细语清流入古谣。

捣衣姑娘

绿必烟峰一点红，捣衣捣个万山空。
起身带起千颗露，挽着晚霞回林中。

窗台盆菊

窗台菊放两三枝，残色秋凉意未迟。
不久冬来风凛冽，化为花雨报春知。

董　方

（1930 —　　）山西介休市人。中学高级教师。山西诗词学会理事。编有《绵山朝阳》、《绵山情深》等。

虞美人·夜宿显通寺

台怀环顾山客好，俯看台怀小。清凉胜境夏如秋，别有一番天地在僧楼。　　依山修庙人朝拜，佛法传中外。文殊古庙圣山灵，四海五湖纷至表虔诚。

采桑子·介休绵山兔鹿桥

峻峰绝壁临深涧，兔鹿桥横。人不双行，飞栈凌空悬彩虹。　　心平步稳无险路，其乐无穷。揽胜攀登，宝刹云峰烟雾中。

董利星

（1959 —　）山西文水县人。山西通理律师事务所主任律师；中华诗词学会、山西诗词学会、山西省作家协会、山西省书法家协会会员。

文水麻衣仙姑庙

羞花闭月降人间，抗嫁披麻舞九天。
石室山中成正果，洪钟声远白云闲。

幽静东岩寺

千里青山万里天，一川翠柏几村烟。
农夫醉卧东岩寺，梦醒觉来月已圆。

交城卦山

水绕奇山烟紫生，连绵翠色起爻峰。
峭岩异壑象呈卦，旋柏苍苍隐宇宫。

董洪运

（1956— ）山西洪洞县人。现任忻州市委书记。
1982年毕业于山西师范学院政史系，历史学学士。

吕梁赋

　　乾坤动，吕梁生。天工镂，地貌成。横压八百余里。峥嵘突兀，叠嶂竞险。北起管涔洪涛，南绝龙门津口，东与太行并驾，西携黄河奔流。嗟夫！苍颜古风，可夺骚客之笔；人文史话，一贯百代风流。割其腰，因其名，取十三县而置此邑者，越三十七年矣。丙戌孟春，余衔命而迁。背条山，弃鲑海，忝位是邑。流光如飞，两载顿逝耳。

　　尝闻吕梁经久困厄。抱骊龙之珠而借光于四方；怀荆山之璧反乞哀于穷途。窃以为咄咄焉。故到职伊始，探山林，谒父老，阅典籍，询有司。山高路长，何惧风雨阻隔；文计堆案，不免夜阑秉烛。

　　昔有歌云："人说山西好风光……右手一指是吕梁。"览邑境，吾惊焉。千峰横空，万壑纵地。云崖雾谷，皆隐藏宝之门；长阡短陌，广通致富之路。春风一拂，陂绿花开，宛若桃花源中；天

寒地冻，河锁雪飞，景应沁园之词。林壑深幽胜
太行，收罗眼底不辞忙。此邑也，春秋为晋国之疆，
战国乃赵君所辖。属隶频变，胡汉交融。永宁汾
阳，兵家必争。吴城军渡，古多战事。雄关险隘，
旷古烽火；美谈悲忆，不绝史书。

离石形胜，今之治所。汉开郡府，要冲千年。
翔凤飞龙，猛虎雄踞；三川汇流，折入大河。道
观直出凤腰，庐闾各抱地势。郭西有池，泉出短
岗。小桥卧波，莲开清流。东岩禅钟，声先白马①。
玄中古刹，净土一门②。丹霞飞涌安国寺，北渼
六载读书楼③。云梦奇异，掩鬼谷桃花；柏洼胜绝，
留傅山仙踪。西湾民居，天工巧造，犹绝代之佳丽，
处深闺而人未识。湫水潺潺，可濯我足；文峪清
清，可涤我心；岚漪涓涓，牛羊之饮；蔚汾粼粼，
云影天光。徒步风景之间，一似神仙中人。

庞泉一沟，林海万顷；云顶之山，气象千殊。
白云弥绿谷，飞瀑漱苍岩。鹿声呦呦，角鸡翩翩。
群鸟竞喉，杂花乱放。方丽日蓝天，忽细雨缤纷；
才风起云涌，又彩虹飞空。牦牛与雉兔为伍，鹰
隼共狼狐分庭。噫嘻！处北国之境，何来青藏高
原乎？不禁仰云天而思深远，眺阔野而欲驰骋。

　　碛口古镇，千年风云。盛衰荣衰，百大濒危。太平之岁，商贾云集，战乱之秋，戎马倥偬。水旱码头，最堪凭栏，洪波涌动，沙风苍凉。涛声依旧，不闻船号棹歌；残仓破铺，何见茶马风霜。青莲之笔，难状其景；子美之襟，岂抒关怀？

　　三春竹叶酒，一曲鹃鸡弦。杏花村里，酒之祖坊，发端殷商，百代承传。麯之筋骨，本于精粮之魂魄；酒之神韵，源出古泉之甘洌；至清至纯，简约而能醇厚；至柔至刚，朴正而若君子。牧童一指，名播九州；万国博览，荣膺金奖。晋商闯关山，汾酒走天涯。芳香飘万里，百派景杏花。草长莺飞春欲暮，我来仍是雨纷纷。余每游酒都，至半酣乃神旷。遂举碗而邀杜牧，愿常做杏花村人。

　　盈邑多瑰宝，羡人独杏花？红枣养颜，占尽铅华风光；核桃健脑，耄耋能辩蒙梁。回楼黄米，帝京贡品。野生沙棘，海内之冠。荞麦花开，散白雪之香；土豆新熟，烹宴宾佳肴。屈产之马，假荀息而号灭；伞头秧歌，赖传唱而流行。龙形铜觥，稀世珍宝；汉画像石，幽冥寄托。煤海滚滚，隐于地腹之中；铝铁浩浩，被覆黄垩之下。金钨钾锰，闺中待字；铜陶铅锌，深藏思贾。荆棘岂能没驼铃，锦绣必可焕金瓯。

七日休沐，登北武当。红叶染巍峨，松涛吼长空。援手意摘北辰，纵目心收南海。不禁感慨，于是披襟骋怀，乃歌之曰：承乏斯土兮情满斯山，芸芸黎庶兮悠悠我心，誓效吐握兮吾复何求④？。

古人云："十步之泽，必有芳草；十室之邑，必有忠士。"刘渊奋起，汉国建于离石；狄青勇猛，西夏披靡边陲。武曌心雄，终成女帝伟业。天下廉吏，于成龙堪称第一；世上直臣，孙家淦满朝无双。诗坛应识宋之问，武后曾为夺锦袍。高迹可追，清风继后。辛亥革命，刘少白掷笔从戎；五四运动，贺昌君振臂投身⑤。烽火岁月，圣土喋血。铁甲十万，战旗猎猎。红军东征，旌麾指处，阎兵豕突狼奔；游击晋西，神出鬼没，顽敌闻风丧胆。蔡家崖下，蔚汾河畔，谈笑风生毛泽东；晋绥首府，延安屏藩，统兵杀寇贺元帅。黑茶山巅，四八烈士共天地长存⑥；三交镇前，志丹英灵与日月同辉。胡兰何忠烈，敢藐断头铡。一部《吕梁英雄传》，多少晋绥子弟血。青峰无语埋忠骨，金戈戎马换新天。

有客自京城来，访余曰："良庖解牛，游刃有余。居官治邑，会其何为？"对曰："立产业，构民生之根基；兴教育，造振邑之英才；开门户，徕天下之要素。铁路飞架，苍龙舞长空；公路廻峰，猛蛟起大渊。建机场，辟云衢于青霄；通航线，翱银鹏于九天；畅物流，谋货殖于万国。公明廉威牢记，允执厥中不忘。尔后可也。"客紧询之曰："至要者何也？"答曰："选贤任能。贤能任，邑兴可期；

庸鄙专，政衰不远。"客扶座而起曰："今之吕梁，何弊为甚？"曰："富家一席宴，穷人十年粮。和谐共富，路途迢迢矣。仆出蓬门，民艰尽悉。虽年届天命，而锐意风雷。为政虽居一邑，兴衰牵于一国。敢不诚竭驽钝，以七尺微命，效之三百五十五万人民乎？方今吕梁，百业正举，上下同心，共谋发展。三大工程，宏韬伟略，双百双千，广厦之基。励精图治，争雄三晋不远；开拓奋进，笑傲神州有期。"

谈方健，客手机骤响。接之，莞尔。乃相辞而去。茶尚温，未及饮。

2007 年秋于吕梁山不已庐。

【注】

① 东岩禅钟，声先白马：白马即洛阳白马寺。吕梁市文水县有尔岩寺，建于尔汉永平十年，即公元 67 年，比白马寺早一年，为中国民间第一禅寺。

② 玄中：即玄中寺。在吕梁市交城县，为日本佛教土宗祖庭，由北魏著名高僧昙鸾开创。

③ 北溟：即于成龙，为清朝"天下廉吏第一"。吕梁市方山县人，曾在安国寺苦读六年。官至两江总督。

④ 吐握：见周公旦"一饭二吐哺，一沐二握发"之典故。

⑤ 贺昌：又名贺其颖。吕梁市柳林县人。1930 年任中共北方局书记，1934 年在瑞金当选为中华苏维埃中央执行委员，长征后留苏区坚持游击战争。于 1935 年 3 月一次突围中牺牲，时年 29 岁。

⑥ 四八烈士：即王若飞、叶挺、秦邦宪、邓发等人。1946 年 4 月 8 日，从重庆飞延安，在黑茶山飞机失事遇难。

董耀章

（1937— ）编审、一级书法师。山西忻州市人，山西省文联原副主席，现为山西省诗书画印艺术家联合会主席、中国名人书画院副院长。著有长篇小说《血祭忻口》（合作），诗集《彩色的原野》、《爱的风露》、《金色的山川》、《虎头山放歌》、《美娘魂》、《花潮》、《虎穴少年》、《阳光集》、《爱的星空》，电视连续剧剧本《忻口战役》等。

夜游漓江

水映青山月似弓，霓虹倒影半江红。
笙歌满船笑拍浪，心绪放飞驾晚风。

咏岳阳楼

范公古典誉经年，秋水长天一色鲜。
白鹭衔吟新韵掠，和谐胜境喜空前。

莺 莺 塔

寻情望塔醉消魂，待月西厢琴韵芬。
帘幕风撩香未谢，伊人照旧咏春心。

咏顿村傅山故里

山头鸟啭绿云缠，阔地书香浴暖泉。
盛世春风邀圣主，家乡更艳一重天。

谒元好问墓

苍天古木琢蒿荒，斜日残碑秋意凉。
妙谛杜陵诗启后，鸿篇巨制永留香。

谢启源

（1948— ）回族，河北易县人，生于太原。毕业于首都师范大学中国书法艺术专业。现任山西省社会科学院研究员、中国书画研究室主任；兼任中国回族学会常务理事、中国书法家协会、中华诗词学会会员、山西诗词学会理事、山西傅山书法研究会副会长，著有《谢启源诗文集》、《谢启源书法篆刻集》等。

谢温祥先生赠诗

通古博今览中西，廖落骚坛入目低。
匡正世风挥健笔，栽培后进作红泥。
乌纱戴着碍诗眼，轮椅扶摇胜马蹄。
夜雨巴山秋水涨，深情一往驻汾堤。

刊勒傅山碑林感赋

泪眼滔滔望翰堆，凭谁巨笔启灵扉。
千思久练毫端力，一悟顿开奥旨微。
伟抱奇怀堪效法，神高韵远宜穷追。
今朝欣喜逢宏世，我为傅公树颂碑。

摩勒傅山碑林大篆《正气歌》巨碑后

难怪铁骑好梦摧，人间正气瞿成灰。

乡音三晋声声咽，胡语九州处处飞。

郁洒绢绫凝血泪，愤操翰藻放奇瑰。

孤光自照於天地，教醒民心不胜悲。

摩勒傅山碑林行草书有感（八首）

（一）

精劲秋毫凝素鲜，琼瑰沾此染松烟。

寄怀黎庶桑梓里，得意啬庐法帖间。

墨海书山织锦锈，石涛碑浪涌文澜。

永将心画陈其迹，国宝由余结众缘。

（二）

满目琳琅字字珍，珍如拱壁重如金。

钩摩万幅方遂愿，刊勒千碑未歇心。

泽被后人忘毁誉，缅怀先哲记仇恩。

三千书史重评定，五百年来第一人。

（三）

超凡入圣足千秋，青史几人堪比俦。
勒石别开新境界，修园妙造古风流。
书中青主遗高韵，字外河汾映缘畴。
始信典型昭百代，高碑入眼泪难收。

（四）

殿阁迴廊立水滨，先贤遗墨建碑林。
贞风和畅逢弘世，时事昌隆纪圣人。
错落亭台临墨海，昂扬正气照乾坤。
精心摩勒石头上，好让高标贯古今。

（五）

满人入主泛霜红，国士忧心略许同。
诗挟骚魂怀杜圣，腕凭羲魄证颜公。
真人大隐书何草，贫道小札语极工。
俭校佚篇频诵读，心窗辉映月明中。

(六)

气象氤氲足壮观，真山高处几人攀。
白云春暮松庄外，红叶秋深裂石边。
工写莲花经三册，细批诸子集百篇。
寒窗掩卷雄风起，情动心潮韵满天。

(七)

伫望明清旷代宗，千秋不朽傅先生。
字中翰墨存风骨，笔底情操动彩虹。
铁画银钩寄浩羲，挽强跃骏寓情同。
而今书史应重写，莫让觉斯压乃翁。

(八)

李灭朱明清入关，谁怜破碎汉江山。
临危制节正而险，才结气联柔更坚。
挥翰秋光舒异彩，援毫春色映同天。
连绵大草呈高格，超素迈颠上顶端。

韩 莹

女，（1971— ）山西榆社县人。山西诗词学会会员、榆社电厂诗词学会常务副会长。

山村夕照

谷间采野葱，坂上杏花浓。
落日云深处，闻歌寻牧童。

酒 趣

酒醒池边看，一塘不醉荷。
驱车村畔绕，拍手赏童歌。

登 塔

塔指蓝天云燕孤，拾阶而上赏浮图。
登高远眺群山矮，顿感人间烦恼无。

韩卫平

（1955— ）山西左权县人。大专文化。现任政协左权县委员会主席。中华诗词学会、山西诗词学会、山西省作家协会会员，晋中市作家协会理事。著有《漳波吟韵》、《太行吟颂》。

蝶恋花·夜宿和顺县许村"农家乐"

皓月当空如白昼。照亮锅台，红辣和青韭。问讯农家还有否？村姑捧出毛毛豆。　　妇唱夫随眉眼瞅。笑脸迎客，端上阳光酒。相劝互斟回味久，悠然自入重霄九。

金缕曲·怀念刘运炎老校长

师长才八斗。正耕耘、满园桃李，枝枝竞秀。"文革"浩劫突降至，帽子横飞乱扣。遭迫害、牛棚蹲就。挨打挨批挨揪斗，受凌辱凄惨心伤透。臭老九，骂不够。　　晨来夜去复明昼。喜春风、习习拂面，吹绿杨柳。尊重人才兴科技，大显知识身手。重返校、登台教授。学子莘莘成俊彦，老园丁欣慰含笑久。思念泪，湿襟袖。

韩友民

（1947— ）山西芮城县人，大专文化。中华诗词学会、山西诗词学会会员、运城市诗词学会理事，黄河诗社副社长兼秘书长。著有《枫园寸草》一书。

江城子·晨练

朝云霞曙旦初黄。步悠长，臂轻扬。简束闲装，尽享气清凉。陌野青青怡旷远，襟意畅，俗烦忘。　　神酣太极剑寒狂。左探囊，右收芒。舒展悠移，鹤影伫何庄。衣上轻尘喉上曲，心泊淡，志弥昂。

醉花阴·庭竹

仲夏圃园浓绿秀，雨歇晶珠溜。嫩叶又舒长，浥得青青、涤却世间垢。　　书声墨味纱窗透，茶话喧樽酒。听斋影轻斜，天浴文薰，劲节横如镂。

天仙子·"嫦娥一号"奔月

　　粉彩莲蓬飞镜月，飘袂霓裳游玉阙。瑶池琼宴待君来，群仙悦，吴刚接，浴罢银河宫苑歇。　　织女嫦娥乡问切，阿妹桂宫何秘揭？阊阖科考雾迷重，月圆缺，星明乒，宇宙探真归报捷。

韩文元

（1968 — ）山西诗词学会会员，唐踪诗社副秘书长。
与吟友合出《拾萃集》。

登 华 山

悬壁穿云直，连峰沟壑深。
上攀豪气放，举手乱云擒。

蒙　山

松叶甜甜簇簇怜，西山爽气沁心田。
尘蒙灵佛谈新韵，俏丽佳人述旧篇。
涧水潺潺摇翠柏，梵音阵阵绕青泉。
晨曦晓月今犹在，止见黄鹂岭北翩。

清明登山得句

难能今日是晴天，无限风光尽眼前。
山脚花开银似雪，岭边雾绕淡如烟。
轻云流转羞芳草，飞鸟盘旋傲纸鸢。
胜景此时唯独好，兴来捧酒著诗篇。

网上观某官为冒充书记情妇者行贿而感

虽擎小势也留私，常叹无门攀贵枝。

欲念登高骑大鼎，怀金夜半访师师。

韩生荣

（1923 — 1999）山西祁县人。曾任山西省教育厅厅长、
中华诗词学会常务理事、山西诗词学会首任会长。

嬉 雪 诗

雪自空中降，万类顿开颜。

顽童八九个，老夫杂其间。

或掷雪球嬉，或堆雪人玩。

弱者不甘弱，强者更争先。

我老体已倦，孙辈战犹酣。

胜负尚未分，日已上三竿。

当退我便退，思还我即还。

无心逐名利，有意守清寒。

喜看银世界，瓜瓞自绵绵。

官地矿感赋

油路贯通山里外，林阴夹道少尘埃。

远听马达隆隆响，近看乌金滚滚来。

墨客骚人司访拜，煤兄炭弟乐开怀。

矿区天地多风采，写意抒情任剪裁。

重阳节登天龙山失陪寄语诸君

明日登高望海涯，叮咛伴侣各乘车。
路从难老泉边过，茶向天龙寺里赊。
天令金风驱薄雾，人将丽句织朝霞。
临行贱体偏作怪，病榻低吟到日斜。

登 泰 山

暑日旅东鲁，乘兴登山巅。
顺踪访古迹，溯流探泉源。
云从脚下飘，人在空中悬。
险途不避险，仙境不求仙。
登上玉皇顶，饱览天外天。

游 渤 海

刚登泰山玩，又下渤海游。
潜水戏鱼虾，破浪逐飞舟。
俯仰漂忽忽，进退乐悠悠。
少小识水性，老来凭劲头。
欲穷万里海，惟有顺潮流。

韩志清

（1946— ）山西榆社县人，中华诗词学会、山西诗
词学会会员、晋中市诗歌协会常务理事、榆社诗词学会常务
副会长。著有诗集《浊漳情丝》、《浊漳之歌》、文集《浊
漳之声》，编辑诗集《古今诗人咏榆社》。

攀　登

峭壁攀援上，人穿灌木丛。
云从膝畔过，风自脚边生。

绝　顶

放眼群峰小，歌飞雾海中。
笑由眉宇起，汗带满山风。

登十八盘

勇上十八盘，心悬步蹒跚。
阶梯绕断壁，栈道插云端。
仰面凌霄汉，回头惊胆寒。
彩虹飘绝顶，咫尺睹天颜。

咏太长高速公路

一虹跨越太行山，五万雄师献寸丹。
隧洞横穿官上岭，金桥飞架九龙滩。
浊漳河畔栖金凤，古道长平琢玉环。
三晋宏图连港澳，物华滚滚出乡关。

咏笔架山

奇峦秀景醉天涯，翠柳莺啼沐彩霞。
八角亭台揽紫气，四峰林木隐岚纱。
观音泽惠交华贵，笔架生辉才运佳。
箕苑广栽千载树，催开万代向阳花。

咏云竹湖·金湖秋波

湖水涵清溥，漪纹动素秋。
粼波涌鱼戏，碧浪弋鹅游。
柳林围翠岸，云雾溯源流。
夕照烟波里，谁摇一叶舟？

韩桂五

（1927— ）山西文水县人。历任太原钢铁公司副总经理兼总会计师、山西省经济体制改革委员会第一任主任等。中华诗词学会会员、桃园诗社顾问。

初登黄鹤楼

崔吟黄鹤一高楼，李白见诗未敢留。
赞叹不如另换题，金陵佳赋韵来偷。

韩崇文

（1937 — ）山西大同市人。退休干部。中国楹联学会、
山西诗词学会、大同市诗词学会会员。

短笛新曲（二首）

（一）

自驾游山水，凌晨高速飞。
花灯灿烂夜，载月荷星归。

（二）

电脑如人脑，开机似有神。
地球小世界，网络大乾坤。

韩海莲

女，（1950 —　）山西太原市人。山西大学中文系毕业，后进修硕士研究生。中华诗词学会、山西省作家协会会员，省女作家协会理事，山西诗词学会常务理事、副秘书长，杏花诗社副社长，《难老泉声》副主编。

行香子·晋溪春趣

村外青河，荡漾微波。登高处，彩蝶穿梭。洗衣姑嫂，踏水轻歌。正笑声脆，欢声洽，闹声和。　　一朝春汛，吹绿田坡。和风里，戏水群鹅。芳菲桃李，靓妹阿哥。喜心花放，菜花灿，野花酡。

行香子·龙山晚兴

皓月徐行，蛙鼓蝉鸣。龙山暮，柏自青青。杯中美酒，篝火升腾。正歌声沸，琴声激，笑声萦。　　红男绿女，醉舞轻盈。夜空灵，天上流星。人间倩影，共约温馨。更诗情炽，柔情涌，激情生。

减字木兰花·女飞行员

　　青春似火，搏击蓝天云几朵。花样年华，哪里飞翔哪里家。　　耕云播雨，万里长风银燕驭。漫舞星空，明日婚纱别样红。

江　上　行

　　犁浪追风一舸行，凭栏对月晚云轻。
　　星河闪烁沿江岸，多是新添不夜城。

江上晨雾盼日出

　　非烟非雨漫天笼，忍听涛声拍夜空。
　　但望曦和开曙色，瞬间赠我满江红。

雨中西湖

江南细雨醉游情，西子蒙纱万态生。
天水迷茫舟远近，白堤隐约管箫声。

思 母 吟（二首）

（一）

少小离家自念家，枣林深处寄生涯。
姨扶学步傍山炕，舅教吟诗对杏花。
新买书包肩上挎，细将发卡鬓边斜。
韩家养女读书去，梦里娘亲唤海娃。

（二）

早岁离家慈母病，山花野菊伴甥娃。
人前尽洒思亲泪，梦里频兴忆母嗟。
小路弯弯通远处，闲云渺渺觅谁家。
年来多少难眠夜，恨未相扶看晚霞。

浪淘沙·梅苑山庄东湖赏景

舟上沐春风，放眼湖中。有人高唱大江东。画舫频传欢笑语，惊起渔童。　　碧水映晴空，快艇冲锋，劈开白浪向苍穹。一片惊呼飞万险，天上飞虹。

鹧鸪天·感悟

松竹梅兰爱至深，高山流水有知音。朝刚明月解人意，碧海波涛荡我心。　　虽有梦，梦难寻，剑磨风雨十年真。休闻暗处闲言语，磊落胸怀笑古今。

青玉案·读史

千年历史曾回顾，看多少惊心处，学海无涯勤奋度。痴迷书卷，尽抒情致，跨我人生路。　　历朝无尽英雄诉，正直常为恶言误。试问怅然能退去？九州雷急，钱塘潮起，天降倾盆雨。

鹧鸪天·思恋

可记江南绿意浓，君寻红豆探奇峰。高山流水清音醉，意海扬波热浪通。　　情已灼，爱相融，天涯海客又重逢。与君喜阅关山秀，雨后梅林看彩虹。

廉宗颇

（1945 — ）山西永济市人，大专学历。中华诗词学会、中国楹联学会会员，山西诗词学会理事，运城市诗词学会、楹联学会副会长。著有《诗词联基础》，主编《香港回归诗词选》、《戊寅抗洪诗词选》、《海峡两岸诗词选》。

黄 河 颂

巨龙狂舞万千秋，一路咆哮壮九州。
纵有风雷多变幻，南回北折总东游。

黄 河 祭

长蛇锣鼓震天歌，一曲秦腔唱大河。
久旱无霖农事紧，截流十万上高坡。

赞 艄 翁

大海咆哮恶雨频，西天又涌一层云。
航程万里船头正，砥柱中流掌舵人。

早　春

日出东山云自闲，晨风扑面带余寒。

春姑善解芳龄意，巧借花裙展笑颜。

长 城 颂

中华圣体一条龙，莽莽长城万古雄。

莫谓雏形秦汉异，须知正气古今同。

幽情默默连东海，铁骨铮铮抗北风。

多少英雄天地共，山前岭后数青松。

重修鹳雀楼

元初大难恨千秋，毁我巍巍鹳雀楼。

血雨腥风兵事紧，荒滩冷月雁声稠。

夜山白日思之涣，盖世文明忆北周。

今日欣然兴土木，黄河泪水未空流。

廉相颇

（1951— ）山西永济市人。天津大学毕业，高级工程师。中华诗词学会会员，永济市诗词楹联学会副会长。著有《鹄原吟草》诗集，编有《香港回归诗词选》、《戊寅抗洪诗词选》。

杜甫草堂

修竹草堂情若何，当年诗圣路盘陀。
浣花溪畔心流血，烽火京畿国染疴。
情系乾坤吞日月，诗惊神鬼壮山河。
常怜天下庶民苦，茅屋秋风万世歌。

浣溪沙·咏香港陈冯富珍女史当选世卫组织总干事（四首）

（一）

凤翥龙蟠国运开，世林翘楚栋梁材。举杯遥贺饮茅台。　　疫疠袭人须救护，疮痍触目待安排。人寰疾苦系情怀。

（二）

一代风流此际来，五洲呼唤今登台。首场亮相是裙钗。　　序幕初开人气旺，衷肠牢记难民哀。中华自古尚和谐。

（三）

时代风光岁序新，贫寒共盼艳阳春。光临世卫掌门人。　　最是感伤兵燹地，自当关爱地球村。与人为善德为邻。

（四）

国力升腾国誉高，中华儿女奋今朝。担纲世卫展风标。　　江海云空堪比试，鲲鹏丹凤任扶摇。天边曙色见昭昭。

解贞玲

女，（1948 — ）山西太原市人，高级会计师。毕业于山西财经学院，中华诗词学会会员，山西诗词学会唐明诗社副社长，杏花诗社常务理事，《唐明诗苑》常务副主编。著有《解贞玲诗书选萃》。

清风斋咏怀

人生何必觅封侯，艺术年华凝远眸。
笃志吟怀酣翰墨，潜心理韵结朋俦。
山川有意情能逸，岁月无痕兴未休。
入道痴迷神顿悟，诗词曲赋竞风流。

咏 傅 山

腹内藏书千百卷，酿成佳作似高山。
平生自有澄清志，留得声名天地间。

长相思·分别卅年喜相逢

师生情、同学情，龙城盛世喜相逢。谈笑碰杯中。　来似雨，去如风，难忘今宵欢聚情，浓浓祝福声。

雷秀华

女，（1962 — ）山东平原县人，生于山西太原，大学学历。

望海潮·游晋商名宅感赋

高墙豪院，重楼吉道，方圆一派奢华。台榭倚栏，亭廊画栋，撩人转目无暇。奇伟自当夸！更石雕木刻，精湛犹加。幢幢深堂，厚金多彩饰檐牙。　　当年迹旅飞沙，有骆驼队，阵口岸茗茶。汾水酒坊，金融票号，称雄业界堪嘉。南北尽喧哗。叹朔风吹过，人各天涯。昨夜春宵美景，今日梦谁家。

行香子·秋吟

湖蟹肥鲜，玉露清寒。暮云中、大雁飞还。闺房暗叹，花事长牵。待江郎笔，刘郎遇，柳郎缘。　　一轮夜月，无际江天。不堪闻、两岸哀猿。巴山雨快，汾水声残。任心波涌，秋波送，海波翻。

一丛花令·寄语

小桥寒月影飘零，遥望旧长亭。琴声暗送相思语，又拨动、孤寂芳情。春可再来？花能再放？徒惹鸟凄鸣。　　回眸娇态泪盈盈，心事诉谁听？梅枝不染蜂蝶意，只留下、一缕香清。辽阔海天，空明如碧，君是哪颗星？

一剪梅·远寄

碧海情天皎月悬，枫叶燃燃，诗语绵绵。纤腰不耐锦思缠，宽了罗衫，淡了云颜。　　一梦飞驰阆苑间，君在亭前，我在梅边。相凝无语泪涟涟，心事如烟，爱绪如泉。

雷固生

（1941 —　）山西运城市人。山西诗词学会会员，唐槐诗社社员。

周宁风光

周宁风景映清溪，溪越万壑到山西。
友人赠我诗画册，爱不释手情依依。
翻开序页看山城，座座高楼都是情。
城外茫茫环翠绿，如诗如画世人惊。
合和文化看浦源，人鱼同乐天下宣。
鲤鱼不是桌上物，游戏溪中享永年。
山中有水水自灵，九瀑飞起九条龙。
为佑周宁百姓福，桃花溪中建龙宫。
桃花溪畔桃花人，桃花点点饰罗裙。
锣开业伟惊天地，笔落诗成泣鬼神。
我若客此不思归，心事总随白云飞。
攀山拨雾采新叶，一日品茶千百回。
醒来仍是在山右，一队飞鸿过并州。
劳君捎去难老水，欢迎仙客佛国游。
青山绿水皆悠然，浏览诗画窥一斑。
何日洪洞再移民，定居便是桃花源。

翟生祥

（1933— ）山西翼城县人，系中国作家协会、中华诗词学会会员。曾任中央人民广播电台山西记者站记者、站长等职，现任《新田园诗书画》杂志主编、山西诗词学会副会长、山西省农村文化促进会副会长等职。出版诗集四本。

韶山瞻仰毛主席铜像

极目穷天际，胸怀宇宙图。
气豪冲北斗，笑看九州殊。

探　亲

翠柏偎溪水，白杨护小村。
比邻新瓦舍，先叩哪家门？

1998 年 8 月

农家书房

一轴红梅灿画堂，碧荷出水沁心凉。
醉人不独丹青笔，四壁图书扑鼻香。

1999 年 2 月 16 日

泰山游记

上海农民宁夏客，携儿带女唱新歌。
星稀只道家乡好，日出欢呼笑似河。

1993 年 9 月

翟耀文

（1949 — 　）山西临汾市人，大学毕业，高级经济师。山西作家协会会员、山西诗词学会理事、临汾市作家协会副主席。著有《野草拾遗》、《心香》、《翟耀文诗集》、《高山流水集》，编著有《历代名家咏临汾》、《古今菊花诗丛》。

无　题

平生不肯搏浮名，纸醉金迷一笑轻。
遍踏青山学雁志，曾经沧海习牛耕。
身无媚骨常违世，胸有丹心乐远征。
欣喜中年逢盛景，挑灯看剑唱新声。

登华山西峰

三度南来临华岳，今朝直上最高峰。
崖飞瀑布珠玑溅，岭背斜阳瑞气封。
绝壁高悬秦代月，阴崖暗挂汉时松。
抬头顿觉瑶池近，更望瑶池一万重。

水调歌头·登雁门关感赋

仰慕雄关久，今日独登楼。长城万里横卧，极目满天秋。山角兵营犹在，故垒断碑残立，前事说边州。怨妇空闺泪，荒野旅魂愁。　　九关塞，尊第一，谁堪俦？北疆铁壁千里，古国一望收。欣喜狼烟早灭，和睦汉胡相处，盛世乐悠悠。试问关山月，今古谁风流？

蔡智敏

　　硕士，编审，语文报社社长兼总编辑。山西省作协会员。著有诗集《走过荒原》。

二人转

　　锣喧板脆胡琴起，亮相登台笑语飞；
　　下里巴人偏大乐，人生快意侃加吹。

美人松

　　地裂灰飞日色昏，繁花崩落尽成尘；
　　笑看大地千年劫，冷眼人间百度春；
　　叶茂枝坚苍劲态，根深本固俊英魂；
　　葱茏劲秀伟奇绝，玉立亭亭号美人。

蔡德湖

（1931 —　 ）江西上犹县人。毕业于东北药学院本科。主任工程师。中华诗词学会、山西诗词学会会员,《唐明诗苑》主编。著有《局促集》、《散曲入门》等。

诵

迭奏宫商汾水边，开轩雅集月方圆。
玉盘争似催诗鼓，竞把韵声吟满天。

浣溪沙·洞儿沟赏桃花

倾国倾城绿间红，施朱施粉翠华重。洞儿沟内色香浓。　　佳丽多情娇艳态，可人有意绻春风。却回还顾步迟中。

多丽·旦初吟长作品研讨会即席以长调寄意

　　菊丛香，丹枫几叶凝霜，骋风流、金钗十二、花明楼敞琳琅。鉴毫芒、素妆淡雅，翚骄艳、瑶步轩昂。引玉抛砖，囫囵吞枣，知人论事校短长。《山药蛋》解饥佳品，《红豆》相潇湘。若郑和、航冲激浪，正下西洋。　　寄大千、桃峰三上，曾此震撼桑沧。最关情、一蓑烟雨，欠肠断、微醉元觞。走马看花，零收碎积，千钧一字细衡量。料明朝、晴阳不减，三晋任翱翔。愿长健，气藏河岳，剑舞锵锵。

垂杨·三十年前情依约

　　谁惊梦觉，憩桃花扇底，窥天涯小。月笔幽亭，婵鬟翚蹙娇声悄。此情休再人前道。断肠劫、恹抛心窍。误当时、炎夏飞霜，离恨凝多少？　　重把门牌数了。乘残角尺阳，寸魂犹袅。三十寒秋，乘东风便催春晓。柔丝痕缕流年扫。衬烟影、凌虚飘渺。怯思寻、旧梦陈尘，侬已老。

南浦·柳

时雨润灵根，翠眉颦，李白桃红争俏。婀娜剪春风，娉婷盼、摇曳娇枝纤窈。缠绵浑绕，悔听陶宅门庭好。除有书声清夜悄，真个瘦魂颠倒。　　轻飔漫舞偎依，懒思怜、梅影婆娑子小。妆靓绿绦柔，参差坠、絮荡惹游人袅。桥头去了。缕丝飘尽随流渺。千里烟波憔悴损，山野外茸芳草。

多丽·山西诗词学会廿年庆

拨瑶筝，叮咚难老泉澌。鹤争鸣、满园春色，骚坛古晋澄辉。律倚声、钵传璀瑰；吟断肠、笔泛涟漪。莫嘘等闲，须窥真个，行文不漏半些疑。撄险壑、竞登千仞，昂首逐云飞。天都近，溶脂皎月，笑酹琼厄。　　有诗篇，千秋骨气，赢得华夏凝思。最关情、民间疾苦，唯可恨、世上疮痍。料是明朝，清氛不减，晴阳万里此前知。须熔炼，平生冷淡，热枕理玄机。汾流剪，琉璃三尺，谱短长词。

【南越调】黑麻令·悬空寺

谷底望人悬殿悬，怕俯视深渊邃渊，楼、龛、阁横联竖联。众旅客顾盼依依，住这厢前缘世缘。　　观不尽弯旋折旋，都惊讶神橼鬼橼。尽管是半日勾留，亦落个仙然道然。

【黄钟】昼夜乐·丙戌元宵汾湖抒情曲

风送梅香满小船，绵绵，绵绵地飘舞湖渊。泛涟漪透明舒展，细捉摸流光多情转，胜龙宫玉润珠圆。动心怜，桨橹轻掀，休惊破水底天一片。

【幺】

湖烟，湖烟缭绕远。当前，翩跹，翩跹地亚似神仙。抛去了荣枯偃蹇。收满囊绿意春笺，情丝织梦忆魂牵。摁笛抚弦，摁笛抚弦，呀！好个人山人海灯月绚。

裴印英

（1964 — ）山西兴县人，山西大学法律系毕业。

庞泉月夜

去世尘消逐野烟，隔林月照映山泉。
流水为琴石上毯，松涛做伴赛游仙。

观武陵源猴儿洞瀑布

隐隐涛声隔远山，砂刀沟畔仰垂帘。
穿林跳涧千千苦，拨草惊蛇步步艰。
接天白练银河落，映日龙潭彩练悬。
莫道荒垣人迹少，草庐结伴忘忧烦。

潘　慎

（1929 —　）江苏常熟县人。毕业于复旦大学，太原师范学院教授。中华诗词学会理事、山西诗词学会顾问。著有《词律辞典》、《阳九诗词集》。

中秋寄怀

愁来何必效悲秋，独酌孤吟亦解忧。
三晋云山堪寄兴，一窗风月托轻讴。
鸡虫得失等闲事，名宦浮沉况味羞。
变幻古今同一辙，冰盘常照白萍洲。

蝶恋花·游崛围山

秋里崛围风景好，红叶黄花，灵感无多少。浊酒半瓶浇懊恼，羁魂常把乡关绕。　　鲈脍莼羹音信杳，底事飘蓬？忽忆冯唐老。落帽龙山何足道，人生难得终身饱。

江城子·忆昔（用东坡韵）

廿年生死太微茫，不思量，也难忘。奋翮京华，铩羽叹凄凉。千里关山蓬辗转，经冬雪，历秋霜。　　南冠夜夜梦家乡。铁门窗，隔红妆。学圃学耕，汗挂万千行。想见当年三字狱，千古恨，独登冈。

【中吕】山坡羊·惜别

相逢恨晚，相别恨惨，别离滋味何尝惯？来也难，春花秋月不忍看！但得两心常牵挽，醒，在天边；梦，在身边。

樊小琴

女，（1969 —　）山西忻州市人，大本学历。山西忻州市忻府区图书馆工作。杏花诗社常务理事。

鹊桥仙·踏青

芳泥柳幔，涟漪水畔，正是梨香杏艳。流光浅翠俏花枝，不忍弃，光阴最粲。　　佳人作伴，眼波流盼，几许闲愁尽散。容颜渐老少年心，更莫叹，平生无憾。

鹧鸪天

淡卷罗裳俏画眉，珠环半掩媚娇微。开帘斜露门楣挂，雨送馨香入幔帷。　　花依旧，最芳菲，风拂柳翠絮欢飞。凭栏怎解伊人泪，可叹尘缘尽是非。

蝶恋花

江柳婆娑烟暮翠。对对鸳鸯，低语同心碎。帘卷斜风窗外坠，离愁万绪谁安慰。　　不揽轻寒人未睡。残梦休提，共影孤灯醉。莫笑奴家难进退，多情自古多憔悴。

蝶恋花

一缕闲情吹乱酒。春恨尤多，惆怅何时够。何处天涯离去久，朱颜已改花依旧。　　细雨轻风黄叶瘦。紫燕低飞，旧事指间漏。月满西楼风满袖，茕茕伫立小桥后。

樊秋发

（1952 － ）山西临猗县人。中国楹联学会、山西诗词学会会员，运城市诗词学会副会长。著有《蹒跚集》，合编《海峡两岸诗词选》。

游普救寺 (新声韵)

普救屹嵋岭，频游兴愈浓。
刹门无剑影，驿道有蛙鸣。
古庙香烟荡，高塔紫气凝。
风流萦圣地，梨院蕴贞情。

樊建香

女，（1967— ）山西定襄县人，大专学历。定襄县诗词学会会员。

遗 山

缘爱清清牧马漳，私遗岸北卧孤山。
千年古刹今安在？寥立魁星臭水寒。

【注】
遗山，在山西定襄县东，相传二郎担山在牧马河北岸所遗，"文革"中寺庙俱毁，后仅存一魁星塔。

画堂春·滹河落日

滹河落日泻琼晶，无风水面如绫。绿茵柔柳带微赪，正是春荣。　　牧马思归惊雀，雀争一片蛙鸣。地头一曲《挂红灯》，笑语盈盈。

樊积旺

（1948 —　　）山西泽州市人，山西师范大学毕业，退休前任省农业厅巡视员；中华诗词学会、山西诗词学会会员；曾任唐槐诗社社长兼《唐槐吟苑》主编。

清　明

常抱三春愧，偏难得两全。
坟头谁覆土，路口我焚钱。
润雨思严教，温风忆母怜。
朦胧今夜月，遥看似慈颜。

兵团农场

千里荒原变绿洲，茫茫戈壁起琼楼。
只为建设新疆好，十万屯边尽白头。

咏　鸡

为唤浮生醒梦迟，披星戴月勉为之。
声嘶力竭不辞苦，只到翩翩起舞时。

民生三叹 (选一)

无奈人生疾患忧，医难药贵使人愁。
数年积蓄一场病，感冒犹需月半酬。

咏　猪

座次安排枉琢磨，叨陪末位奈其何！
形因丑陋镜窥少，像却憨顽人塑多。
不为肌肠行硕鼠，宁将袒腹效弥陀。
插葱鼻孔非充象，只怕哼哼发醉歌。

乌夜啼·雁门关

岭头突兀雄关，已残垣。似见当年烽火，角
声寒。　　弓弦绝，刀剑缺，几人还！只有两狼
山上恨绵绵。

鹧鸪天·重阳

秋水澄波雁影长，纷纷落叶映斜阳。满山红
艳经霜染，一地凄清因露凉。　　云淡淡，野茫茫。
开怀把盏赋花黄。百篇斗酒非缘醉，兴感如涛每
泻狂。

满江红·晋阳怀古

街市茫茫，何处是、当年陈迹！望不尽，群楼峰举，满河澄碧。滚滚已无智伯水，悠悠更杳刘琨笛。只唐槐周柏几千年，依然绿。　　传此地，王气足；形胜处，龙山兀。却偏偏赚得，土焦城析。燕赵悲歌怀国士，宋唐佳咏嗟词客。看繁荣兴盛又逢时，今逾昔。

穆昭强

（1936— ）山西文水县人。山西诗词学会会员，文水诗词学会副会长。

壶口瀑布

壶口涛奔难锁龙，雷霆万钧鬼神惊。
人民自有回天力，何虑它年水不清。

薄子涛

　　（1946 —　）山西定襄县人，山西大学中文系本科毕业。现任忻州市作家协会副主席、市诗词曲联学会（筹）主任，国家一级作家。著有《聊斋艺术谈》、《卷天斋集》、《薄子涛评论集》、《昒昕谱》等，诗集《琅玕截简》。

南行诗简（四首）

壶口瀑布

气贯云天吐彩虹，千钧霹雳显神功。
借来太白如椽笔，挑起飞流洗太空。

过 潼 关

百二雄关峻，大河波不扬。
树随山势远，叶向晚秋黄。
斩木荆犹复，失仁秦可亡。
吾来一凭吊，暮色起苍茫。

杜甫故里

前临沃野后倚山，天下诗传人未还。
秋风茅屋今谁忆，泗水千年日夜潺。

登谪仙楼

难挽谪仙携酒游，神交千载一登楼。
桃花夜雨来江畔，送尽余霞水自悠。

院　景

阶前花圃尚冥冥，墙侧牵牛独自醒。
赏绿雨中浑不觉，风撩衣带亦含情。

薄圣亮

（1947 —　）山西定襄县人，中华诗词学会、山西省作家协会会员，定襄县诗歌协会副主席。著有诗集《乡音村韵》。

春　播

布谷声声唤万家，炊烟缕缕汇朝霞。
吆牛去把甘甜种，心底已开期望花。

秋　收

溢彩流金醉稷麻，阿爷笑脸绽菊花。
挥镰挽袖收秋去，近晚粮山映落霞。

滹沱河畔看落叶

瑟瑟西风霜气侵，枝头绿盖变红云。
知秋落叶本无欲，却为田园铺满金。

枣 花

满树金星色灿然，迎风闪烁悄无言。
莹光点点凝新意，清气幽幽醉故园。
不羡春桃花艳丽，只求秋枣果甘甜。
真情一片岂图报，愿洒芳菲天地间。

薛 艳

女，（1969— ）山西离石市人。

西江月

舞赛花花涌浪，美音袅袅云霄，知音融入梦中娇，共贺群英绝妙。 同赏一溪韧力，满天虹带飘飘。群英荟萃亮星高，璀璨一片光耀。

薛玉斌

（1948 —　）山西离石市人。在职硕士研究生学历。山西诗词学会会员，晋中市诗歌协会名誉会长。

阳明山感怀

阳明不一般，草木吐云岚。
夫子今安在，游人只看山。

日月潭泛舟

双子名闻久，今临日月潭。
艄公多美意，教我驾游船。

薛延龄

（1932— ）山西忻州市人，大专学历，中华诗词学会、山西诗词学会、忻州市诗词学会会员。著有《随想集》、《醉泉斋吟稿》、《雁翎诗草》、《诗翰同苑》等。

纪念抗战胜利六十周年感赋

芦沟桥上炮声隆，进犯中原起寇兵。
血染千山天地怒，军连九域鬼神惊。
八年抗战除狂虎，百世英声壮玉京。
寄语东邻玩火者，挡车螳臂碾无踪。

登台顶

人在雾中如梦牵，飘然自逸似神仙。
狂风一阵呼呼过，头顶蓝蓝一片天。

薛青萍

（1932— ）湖南桃江县人。太原师范学院副研究员。山西诗词学会顾问，纽约四海诗社名誉顾问。著有《诗联作法》、《北游录》、《南归诗草》等。

南归杂感四律

（一）

一到湘中耳目新，稻苗翻浪草铺茵。
烟波无限江南趣，风柳非同塞北春。
四辙移时山掠影，市声起处路扬尘。
近乡莫怪行偏缓，屈指知交剩几人。

（二）

一别家山四十年，归逢亲族费周旋。
相询名字惭疏阔，共话沧桑感变迁。
把酒不辞春醋酿，联床每听雨连绵。
漪漪万竹垂清阴，待择长竿钓渭川。

（三）

参差高木抱藤萝，旧地难忘枉道过。
樵径有声风叶乱，林泉无主野禽多。
避灾曾觅逃秦洞，垂老犹挥返日戈。
烟景阳春来召我，天涯花讯近如何。

（四）

天北天南万绪牵，归心日夜望林泉。
旧时墓地添新冢，晚辈儿曹尽少年。
乡语未忘人物改，故交老去菊松全。
如何一送飞驹影，眼底沧桑几大千。

2002 年 12 月

薛星梅

女，（1975— ）山西太谷县人，本科学历。山西诗词学会会员，晋中市诗词协会理事、杏花诗社常务理事。

午时闲赋

萧秋独伴影，慵卧懒妆容。
孤雁凭窗过，不期入梦中。

丁亥中秋赏月小记

万姓同昂一月悬，冰颜何故笼轻烟。
天穹漫履赏丰韵，浅唱低吟羞晕圆。

荷　塘

波痕漾笑嫣，柳影曳新颜。
菡萏梳妆就，盈盈立客前。

梅苑悟景

微波拥岸两情牵，萱草含羞叶叙缘。
执手枫藤花径里，一塘幽梦寄心弦。

薛胜保

（1948 —　　）山西新绛县人，中华诗词学会会员。

过李白故里

江油风物望中奇，次第琼楼别有姿。
却叹华筵腾笑处，例能豪饮不关诗。

山居归来得奇石置于案头（二首）

（一）

诗庄每住好怀开，还喜归家兴不衰。
不向江东招项羽，老夫已拔一峰来。

（二）

案头倏起一峰奇，虎仰龙蹲别有姿。
最是孙儿逗人处，也寻纸笔欲吟诗。

菜乡即景

冬装未改日初长，茄紫柿红嫩韭黄。
岂是观音甘露润？大棚十里锁斜阳。

趁月山游（二首）

（一）

爱看窗前远近山，何妨携侣夜登攀。
峰头一片多情月，陪我兴游陪我还。

（二）

千峰烟锁路难通，荆杖无根探又空。
谁识眼前云世界，几多沟壑掩其中。

并州与周毅兄痛诀

蔽门犹觉寂如封，灯影昏昏照病容。
滴碎吾心瓶内液，敲残君梦榻前钟。
尘泉倏断三千里，风雨横喧十二峰。
奈是天教成永诀，惟期再世始相逢。

薛容茂

（1944—　）山西临县人，高级讲师，山西诗词学会会员。著有《碛口风韵》。

碛口古镇（二首）

（一）

天然良港胜苏杭，商贾千家十里长。
物阜民熙小都会，河声岳色大文章。
鼓楼音响三秦地，玉阁龙飞万道光。
二碛飘流游九派，麒麟滩上牡丹香。

（二）

民居古建每成群，悬月垂花气势雄。
左泊秦船西北梦，右涵画面宋元风。
西湾院院莲花绣，东寨层层玛瑙红。
北魏僧房禅有道，南山寺续汉唐钟。

毛主席东渡纪念碑

战略东移百万兵，船飞浪鼓马嘶鸣。
南京无计施空袭，三晋有缘列队迎。
开路先锋夸贺总，扬帆舵手请长缨。
黄河咆哮陪都泪，主席笑谈进北京。

李家山景致

高原沟壑好玲珑，碧落层屋气势雄。
古建千秋成国宝，凤凰展翅欲腾空！

主席路居寨子山

古村山寨枣花香，抱厦层楼放眼量。
主席挥师东进处，霞飞彩照地生光！

碛口古槐

世事频移几夕阳，横秋老气饱经霜。
千年空壳枝犹茂，百岁风寒叶更香。
两汉高标能捧日，一朝拔俗胜扶桑。
春来花絮黄金绣，蝶恋蜂飞引凤凰。

戴云蒸

（1925－2007）河北藁城县人。清华大学经济系毕业，曾任山西省政府经济研究中心总经济师。中华诗词学会会员，山西诗词学会顾问，唐槐诗社社长，《唐槐吟苑》主编。著有《正气之歌》（云蒸诗词之一、之二、之三、之四）。

唐槐诗社成立三周年感言

朝朝暮暮越三年，一片衷情酬夙缘。
雅韵推敲宏国粹，童心未泯献黎元。
天行健步念来者，水逐东流涌浩然。
生死由天唯一愿，但求无愧走人间。

奉和丁芒吟长《千禧新春感赋》（四首）

（一）

焚膏继晷奋诗流，群怨兴观献九州。
独立潮头抬望眼，一腔热血任沉浮。

(二)

衷情古体敞心扉，扼腕唐风未脱危。
且喜春风伴时雨，神蛇已醒迓朝晖。

(三)

无愧平生敢问天，征尘滚滚逝流年。
白头犹醉吟佳句，雅韵兰亭谱管弦。

(四)

敢纵中流试弄潮，新思新语著风骚。
旧瓶新酒多新味，古韵新声涌紫豪。

魏　虹

女，（1972 －　）毕业于中国科学院管理干部学院，现为山西人民出版社编辑，山西省作家协会会员，山西诗词学会理事、副秘书长，杏花诗社副社长，《难老泉声》副主编，著有《流泪的古琴》。

华清池感赋

华清池水四时温，疑是杨妃血泪凝。
花貌悦人终非久，香消难泯国祸名。
昭阳殿里恩早绝，马嵬坡前草犹青。
长恨歌中悲长恨，不分真爱与假情。

鹧鸪天·山西诗词学会成立 20 周年纪念会上作

恰值中秋玉宇澄，汾河岸上聚良朋。飞红老树栖彩凤，展碧新枝啭黄莺。　　同回首，共嘤鸣，泌墨挥豪寄豪情。承继传统歌盛世，诗韵悠悠国运兴。

魏兴元

（1961 － ）山西方山县人。

五 台 山

久慕五台山，同侪喜聚攀。
云中穿峡谷，峰顶望平川。
有德何求佛，无邪焉拜坛。
一生无愧事，昼夜最心安。

西江月·五台山咏

道释千秋胜境，也为三晋明珠。群峰环绕入
云途，相距天宫一步。　　夏日兴云作雨，春花
美似仙妹。梨园献艺亦来抒，风韵黄河歌舞。

魏华荣

（1942— ）山西运城市人。大专文化。水利工程师。中国楹联学会常务理事、太原诗词学会暨太原桃园诗社顾问、太原市楹联家协会主席。

春日偶题

雪化冰融寒气归，陌杨河柳著新衣。
莺啼燕啭生机满，自是春风澍雨期。